小泉八雲・澁澤龍彦と『夜窓鬼談』

交響する幻想空間

Lafcadio Hearn, Shibusawa Tatsuhiko and *Yasōkidan*:
Orchestration of Fantasy

林 淑丹
LIN Shutan

翰林書房

小泉八雲・澁澤龍彦と『夜窓鬼談』——交響する幻想空間◎目次

第二部　小泉八雲の再話文学と『夜窓鬼談』

序章

本研究は、明治期の漢文小説集『夜窓鬼談』が日本の近現代文学でどのように受容されていったのかについて、小泉八雲と澁澤龍彦を例として考察するものである。『夜窓鬼談』（東陽堂、一八八九―一八九四年）は、石川鴻斎（一八三三―一九一八年）が漢文で撰した怪異小説集である。筆者はここ数年来、明治期に書かれた漢文小説を中心に研究を進めており、拙著『明治期日本における『虞初新志』の受容』（高雄復文図書出版社、二〇〇八年一一月）は、三つの作品集『本朝虞初新誌』（一八八三年）、『日本虞初新志』（一八八一年）と『譚海』（一八八四年）の性格を論究したものである。本研究では、さらに一歩進んで、これらの漢文小説が日本の近現代の作家たちによっていかに受け容れられていったのか、という問題意識から、『夜窓鬼談』に焦点をあてて考察を行う。この考察を展開することが本研究の主要な目的である。

明治期に書かれている漢文小説集は、これまであまり注目されてこなかった。それらの小説集のひとつである『夜窓鬼談』は、漢文体の奇談・怪談集として当時広く読まれたものである。そのうえ、この作品は明治十年代の漢文小説集と比較して、日本の近現代の文壇にまで大きな影響を及ぼしている。この小説集は、近代作家の小泉八雲（ラフカディオ・ハーン Lafcadio Hearn、一八五〇―一九〇四年）と現代作家の澁澤龍彦（一九二八―一九八七年）の創作に素材を提供している。たとえば、小泉八雲の「果心居士の話」と澁澤龍彦の「ぼろんじ」は、それぞれ『夜窓鬼談』の「果心居士――黄昏艸」（下巻五編）と「茨城智雄」（下巻一三編）を下敷きにして書かれた作品である。先行する研究としては、高柴慎治氏が『夜窓鬼談』と小泉八雲および澁澤龍彦の作品のあいだの対応関係を指摘しているが、個々の作品について詳細な検討を行っているわけではない。[*1]さらに、氏が指摘した作品間の対応関係がどこまで妥当であるのかについても再考する余地があると思われる。

日本の漢文小説が、近現代作家にいかなる影響を与えたかについて考察することは、これらの漢文小説の日本文学史における位置づけを考えるにあたって重要である。加えて、漢字文化の伝統が、近現代の日本でどのように根づき、そこから生成・発展し、再生あるいは再創造されていったのか、という大きな枠組みから考えるうえでも有意義であると思われる。

とりわけ、澁澤龍彦の場合、従来西洋からの影響に関心が寄せられてきたが、しかし、澁澤文学をより全面的に把握するうえでは、西洋文学だけでなく、漢文学の伝統をいかに受け入れたかを追究する必要が出てくるであろう。さらに、『夜窓鬼談』には、『聊斎志異』から各種の素材や発想が取り込まれている。研究の視野をいっそう広げれば、文化交流史の視点から、怪異小説の創作の伝統が漢字文化圏でいかに交渉し、変容したのかについて、具体例を示すという側面もある。

明治二十年代の文壇では、基本的に怪談を退ける写実主義の思潮が主流であったが、そのような背景のもとで、鬼神怪奇を描いた『夜窓鬼談』の出版はいかなる意味をもったのだろうか。この作品集に内包される性質はどのようなものか。本書では、『夜窓鬼談』の特性を明らかにしたうえで、作品における怪異・幻想の創作技巧や、空間表現などに焦点をあて、小泉八雲と澁澤龍彦はそれぞれ、どのように『夜窓鬼談』の短編を再創造し、変形していったのかを探りたい。これはまた、日本近現代文学という西欧、東洋の要素が共存する混成的な文化現象に光を当てることでもある。

まず、「第一部」では、『夜窓鬼談』の核心的な性質と怪異空間の構築に着目して分析する。この作品は、明治文学史と漢文小説群のなかで、いかに位置づけられるのか。また『聊斎志異』という中国志怪小説の伝統を受け継ぎながら、西洋文学の思潮といかに向き合うのかを解明する。そのうえで、作品における多彩な挿絵を取り上げて、それらが作品の出版事情といかに関連するかを探る。さらに、そのなかに現われている鬼神観、宇宙観などを考察し、物語の幻妖世界を深く論究する。

「第二部」では、小泉八雲の再話を取り上げ、表現技法などに着目しながら、『夜窓鬼談』が摂取されていった形跡をたどる。小泉八雲の「果心居士の話」（『日本雑記』一九〇一年）、「お貞の話」および「鏡と鐘と」（『怪談』一九〇四年）の三編は、それぞれ『夜窓鬼談』の「果心居士――黄昏艸」、「怨魂借体」と「祈得金」から素材を得ている。なかでも「祈得金」は、さらに『聊斎志異』の「雨銭」に摂取したものである。小泉八雲の再話と『聊斎志異』との関連およびその意義を追究したい。

加えて、『夜窓鬼談』の多彩な挿絵は小泉八雲のイメージ形成にどのような影響を与えたのか。小泉八雲はいかに日本の古い伝説を再創造したのか。これらの問題について、物語の空間表現や怪異的な要素に焦点をあてて、その近代怪異小説の創作技法を深く探究する必要がある。彼の再話行為を確認しつつ、作品の芸術性を探りたい。

「第三部」では、澁澤龍彦がどのように『夜窓鬼談』の短編を下敷きにしつつ独自の物語世界を展開したのかを考察する。澁澤龍彦は珍書奇書についての深い造詣をもつ博学の作家として知られており、日本の幻想文学史の分野で重要な位置を占めている。彼はまた、日本におけるマルキ・ド・サド（Marquis de Sade、一七四〇－一八一四年）の紹介と再評価に尽力しており、文化的なタブーにかかわる性の問題圏に深く切り込んでいくサド文学の復権を試みた。のみならず、シュルレアリスムや幻想美術などのテーマにまつわる美術論や、演劇、音楽などに関する膨大な量のエッセーを発表しており、同時代の日本の芸術界に深く関与した先進的な人物でもあった。

だが、澁澤についてこれまで十分な考察がなされてきたとは言いがたい。澁澤の作品をめぐって書かれた論考は、

『ユリイカ』など商業雑誌の特集に集中しており、学術的な研究論考はまだ手薄である。彼には明治期の漢文小説集『夜窓鬼談』から創作の題材を得た作品が四つある。「ぼろんじ」(『文芸』一九八二年一一月号)、「画美人」(『文芸』一九八三年五月号)、「花妖記」(『文学界』一九八四年一月号)、「菊燈台」(『新潮』一九八五年一二月)がそれである。これらの作品は、それぞれ『夜窓鬼談』の「茨城智雄」「画美人」「花神」「河童」に材を取ったものである。

一方、「花神」もまた『聊斎志異』の「香玉」「葛巾」を踏襲している。その意味で、澁澤龍彦の「花妖記」は中日怪異小説の伝承の一例を示している。だが、そこで中国文芸の伝統は作品のなかでいかに表現されているのだろうか。本研究では、女主人公の身体性の変容や物語における空間の構築の様相を分析して、澁澤龍彦の幻想文学の具体的な技巧を究明していく。

「ぼろんじ」では、澁澤龍彦が原典をどのように参照し、「主導観念」を変形したのかを検証する。また、彼はシュルレアリスムの美学をいかに作品に援用したのかについても考察の範疇に入れていく。さらに、もうひとつの作品「画美人」において、まず、その複雑な間テクスト性の問題を解明する。つぎに、主人公の身体の表象や、密室という空間表現を手がかりに、澁澤龍彦文学の性格を探究する。

しかし、澁澤文学の特徴はそれだけではない。彼が一九五〇年代以降に発表してきた幻想文学論は高く評価されている。澁澤文学の幻妖世界をより深く追究するために、「第四部」では上記の作品のほか、「狐媚記」(『文芸』一九八二年八月号)と「夢ちがえ」(『文芸』一九八三年二月号)に着目した。その一方で、サドの作品が澁澤の創作に具体的にいかなる影響を与えたのかを考察する。

さらに、澁澤の作品には旅をする人物がしばしば登場する。遺作『高丘親王航海記』(文藝春秋、一九八七年一〇月)は、幻想文学の絢爛たる世界を描いた架空旅行記の傑作である。また、「ねむり姫」(『文芸』一九八二年五月号)において、姫は昏睡状態のまま柩に入れられて舟で川に流され、数奇な流転の生涯を送る。

澁澤龍彦の作品では、航海、旅行、流浪、漂流、巡礼など、さまざまな形で旅が表現されている。澁澤の文学世界を深く探るためには、旅というテーマが非常に重要なものとなる。「第五部」では、澁澤龍彦がこの旅というものをどのように扱っているのかについて考察する。たとえば、旅という行為には目的論的な世界観が仮託されているのだろうか。「ねむり姫」で描かれている流転や漂流、「ぼろんじ」の旅、『高丘親王航海記』の航海などの旅行形態は、それぞれいかなる構造をもち、それら物語の世界のなかでいかに機能しているのか。「第五部」では、澁澤龍彦の「ねむり姫」、『高丘親王航海記』などを例として、そこに表現されている旅の構造を究明することで、澁澤文学のより包括的な読みと解釈を提示したい。

以上の考察を通して、漢文小説『夜窓鬼談』が日本の近現代作家で受け容れられていく具体的な様相が明らかになるはずである。この包括的な考察により、近現代作家がどのようにして漢文の伝統を受け継ぐのかについて、その一端が浮き彫りにされるであろう。のみならず、身体の表象や怪異空間の表現技法から、旅の構造までの究明は、考察の蓄積が足りない澁澤論にひとつの重要な視点を提供できるはずである。彼の文学が、いかに日本の現代文学と、古今東西の思想、文学、文芸観を融合させているのかを解明することは、日本における幻想文学の歴史的な形成過程について考えるうえでも極めて有意義である。

さらに、この作業を通して、東アジアの文学世界で、漢字文化の伝統が近代・現代の日本において融合し共生していく過程とその実態に関する、ひとつの特異な事例が提供されるはずである。

なお、本書は『伝承・幻想・空間——小泉八雲・澁澤龍彦の文学における『夜窓鬼談』の交錯』（高雄復文図書出版社、二〇一四年八月）を大幅に加筆・修正したうえで、新たに三つの章（第九章、第十章、第十一章）を取り入れ、増補・改訂したものである。

注

＊1　高柴慎治「『夜窓鬼談』の世界」（静岡県立大学国際関係学部日本文化コース編『テクストとしての日本：「外」と「内」の物語』二〇〇一年三月、七－三四頁）

第一部　『夜窓鬼談』の幻妖世界

第一章　なぜ怪談なのか——怪談文芸の地位の回復

一　『夜窓鬼談』と『東斉諧』

『夜窓鬼談』は、石川鴻斎（一八三三―一九一八年）による漢文体の怪異奇談の短編集である。初版は、明治二十二（一八八九）年九月に東陽堂より上巻が刊行され、明治二十六（一八九三）年八月に再版された（図1）。計四十四編である。[*1]『夜窓鬼談』初版刊行の五年後の明治二十七（一八九四）年七月には、『東斉諧　一名夜窓鬼談』が刊行された。『東斉諧』は明治三十六（一九〇三）年十一月に再版され、計四十二編の短編が収録されている。同書は『夜窓鬼談』下巻ともいう。

図1　石川鴻斎『夜窓鬼談』上巻（明治26年8月再版、東京大学東洋文化研究所蔵）

『夜窓鬼談』・『東斉諧』のそれぞれを上下巻とした一冊の書物の名称として『夜窓鬼談』という標題が用いられることもある。この場合計八十六編となる。ここでは、上下巻を合わせて『夜窓鬼談』と呼ぶことにする。[*2]

『夜窓鬼談』は、明治期に成立した漢文体の奇談・怪談集の代表として、当時の知識人に広く知られていた。日本漢文小説の研究は日本のみならず、中国、台湾においても見逃されやすい分野であった。日本では明治初期から中期までに漢学を愛好する時代を迎え、[*3]漢文小説群が大量に刊行された。「新日本古典文学大系明治編」シリーズとして刊行された『漢文小説集』（岩波書店、二〇〇五年八月）には四つの作品が収録されている。『本朝虞初新誌』（菊池三渓、明治一六（一八八三）年）、『譚海』（依田学海、明治一七（一八八四）年）、『情天比翼縁』（三木愛花、明治一七（一八八四）年）および『夜窓鬼談』（石川鴻斎、明治二二（一八八九）年）がそれである。なかでも『夜窓鬼談』は幻妖怪異談の短編集で、幽霊・妖怪・狐狸など多彩な幻妖異聞を含んでおり、四つの作品で異色の小説集である。本章では、『夜窓鬼談』に内包される特性を分析し、明治二十年代前後の文壇においてその作品が占めていた位置について考察したい。なお、『夜窓鬼談』の漢文に関しては、著者が（ ）内に訳を付した。

二　石川鴻斎とその時代

作者石川鴻斎は、尾崎紅葉の漢文の師として知られている。天保四（一八三三）年に生まれ、大正七（一九一八）年に没し、享年八十六歳である。名は英、字を君華とする。別称は芝山外史、雪泥居士で、鴻斎はその号である。儒学教官に任じられて詩文・書画を善くした。石川鴻斎は画家でもあり、寺の宗教画などを描き、その成果は大家並みと認められている。著作が豊富で、著に『正文文章軌範講義』二冊、『和漢合璧文章軌範』四冊、『文法詳論』四冊、『三体詩講義』三巻、『詩法詳論』二冊、『画法詳論』三冊、『夜窓鬼談』二巻、『花神譚』一冊、『鴻斎文鈔』三冊など多数ある。[*4]また、『史記列伝』『唐宋八家文』などを講述したり、『鼇頭音釈康熙字典』『中等教育漢文軌範』などを編集したり、絵の描き方に関する『画法詳論』（博聞社、一八八六年二月）を著したりして幅広く漢文界で活躍していた。

前述したように、明治初期から中期までに、漢詩文の創作が頂点を迎えた。漢詩文が隆盛になったのは、漢文学の大家たちの推進や新聞、雑誌などのマスメディアの宣伝からだと言える。[*5]

メディアのなかで漢学専門書肆として脚光を浴びていたのは、鳳文館である。鳳文館は、日本のみならず中国の文人からも大いに支持され、当時学者たちに広く知られていた。石川鴻斎は、鳳文館と深いゆかりがある。西南戦争後に来日した中国の官僚、文人たちの詩文集の出版に協力したり、積極的に寄稿したりして、鳳文館の創立に深くかかわっている。ロバート・キャンベル（Robert Campbell）氏は、石川鴻斎の鳳文館への関与について、「専属編集者の働きを見せた」と分析している。[*6]

また、石川鴻斎は当時の中国文人、外交官とも深く交遊した。中国では、光緒二（明治九）年に何如璋が駐日公使に任命されたが、西郷隆盛の事件で何如璋が来日する。その際、副公使張斯桂、参賛官黄遵憲などおよそ四十人が神戸で上陸する。[*7]石川鴻斎の未出版の自伝にあたる書物『鴻斎文抄』には、当時の何如璋公使や参賛官黄遵憲らと交遊し、筆談したりして文章力が上達した、などといったことが書かれている。さらに、明治十一（一九七八）年神戸と大阪の領事である劉寿鏗と知り合い、劉氏に鴻斎が著した『日本外史纂論』の厳正さを認められた。[*8]石川鴻斎は、早くから清国外交官や知識人と親しんでいたが、著作の『芝山一笑』は清国の外交官たちと交わり筆談の情景、日々の往来を記録したものである。

石川鴻斎は、中国の文人、外交官のみならず、同時代の漢学者とも深く交流した。石川鴻斎は、蒲生重章が明治二十二（一八八九）年に刊行した『近世偉人伝』（義字集）のために、序文を書いているが、そのなかで、石川鴻斎はまず蒲生重章の漢学の素養と実績を認め、ある人の事績を伝えるのは簡単でも正しく評価するのは難しいと、偉人の伝記を記録することの難しさを述べている。[*9]

こうしてみると、石川鴻斎が当時の漢文界でいかに活躍し、有力者の一人であったかということがわかる。

三　『夜窓鬼談』の怪異世界――勧善懲悪の主張

『夜窓鬼談』、『東斉諧』に関する先行研究は、早くから藤田祐賢氏と王三慶氏が『聊斎志異』との関連を指摘した。[*10]続いて、黒島千代氏と黄錦珠氏の論考が見られる。黒島氏は、石川鴻斎が蒲松齢と同様、鬼神怪奇を描くことによって自分の理想や現実世界への不満を漏らし、勧善懲悪を旨としているけれど、石川鴻斎は明治時代の人間なので理性主義者であり、蒲松齢とは異なり鬼神を信じていないと述べている。[*11]

黄錦珠氏は、黒島氏の論を補強して『夜窓鬼談』が具体的に『聊斎志異』の短編に受容された痕跡をいくつか取り上げ、『夜窓鬼談』には道徳と科学が両立していると説明している。[*12]また、日本では、加固理一郎氏が、黒島氏と黄氏の勧善懲悪と科学の両立を指摘する論考を肯定しながら、『夜窓鬼談』にある西洋化に対する批判的な性格も見逃せないと述べている。[*13]『夜窓鬼談』には、たとえば「瞰鬼」（上巻三編）のような西洋の合理主義を批判する短編も含まれていると加固氏は言うのである。

ただ、先行研究で指摘されている『夜窓鬼談』の勧善懲悪の性格は、石川鴻斎の序文ですでに明言されていることである。「遊戯之筆，固為描風鏤影，不可以正理論也。然亦自有勧懲誠意，聊足以警戒世」（遊戯の筆で描かれたものは空想に走るもので、真実と考えることはできないが、勧善懲悪の意が含まれ、世を警戒させることができるはずである。林訳、『夜窓鬼談』東陽堂、一八九三年八月、東京大学東洋文化研究所蔵、以下同）とある。

実際に『夜窓鬼談』の物語世界においても、勧善懲悪、因果応報の観念が強い。たとえば、『夜窓鬼談』「哭鬼」（上巻一編）は、亡霊を通して、書生の学問がこの世に活用されていないことを皮肉る内容で、亡霊を人間化して、自分を内省しているように語られている。第三編「瞰鬼」は、ある富豪の話である。富豪は暴利を得て新たな豪邸を立てたが、その邸宅には凶悪な亡霊が宿り、家は滅びてしまう。しかし、善行をしたのちに再び復興したという話である。

こうした話の内容は、序文ですでに言及されているように、世相を批判するという幽霊の役割と一致している。また、『夜窓鬼談』下巻「神卜先生」（一編）は、神卜先生の言葉を通して人間を懲戒しているように描かれている。さらに、物語の舞台を寺にしたり、僧侶を登場させたりして勧善懲悪の意が表されることも多い。寺や僧侶といった仏教関係の装置が使われる短編は、『夜窓鬼談』の上巻に十編見られ、下巻に八編見られるのである。[*14]

さて、このように、『夜窓鬼談』には怪談・奇談が多数見られるのだが、では、なぜ明治二十年代に怪異を語る必要があったのだろうか。石川鴻斎はたんに勧善懲悪の議題を繰り返したいだけなのか。

四　なぜ怪談なのか

なぜ鴻斎は八十六編に及ぶ幻妖異聞の怪談を創作し刊行したのであろうか。

明治十年代に刊行された漢文小説の多くは、「実」の性格を強調して中国の怪異譚を排除し、日本漢文小説の主体性を強く主張した。たとえば、明治十四（一八八一）年に刊行された伝奇小説集『日本虞初新志』（近藤元弘編）の「凡例五則」に、「而如狐狸之妖，厲鬼之怪，則本邦文士概視以為荒誕不經之事，曾不上筆端，故其所選，多屬實錄」（狐の妖怪や亡霊などは、本土の文士の目には荒唐無稽なことにしか映らないので、取り上げない。したがって、採録した作品の多くは実録である）と書かれている。実際、現存している『日本虞初新志』に鬼神怪奇の話は収録されていない。

また、明治十六（一八八三）年に出版された『本朝虞初新誌』（菊池三渓著）「凡例六則」においても、菊池三渓は「然彼多說鬼狐，此則據實結撰」（しかし、そちら（『聊斎志異』）のことは鬼神怪奇の題材が多く、こちら（『本朝虞初新誌』）はすべて実に拠って撰している）と述べ、怪異鬼神を排除して「実」を尊重している。

さらに、明治十七（一八八四）年に刊行された『譚海』（依田学海著）での川田甕江による「談海敘」では、依田学海の『譚海』が中国の志怪・伝奇小説といかに異なるかを述べられている。「若近世所傳，《聊齋志異》、《夜談随録》、《如是我聞》、《子不語》諸書，率皆鄙猥荒誕，徒亂耳目。而吾友依田君百川著《談海》，頗有異其撰者。蓋彼架空，此據實」（近世に伝えられる『聊斎志異』『夜談随録』『如是我聞』『子不語』などの作品は、ほとんどすべて卑しく荒唐無稽で、耳目を混乱させるものばかりである。しかし、わが依田君が著した『談海』は頗る異なる趣きをしている。それらは架空だが、これは実に拠る）と、『聊斎志異』『子不語』（『新斉諧』とも言う）などを批判している。[*15]

これらの作品の世界は、幾分かの虚構性を帯びているものの、「実」によることが繰り返し強調されている。この時期の漢文壇では、「実」に基づいた日本の漢文小説を際立たせるために、「荒唐無稽」な中国の怪奇譚が排除され、『聊斎志異』でさえ「鄙猥荒誕，徒亂耳目」なものだと捉えていた。一方、依田学海の『譚海』より四年後刊行された『夜窓鬼談』にも、実録・実話に基づいた話が収められている。しかし、石川鴻斎は、前述した漢文小説集のように、鬼神怪奇譚を退け、「実」によることを訴えていない。かえって作品の「実」でない性格を正面から宣言し、『聊斎志異』『子不語』を高く評価している。

『夜窓鬼談』の序文で「蒲留仙書《志異》，其徒聞之，四方寄奇談；袁隨園編《新齊諧》，知己朋友，爭貽怪聞，於是修其文，飾其語，至絢爛偉麗，可喜可愛」（蒲松齢が『聊斎志異』を創作して弟子たちが知った後、四方から奇談を寄せた。袁枚が『新斉諧』を編集して、友人が争って怪聞を贈呈した。それで文章を修正し、語句を潤色して華麗で絢爛、愛すべきものになっている）とあるように、文壇で「卑しい」とされる中国の怪奇譚を高く肯定しているのである。

鴻斎はまた序文で、前述したように「遊戯之筆，固為描風鏤影，不可以正理論也。然亦自有勧懲誡意，聊足以警戒世」（遊戯の筆で描かれたものは空想に走るもので、真実と考えることはできないが、勧善懲悪の意が含まれ、世を警戒させることができるはずである）と述べている。遊戯の執筆態度で幽冥妖異の話を描いたのは、『夜窓鬼談』下巻に収められた「狸陰嚢　詠話」、「阿菊　詠話」など七編の遊戯文からも理解できる。幽冥の話を諧謔的に描いていることから、鴻斎は客観的に鬼神を考えていることがわかる。

周知のように、蒲松齢は『聊斎志異』で幽霊や妖狐、化け物などの描写を通して人情の機微や世相を風刺していると評価されてきた。一方、『夜窓鬼談』では諸短編の前に「鬼字解」が見られ、そこで鴻斎は中国の経典を引用しながら旧来の「鬼」の意味を解読している。たとえば『易経』『礼経』や孔子などのいう「鬼」は鬼神の「鬼」であり、夜叉と異なる。しかし、夷狄は鬼国と言われるように「鬼」は凶暴猛勇なものを指している。また、日本では嫉妬の深い婦人が額に角が出たりなどして、鬼の形象は実にさまざまだという。鴻斎が意識的に明治十年代の漢文小説群と区別し、文壇でもっぱら怪異譚を前面に提出したのは、序文でいう勧善懲悪の意を表わす傍ら、『聊斎志異』と同様に「鬼」の諸形象の描写を通して、世相の百態を反映しようとしたのではないか。

では、なぜ、石川鴻斎は当時の漢文壇の風潮に逆らい、あえて「荒唐無稽」とされる『聊斎志異』の発想が投影された『夜窓鬼談』を刊行したのであろうか。石川鴻斎が明治二十年代に怪異を語ることは、文壇のなかで何を意味するのか。

鴻斎は勧善懲悪の概念を明言しており、明治十年代の後半から文壇で提唱されていた〈人情を描くべきである〉という西洋の小説論に背いている。鴻斎があえて奇怪で幻想的な怪異譚を描き出したことは、森鷗外が主張していたロマンス性の回復と重なっていると言えよう。

明治十年代後半から、文壇では西洋の小説論に関する議論が活発に行われていた。坪内逍遙（一八五九－一九三五）は『小説神髄』（明治一八（一八八五）年）で、小説は旧来の勧善懲悪の観念にとらわれることなく、人情をありのままに描くべきだと唱えた。坪内逍遙は、西洋では「妄誕無稽」、「奇怪荒唐」なロマンスが衰えて、「實利實際」、

「一個人を重んずる」人情を重視したノベルが盛んになっており、日本もそうすべきだという。

森鷗外は、「現代諸家の小説論を讀む」（『柵草紙』第二号、明治二二（一八八九）年）で諸家の論に問題提起をしながら、鷗外自身の小説論を詳しく述べているが、逍遙の主張に対して、鷗外は人情というものはノベルにおいてのみではなく、ロマンスにおいてもあった、と反論している。[*16] 鷗外は逍遙に反して、ロマンスからノベルへというプロセスを拒否し、衰えたロマンスの位置を回復させようと考えたのである。

鷗外はロマンスを「妄誕無稽」、「奇怪荒唐」なものと考えていない。むしろ、「製作性ある空想[*17]」により、事実を「美」にまで高めるべきだと主張している。小説は、「實利實際」、すなわち事実を描くのみならず、ロマンスの性質を付け加えなければならないと批判し、小説にロマンス性を積極的に取り入れようとした。

石川鴻斎が明治二十年代にあえて『夜窓鬼談』のような、「妄誕無稽」「奇怪荒唐」とされる怪異譚を描き出すことは、鷗外が主張しているロマンス性の回復と共通しているのではないだろうか。すなわち、石川鴻斎は序文で勧善懲悪の観念を建前にしているものの、そこには当時の「実」を重視する文芸風潮への反発が見え隠れしている。そして、こうした反発は、小説におけるロマンス性の回復という鷗外の主張と同工異曲だと言えるのである。

五　結び

石川鴻斎が、「実」を提唱する文壇の風潮に反して『夜窓鬼談』を創作したのは、西洋から移入した写実主義の文芸風潮へのアンチテーゼであると見ることができるのではないか。それのみならず、ほかの漢文学者と異なり、正面から鬼神幻怪の素材を扱い、鬼神の百態を借りて世相を風刺することこそが、彼の「実」に対する表現のひとつだったのだと考えられよう。そこにはほかの漢文小説群の作風と意識的に異なる仕方で怪談文芸の文学的地位を取り戻そうとする工夫が認められるのである。

注

＊1　王三慶・他編『日本漢文小説叢刊』第一輯第二冊（学生書局、二〇〇三年一〇月、三〇〇頁）に、『夜窓鬼談』（上巻）に四十二編が収められると説明されているが、四十四編の誤植である。

＊2　小倉斉・高柴慎治両氏による訳注『夜窓鬼談』（春風社、二〇〇三年一二月）が見られる。

＊3　三浦叶『明治の漢学』（汲古書院、一九九八年五月、一五頁）、村山吉廣『漢学者はいかに生きたか——近代日本と漢学』（大修館書店、一九九九年一二月、三頁）などを参照。

＊4　関儀一郎、関義直共編『近世漢学者伝記著作大事典』（琳琅閣書店、一九七一年四月、五四頁）、長澤規矩也監修『漢文学者総覧』（汲古書院、一九九二年三月、二九頁）

＊5　猪口篤志『日本漢文学史』（角川書店、一九八四年五月、五〇七頁）、村山吉廣『漢学者はいかに生きたか』（大修館書店、一九九九年一二月、三頁）などを参照。

＊6　ロバート・キャンベル「復興期明治漢文の移ろい——出版社鳳文館が志向したもの」（『文学』第七巻第三号、一九九六年七月、一七-三二頁）

＊7　さねとう・けいしゅう編訳『大河内文書——明治日中文化人の交遊』（平凡社、二〇〇三年九月、一五頁）

＊8　ロバート・キャンベル「復興期明治漢文の移ろい——出版社鳳文館が志向したもの」（『文学』第七巻第三号、一九九六年七月、二五頁）

＊9　蒲生重章『近世偉人伝』「第九編」（青天白日楼、一八八九年四月、一二-一三頁）

＊10　藤田祐賢「『聊斎志異』の一側面——特に日本文学との関連において」（慶應義塾大学文学部文学科編『国文学：慶應義塾

創立百年記念論文集「文学」』、一九五八年一一月、五九－七九頁）、王三慶「日本漢文小説研究初稿」（中国古典文学会編『域外漢文小説論究』学生書局、一九八九年）

＊11　黒島千代「石川鴻齋的《夜窗鬼談》與蒲松齡的《聊齋志異》」（清華大学中国語文学系編『小説戯曲研究　第五集』聯経出版、一九九五年二月、一七五－二一四頁）

＊12　黄錦珠「日本漢文小説《夜窗鬼談》的寫作特色及其淵源」（『外遇中国――「中国域外漢文小説国際学術研討会」論文集』学生書局、二〇〇一年一〇月、三九五－四三六頁）

＊13　加固理一郎「石川鴻斎と怪異小説『夜窓鬼談』『東斉諧』」（日本漢文小説研究会『日本漢文小説の世界』白帝社、二〇〇五年三月、一五七－一七三頁）

＊14　『夜窓鬼談』上巻の十編は、それぞれ「古寺怪」（一一編）、「蛇妖」（一二編）、「祈得金」（一五編）、「興福寺僧」（二二編）、「毛脚」（二四編）、「羅漢」（二五編）、「孤児識父」（二七編）、「一目寺」（三三編）、「大入道」（三六編）、「宗像神祠」（四二編）である。一方、『夜窓鬼談』下巻に見られる八編は、それぞれ「神卜先生」（一編）、「役小角」（二編）、「安倍晴明」（三編）、「狸技」（六編）、「累女」（一一編）、「飛鼎」（二二編）、「熊人」（二三編）、「狸陰嚢　詼話」（三三編）である。

＊15　『日本虞初新志』『本朝虞初新誌』『譚海』の性格については、拙著『明治期日本における『虞初新志』の受容――『本朝虞初新誌』『日本虞初新志』『譚海』を例として』（高雄復文図書出版社、二〇〇八年一一月）を参照。

＊16　森鷗外「現代諸家の小説論を讀む」で、巌本善治（一八六三－一九四二）の「小説論略」（『女学雑誌』明治二二年）に対する反論や、坪内逍遙の「ノベル」と「ロマンス」の考えに対する批判については、詳しく拙稿「森鷗外初期の小説論における「ロマンス」と「ノベル」――日本近代文学成立の一側面」（政治大学日本語文学系・台湾日語教育学会『日語教育與日本文化研究国際学術論文集』二〇〇五年二月、二二一－二三二頁）を参照。

＊17　森鷗外「医学の説より出でたる小説論」（『月草』春陽堂、一八九六年、三一六頁）

第二章　漢文小説の出版戦略と挿絵

一　『夜窓鬼談』の出版事情と挿絵

『夜窓鬼談』上下巻が同時代に描かれた漢文小説集と大きく異なる点のひとつは、多彩な挿絵が入っていることである。『夜窓鬼談』明治二十二（一八八九）年の初版（上巻）は、石版画を売り物にしたが、それほど評判にはならなかったが、[*1] その五年後、人気画家の久保田米僊（一八五二―一九〇六年）に下巻である『東斉諧』の挿絵を描かせ、上巻『夜窓鬼談』に加えて再刊行すると、人気が一気に上昇した。

『夜窓鬼談』上下巻の出版広告では、精妙な挿絵を販売の目玉としている。『絵画叢誌』三十号（明治二二（一八八九）年九月）や『風俗画報』七十六号（明治二七（一八九四）年八月）に、作品の挿絵の役割を重視して宣伝しているあり様がうかがわれる。明治二十二（一八八九）年に初版を刊行する際に、『絵画叢誌』三十号に、「挿画数葉を増加せしため、彼是時日を要し、予定の日数に発売すること能は」ないとある。[*2] その後、上下巻を合わせて再版するときにも挿絵の役割を重視した。『風俗画報』七十六号では、つぎのように書かれている。[*3]

夜窓鬼談は鴻斎翁の得意の快筆を以て数多の怪談鬼話を蒐めたるものにして若し夫れ更闌け雨暗くして燈影明滅たるの時天陰り風微かにして鐘声断続たるの処一たび此巻を繙けば鬼気肌を襲ひ毛髪堅森し覚へす巻を掩ふて戦慄するに至る（中略）又上巻の図画は平福穂庵、松本楓湖、小林永濯三先生の筆に成り**下巻**の挿筆は**久保田米僊**先生の尤も意匠を凝せる絵画十有五図を弊堂得意の石版に上せ最精巧に印刷したれば君子貴女諸君が明窓浄几の間に伴ふて臥遊の友とするに足るべし。

この出版広告では、石川鴻斎の優れた文章力と画家たちの精妙な挿絵に力点が置かれているように理解できる。『夜窓鬼談』の上巻は、平福穂庵（一八四四—一八九〇年）、松本楓湖（一八四〇—一九二三年）、小林永濯（一八四三—一八九〇年）の筆によるものであり、下巻の挿絵はすべて久保田米僊（一八五二—一九〇六年）によるものだと宣伝している。とくに、「下巻」と「久保田米僊」の名前の二箇所をわざわざ特大にして読者の注目を集めようとしている。久保田米僊の挿絵は、鮮やかで生き生きとしており、迫力がある。挿絵に価値を置くことは、『夜窓鬼談』の重要な出版戦略だと考えられる。

この宣伝文から、『夜窓鬼談』は同時期の漢文小説集群と異なり、怪談の世界と絵画との関連および、絵画による視覚的要素を重視していることが理解できる。次節では上巻の挿絵を描いた小林永濯と松本楓湖を例にして、出版広告で強く宣伝されている下巻の久保田米僊の画風を検討したい。

二　怪談鬼話と絵画

『夜窓鬼談』上巻「河童」（三二編）に見られる挿絵は、小林永濯によるものである（図2）。小林永濯は鮮斎永濯ともいい、浮世絵も描き、暁斎・是真・芳年らとともに明治初期の挿絵や画本界で活躍していたが、同じく『夜窓鬼談』の挿絵を描いた穂庵・楓湖など、『夜窓鬼談』を刊行した東陽堂のもとで活躍した画家たちと交遊した。*4

「河童」の話はつぎのようなものである。美しくて武芸もある藩士の妻が寺参りの途中で茶屋で休んだところ、ある美少年が一緒に座った。その少年は「稚髻紈褲」（洒落た格好をして）、「丰采秀麗，嬌如好女」（風采が秀麗で、愛

図2　石川鴻斎『夜窓鬼談』上巻「河童」の挿絵（明治26年8月再版、東京大学東洋文化研究所蔵）

嬌のある淑女のようである）ので、「妻以為是寺僧所愛孌童」（婦人は寺の僧侶に囲われている美少年だと思った）というように、女の性質が与えられている。婦人が厠に入ったとき、美少年は彼女の体を触ろうとしたので、その手を婦人に切られるが、その後、美少年は素直に謝り手を返してもらったという内容である。

婦人は美少年が寺の僧侶に囲われている童であると推測し、「則慇懃述寒喧」（それ故親切に会話を交わした）と記されている。この場面では、美少年が寺の僧侶に愛されていること、ひいては、江戸時代における男妓としての年少者の役割が暗示されている。

鮮斎永濯による「河童」の挿絵は、河童から化けた美少年の切られた右手が床にあり、河童が二匹の魚を持参し平服して、薬を出している婦人に謝っているように描かれているが、繊細で穏やかな筆触は、『夜窓鬼談』下巻の挿絵を描いた久保田米僊の作風とは異なっている。

一方、松本楓湖の筆触もまた久保田米僊の作風とは異なる趣になっている。『夜窓鬼談』上巻には、松本楓湖による挿絵が三図見られる。挿絵が付けられた話はそれぞれ「花神」「画美人」「仲俊甃怪」である。

松本楓湖は、嘉永六（一八五三）年江戸に出て沖一峨に入門、その後、佐竹永海に入門した。明治維新には志士として国事に奔走し、藤田小四郎らと交わる。菊池容斎に歴史人物画を学び、大正天皇御殿修築に際して襖絵を描いた。その後、日本画会結成に参加し、日本美術創立にも参加した。歴史画、武者画を得意とし、勤王画家とも言われる。宮内省の命令で『幼学綱要』『婦女鑑』の挿絵を担当し、また博文館「家庭教育歴史読本」（落合直文・小中村義象著）に、『都之花』『風俗画報』など新聞、雑誌、教科書に多くの挿絵を描いた。[*5] ここでは『夜窓鬼談』の「花神」（上巻六編）を例にして、松本楓湖の画風を考察する。

「花神」の話はつぎのようなものである。京都出身の書生平春香が、東京で花見している際、道に迷ってしまい、若い女中が現われて姫の屋敷を案内する。姫は平春香を誘い一夜をともにした。平春香が目覚めると、姫と屋敷が無く自分が桜木の下で寝ていることに気付く。平春香はその後京都に戻ったが、ある日出掛けた際に、指輪を拾う。その指輪の持ち主は東京で出会った姫とそっくりであった。女は、平春香が姫に贈った詩句を出して、二人は不思議に思い円満に結ばれる。

松本楓湖の挿絵には、平春香が夢幻の世界で姫とくつろいでいる情景が描かれている（図3）。平春香は礼儀正しく姫の前に正座して、彼女の琴を聴いている。一方、姫は隣に二人の女中を伴っているが、女中は姫と平春香より小さく描かれている。部屋の作りは、掛け軸こそ植物の画だが、襖絵は桜の木で床の間があり、花瓶に飾っているのは桜である。部屋中、桜をテーマにしているのは、楓湖が本文の「幽致閑雅，櫻花殊多」（優雅でのどかで、桜がとくに多い）や「室宇潔清，畫以櫻花」（部屋は清潔で清らかで、桜が描かれている）という表現を受け取ったものであろう。楓湖は本文における屋敷の華麗さ、煌びやかさを排除し、もっぱら「幽致閑雅」の雰囲気を表現した。

図3　楓湖「花神」の挿絵（明治26年8月再版、東京大学東洋文化研究所蔵）

姫は桜柄の着物を着ているが、その顔立ちと髪型は、喜多川歌麿『寛政三美人』などの美人画に近い。楓湖は姫の顔立ちと髪型を細かく描写することによって、物語に含まれる官能性を極めて婉曲に表現したのではないか。

　では、『夜窓鬼談』の出版広告で力点が置かれている久保田米僊の挿絵は、いかなるものであろうか。

　久保田米僊は、鈴木百年に師事し、明治二十三（一八九〇）年に徳富蘇峰に誘われて国民新聞に入社し、『京都日日新聞』『西京絵入新聞』『国民新聞』に挿絵を、『幼年雑誌』『少年園』にも口絵を描き、京都美術界で大きな存在となっていた。[6] 筆力雄渾な画風は「米僊風」と言われている。[7] なお、その子久保田金僊が日清・日露戦争に従軍した経験を描いたスケッチが残っており、父とともに挿絵画家としてその名が知られている。

　『夜窓鬼談』下巻の挿絵がすべて久保田米僊の

図4　石川鴻斎『夜窓鬼談』下巻「茨城智雄」の挿絵（明治27年7月初版、東京大学東洋文化研究所蔵）

手になることは、出版広告で大いに宣伝されている。米僊の画風は、鮮斎永濯や松本楓湖と全く異なる雰囲気を作っている観があるが、作品の販売にどのようにつながっているのか、『夜窓鬼談』下巻第十三編「茨城智雄」を例に検討したい。

茨城智雄は茨城の下士の息子で、身を守るために女装して逃げる途中、悪漢に襲われたが、そのなかの一人はちょうど昔の家来だったので、一緒に寺に泊まった。そのとき、猿の妖怪が美少年に化けて、女装している智雄を誘惑しようとしたが、智雄に殺されてしまう。

女装した茨城智雄は、「花臉柳腰，嫣然處女也」（容貌が美しくて腰が細く、まるで処女のようである）とあり、猿の妖怪が化けた美少年は、つい茨城智雄に引っかかってしまう。猿の妖怪が美男ではなく、美少年に化けているという設定は、前述した「河童」の美少年と同様で、両方とも、勧善懲悪的に、不当な性欲により罰が与えられるようにして描かれている。

「茨城智雄」にある久保田米僊の挿絵は、女装した茨城智雄が勇ましく三人の悪漢を撃退するシーンであるが、茨城智雄は女装とは似合わない武芸と凄んだ表情を見せている（図4）。一方、悪漢の三人がそれぞれ凄まじい倒れ方をして、緊迫した戦闘場面となっている。勝利した智雄と敗れた悪漢とが対照的に描かれており、評判通りの筆力雄渾な米僊風を見せている。

米僊の挿絵の構図に立体感があるのみならず、登場人物の表情が生き生きと描写されており、智雄の余裕の表情と敗れた悪漢の驚愕の顔が鮮明に描かれている。米僊はこうして両者のあいだに迫る緊張感を見事に作り出している。久保田米僊の画風は評判通り筆力雄渾で、見事に読者を幻想怪奇の物語世界へ連れ込んだと言える。久保田米僊の挿絵は作品の売り上げにかかわる重要な要素だったと思われる。また、彼の迫力のある挿絵が大きな効果を発揮していることにより、『夜窓鬼談』下巻の短編は、上巻のものとはまた異なった怪談の幻想世界を作り出していると言えよう。

ところで、『夜窓鬼談』の題材の新奇さに着目すれば、狐や狸などが美人に化けて男を誘惑し、金銭や命を奪い取るような、昔からよくあるパターンをふまえている話もあるが、反対に「河童」や「茨城智雄」のように、動物が「美少年」に化けて、女を誘惑するような設定が注目される。「河童」「茨城智雄」のほか、「染女」（下巻二十八編）もそうである。

「染女」にも美少年が出ている。十八歳になる染子は美しい女性だが、森である美少年に出会い、少年は「眉目秀雅，鮮衣極麗」（顔が清爽で服が華麗である）だった。染子は富豪の息子だと思い、その後二人は密かに情交し夫婦のような関係になるが、ある日少年が自分は人間ではないと告白し、すぐに山へ逃げるべきだと警告したので、染子は洪水に流されず生き残ったという内容である。

「染女」でも、人間ではないものが美少年に化けて、女と情交する設定になっている。しかし、ここでは、女は性的欲望の赴くままに美少年と関係をもつにもかかわらず、というよりも、むしろそのために命が救われており、小説集における勧善懲悪的性格から外れているのである。

物語の表現手法に着目すれば、三編の話とも、まず美少年を描写する際に目鼻立ちの清々しさが強調され、服装の華麗さも描写されている。また、美少年たちが女と性的な関係をもとうとするように描かれたり、さらに「河童」の美少年と「茨城智雄」の主人公がそれぞれ「嬌如好女」、「嫣然處女也」という女の性質が与えられたりするなど、物語の表現手法が新奇で多様である。

三　結び

『夜窓鬼談』の出版戦略は、恐怖と戦慄が交錯する怪談鬼話の世界と精妙な挿絵、とくに久保田米僊による下巻の絵に焦点を当てて大いに宣伝した。『夜窓鬼談』上巻には、松本楓湖のような繊細で秀麗な挿絵があるものの、上巻の刊行はそれほど評判にはならなかった。このことを考えれば、米僊の挿絵は直接『夜窓鬼談』上下巻の販売の成功につながっていると言える。

石川鴻斎『夜窓鬼談』上下巻は同時代の漢文小説集と異なり、鬼神怪奇を題材にし、且つ大量の絵画を取り入れ、画文が織り成す鮮明な妖魔の幻想世界を作り上げることに成功した。生き生きとした挿絵を通して怪談鬼話の幻想空間を見事に具象化した。『夜窓鬼談』は硬い漢文体小説のイメージを一転し、漢文小説の多様化に新しい道を開いたと言えよう。

注

＊1　ロバート・キャンベル校注「夜窓鬼談（抄）」（新日本古典文学大系明治編三『漢文小説集』岩波書店、二〇〇五年八月、二六四頁）

＊2　同注1。

＊3　ロバート・キャンベル氏がこの広告文を『風俗画報』七十七号（明治二七年九月）としたが（「夜窓鬼談（抄）」『漢文小説集』岩波書店、二〇〇五年八月、二六四頁）、『風俗画報』七十六号（明治二七年八月）の誤りである。

＊4　ロバート・キャンベル校注『夜窓鬼談（抄）』（新日本古典文学大系明治編三『漢文小説集』岩波書店、二〇〇五年八月、二九五頁）

＊5　川戸道昭・榊原貴教編『図説　絵本・挿絵大事典』「第三巻」（大空社、二〇〇八年一一月、四九九頁）、河北倫明監修『近代日本美術事典』（講談社、一九八九年九月、三三九頁）

＊6　川戸道昭・榊原貴教編『図説　絵本・挿絵大事典』「第二巻」（大空社、二〇〇八年一一月、二一〇頁）

＊7　河北倫明監修『近代日本美術事典』（講談社、一九八九年九月、一三〇頁）

第三章　『夜窓鬼談』の妖異空間

一　妖異空間を漫遊す

「第一章」で述べたように、『夜窓鬼談』上下巻は『聊斎志異』の発想が投影されている。石川鴻斎は、『聊斎志異』編末評の「異史氏曰く」に倣い、編末に「寵仙子曰く」というように鴻斎自身の評価を付加している。先学の論考は二つの作品の筋道の類似性に集中している。たとえば『夜窓鬼談』の「秦吉了」「小人」「藤生救雀」などが、それぞれ『聊斎志異』の「雊鵒」「小官人」「蓮花公主」と似通っているという。[*1]

しかし、創作技法に着目すれば、たとえば『夜窓鬼談』下巻「阿絹蘇生」のように、人間が亡くなってから再び蘇生するという中国旧来の怪談のパターンが見られる。阿絹という富豪の娘は貧乏な国蔵との恋を成就できず、乱暴な金持ちの息子と結婚することになったが、嫁に行く途中で急死してしまう。しかし国蔵は阿絹の容貌を見たくなり、すぐに彼女の墓を掘ると、阿絹がその場で蘇生して、二人はそれ以降幸せに暮らしたという話である。

女の亡霊が蘇生して男と結ばれるという恋愛物は、六朝の志怪小説にも見られる。亡霊が蘇る過程の語り方を考えてみると、明代までは女の亡霊が独りで冥府に行き、蘇生できるように試みるあり様が描かれることが多い。だが、『聊斎志異』になると、男主人公が女の亡霊が蘇る過程に深く関与するようになった。[*2] このタイプの語り方は『聊斎志異』に十一例見られる。「聶小倩」「蓮香」「巧娘」「連瑣」「連城」「魯公女」「伍秋月」「小謝」「梅女」「湘裙」「薛慰娘」がそうである。

『聊斎志異』の十一例の話に比較して、鴻斎の「阿絹蘇生」では、女が蘇る過程において男主人公が『聊斎志異』

よりも積極的で、その役目が前景化していることがわかる。鴻斎の「阿絹蘇生」は、従来の志怪小説の語り方と異なり、『聊斎志異』のように男主人公の役目を重視するのみならず、むしろ彼に一番重要な功臣を演じさせた。また、中国のこうした話型では、女の幽霊が冥界と現実世界を往還しているが、鴻斎は冥府の描写を排除した。阿絹の蘇生は金持ちの息子という悪い勢力への反発とも考えられるので、おそらく鴻斎は明治時代の初期における社会的差別による婚姻問題を反映させたのである。

一方、夢は異界と交通する重要な媒介の場である。『聊斎志異』には夢を描く物語が六十余りある。なかでも夢を通して冥界を往還する話は多く、「珠児」「連瑣」「続黄粱」「伍秋月」「庫将軍」「鍾生」「夢狼」「陳錫九」「王大」「薛慰娘」の十編が見られる。『聊斎志異』では、夢で語られた冥界の情景は現実世界とはほとんど変わらない。夢は現実の延長線にあり、現実のもうひとつの空間のようで、冥界で構築された空間や景物・世情は現世のものと同様である。現世と冥界の空間が差異なしに重なっているのは、『聊斎志異』における夢の空間描写の特徴のひとつだと言える。[*3]

石川鴻斎の作品では、『夜窓鬼談』上巻の二編（「牡丹燈」「続黄粱」）と『夜窓鬼談』下巻の五編（「茨城智雄」「小人」「藤生救雀」「酔石生」「髑成仏」）の計七編に、夢が描かれている。これらの短編は『聊斎志異』と同様、夢で描かれた情景は現実世界と一貫しており、夢と現実とが時間的にも空間的にも直線状につながっているように見える。

たとえば、「茨城智雄」における女主人公の阿馨は、智雄が庭にいるという夢を見たが、現実世界でも夢と同じ庭で智雄と再会している。この夢には阿馨の欲望が反映されている。それゆえに、夢の世界と現実世界は重なっており、夢で起きたことが現実で再演されるのである。また「小人」は、小人の正体が鼠で、ある鼠が家の食品を盗み家主に殺されたが、鼠の長老がその夜家主の夢に現われて家主に謝り、それ以後家主と鼠たちが家で共生するようになったという話である。ここでも夢と現実はつながっている。つまり夢はたんなる夢ではなく、現実の延長した空間なのである。「藤生救雀」「酔石生」「竈成仏」にもそうした性格が見られる。『夜窓鬼談』で描かれた夢とは、『聊斎志異』の表現技法と同様に現実世界の延長線にある空間である。夢での出来事や予言は現実世界で実現するように語られている。なかでも「続黄粱」のように、啓蒙的で啓示の意義の含まれる夢が見られるものがある。しかし、『夜窓鬼談』の「続黄粱」は『聊斎志異』の「続黄粱」と異なり、冥界や輪廻の描写が省かれているのみならず、夢に明治青年の「立身出世」への反発が見え隠れしているのである。このように、『夜窓鬼談』は一見幻妖怪異譚を描いているものの、なかに社会批判や世情への風刺が潜んでいるのである。

二 『夜窓鬼談』の鬼神観

『夜窓鬼談』『東斉諧』の題材については、小倉斉氏および高柴慎治氏がともに、伝聞を記録したもの・昔話によるもの・鴻斎の自作したものの三種類に分けている。[*4] 実際に八十六編の性格について分類してみると、化け物に関する話が最も多く、計三十一例（『夜窓鬼談』上巻一八例・『夜窓鬼談』下巻一三例）見られる。代表例として『夜窓鬼談』の「竈怪」「仲俊魏怪」や、『東斉諧』の「狸技」「酔石生」などが挙げられる。つぎに多いのは幽霊の話である。『夜窓鬼談』上巻は「哭鬼」「客舎見鬼」など十一例、下巻は「縊鬼」「霊魂再来」など十三例で、合計二十四例になる。

『夜窓鬼談』の研究については、前述したように台湾では黒島千代氏と黄錦珠氏が、作品から読み取れる科学的合理主義を提起している。[*5] 黄錦珠氏は、鴻斎が道徳と科学をともに重視したと述べている。日本では先述の小倉氏と高柴氏のほか、加固理一郎氏は小倉氏と同様、作品に西洋化に対する批判的な性格が見逃せないと指摘しているが、具体的に論じてはいない。[*6]

しかし、先行研究で指摘された科学的合理主義の要素は、石川鴻斎自身がすでに『夜窓鬼談』「鬼神論」（上）（下）や、『東斉諧』「友雅」の編末評、「混沌子——一名「大地球未来記」」（以下「混沌子」と称す）などで明言しているものである。鴻斎は「鬼神論」（上）で、「神與人既為闢隔矣，欲強知之則惑也，朱子曰：「不惑於鬼神之不可知」」（神と人間は異なる世界のものである。鬼神の世界を無理に理解しようとすれば困惑するのみである。朱子曰く「鬼神に関する不可知のことに惑わされない」）と述べている。また鬼神のことは聖人の言わないことであるのに、聖人の言わないことをなぜ後世がわかるのかと続く。つまり、ここで鬼神の世界が人間には理解できないものだと明白に主張しているのである。鴻斎のここでの鬼神観は、朱子の鬼神に関する考えを受け継いでいることがわかる。

また、『夜窓鬼談』下巻「友雅」の編末評で、「寵仙子曰：「世之見鬼者，大率皆由於神經，其人不死，鬼豈安得別為形哉！鬼而有形，且眾人現見之者，優人演戲爾」」（寵仙子（鴻斎のこと）曰く「世でいう幽霊を見たのは大体神経の作用である。人間が死んでいなければ、幽霊はどのようにして形を作るのか。幽霊が形にして且つ衆人の前に現われたのは、俳優の演技にすぎないものだ」）と述べている。鴻斎はここでも、幽霊は存在せず、それは人間の幻像にすぎないと科学的に明言しているのである。

さらに、『夜窓鬼談』下巻の最終編「混沌子」は、『夜窓鬼談』の上巻と下巻の思想が集約していると考えられる（図5）。「混沌子」は、未来のことを知りたい混沌子という士人が、天地万物の終始を通暁している無極道人に質疑応答する形をとって描かれている。

無極道人は人間の起源についてつぎのように語る。「人之初生也，如蕈之發溼地，蛆之生腐肉，薰蒸凝結，蠕然喘然為形爾。至稍為五體，如猴，如封，如彭侯，如山𤢖，採而食，掬而飲，穿穴禦雨露，綴葉凌寒暑」（人間の始まりは、湿地に生まれた菌や腐った肉から出た蛆のようで、蒸気で凝結して蠢きながら形をなしている。五体になってから猿類、木の精

図5　石川鴻斎『夜窓鬼談』下巻「混沌子」の挿絵（明治 27 年 7 月初版、東京大学東洋文化研究所蔵）

霊、大ひひのようにものを捕って食べ、穴を掘って雨を防ぎ、葉を被って寒暑を凌ぐ）という。万物は最初に蒸気で形作られてから五体になり、人間は猿などの霊長類から進化したものだと述べている。

無極道人のこうした考えは、チャールズ・ダーウィンの進化論をふまえていると理解できる。生物の進化を種の変異と自然淘汰で説明するダーウィンの進化論の伝来に関しては、一八七七（明治一〇）年に東京大学でエドワード・モースの講義が行われたのがその嚆矢で、明治の思想界に刺激を与えた。[*7] 鴻斎は人類の起源について、『古事記』『日本書紀』や神による人間の創造を語るキリスト教などではなく、ダーウィンの進化論を援用したのである。

そのつぎに混沌子の宇宙に関する質問に対して、無極道人はたとえば地球の寿命は三万六千年・地球に収容できる人間数は三十六億などと、それぞれ具体的な数字を回答した。しかし、「混沌子」の編末評では「寵仙子：「天地之壽非以人智可知者，（略）以蜉蝣之生欲知萬歳之後，吁！亦愚矣哉」」（寵仙子曰く「天地の寿命は人間の知恵でわかるものか。（略）短い生命で万年後の世界を知ろうとするのも全く愚かだ」）と述べている。

「混沌子」のサブタイトル「大地球未来記」からも、人間の無知に対する風刺が暗に付与されていると察せられる。さらに、「近時西洋人動有論地球滅没之期者，妄動搖人心，翫弄愚民，或有圖寫滅盡之狀鬻之市中者，吁！亦何等狂態也」（最近西洋には地球の破滅期を論じる者がいて、人間の心を混乱させ愚民を弄んでいる。またその破滅のあり様を描いた図絵を市販している者もいる。ああ、それは何たる狂態か）と、地球破滅期を予測している西洋人を酷評している。要するに、先行研究で指摘された西洋批判は、石川鴻斎が編末評ですでに明確に述べているものである。

ここで重要なのは西洋批判だけではない。この編末評および編名の「混沌子」から、荘子の「渾沌寓話」（応帝王篇）が連想されよう。南海と北海の帝が渾沌に恩返しようと思い、無理に七竅を穿ったために彼を死なせてしまう。『夜窓鬼談』下巻の混沌子が自分の知能を超えるものを強引に理解しようとする姿勢は、実は渾沌に強いて七竅を穿つことと似通っているのではないか。石川鴻斎が編名を「混沌子」にしたことは、渾沌に七竅を無理矢理穿ってかえって彼を殺害してしまうように、混沌子の反自然的な行為を風刺しているのではないか。

鴻斎は西洋知識を受け入れながらも、科学知識を極端に誇示する人間を強く批判した。鴻斎は「混沌子」で、たんに先行研究のいう西洋批判にとどまらず、人間の知識の過信と愚かさをも批判しているのではないか。鴻斎は、鬼神の世界を理解するのは無理なことだという朱子の鬼神に対する考えを継承して、人間の知能を超える宇宙という未知の世界を予測する「身のほど知らず」な人間の姿勢を酷評しているのである。

三　怪談と中国文人との交遊

「第一章」で述べたように、石川鴻斎は清国の外交官や知識人と深く交遊している。『夜窓鬼談』下巻第十二編「比翼塚」の編末では、石川鴻斎が明治十一（一八七八）年に清国大使翰林院侍講の何如璋と副使候選知府の張斯桂を接待し、比翼塚を見学した経験が書かれている。「比翼塚」は実話に基づいた話で、平井権八という武勇の藩士が妓女に恋したが、金がないので人殺しをして逮捕され、妓女も殉死し、二人が驪郷にある比翼塚に葬られたという内容である。

石川鴻斎は、何如璋と張斯桂を驪郷に連れていき、比翼塚の話をした。そして三人とも情死する二人の深い愛情を歌う漢詩を作った。話の後、ちょうど石川鴻斎の弟子が挨拶しに来て、何如璋と張斯桂がこの人は誰かと聞いたら、石川鴻斎は「比翼之鬼」（比翼の幽霊）だと冗談を言った。そして、石川鴻斎はさらに作り話をし、比翼塚の二人の名前が海外まで広まって光栄だと中国の二人の知識人に伝えてほしいと、この「比翼之鬼」が鴻斎に言ったとした。張斯桂は、早速鴻斎の作り話に合わせて、日本に来て「百年之鬼」（百年の幽霊）に会えることこそ光栄だと言い、三人で「相共一笑」（ともに笑った）とある。

ここで、石川鴻斎が、幽霊の話を戯れながら話していることから、石川鴻斎が幽霊談を客観的に見ている姿勢が表われている。そして、怪談は、たんに勧善懲悪の意を表すための手段であるだけでなく、中国の文人たちと交流するきっかけにもなった。つまり、明治日中文化人の交流が怪談を通して成り立っているのである。

四　結び

石川鴻斎は『聊斎志異』に代表される中国の怪談文芸を日本のコンテクストのなかで新たに表現しなおした。『夜窓鬼談』は中日の怪談を伝承する役割を果たしたことがわかる。『夜窓鬼談』の近代性は、朱子の鬼神観を基盤としながら、さまざまな人間観察と世情について、怪談鬼話を通じて呈示したことにあるのだと言えよう。さらに、物語の妖異空間を漫遊するなかで、絵画が物語るもうひとつの異界をめぐる想像空間を開いたと言えるのである。

石川鴻斎が関心を寄せたのは、鬼神の諸相ではなく人間の百態であったことがうかがえる。彼の関心はたんに西洋や科学といった大きな対象への批判にとどまっていたわけではない。彼はとくに未知の世界を予測し制御しうるという人間の過信を強く批判していた。『聊斎志異』のように幻妖怪談を借りて世相を風刺していたわけである。のみならず、日本の近代文壇で森鷗外の提唱したロマンス性の回復の理念とも重なっており、独自の「実」の世界を表現したのである。

注

＊1　黒島千代「石川鴻齋的《夜窗鬼談》與蒲松齡的《聊齋志異》」（清華大学中国語文学系編『小説戯曲研究　第五集』聯経出版、一九九五年二月、一七五－二二四頁）、黄錦珠「日本漢文小説《夜窗鬼談》的寫作特色及其淵源」（『外遇中国――「中国域外漢文小説国際学術研討会」論文集』学生書局、二〇〇一年一〇月、三九五－四三六頁）、陳炳崑「『聊斎志異』と『夜窓鬼談』をめぐって」（日中文化研究会『曙光』２（２）、二〇〇四年、一二－二〇頁）などを参照。

＊2　徐静荘「《聊齋誌異》復生愛情故事的叙事寓意」（『東海大学図書館訊』一二六号、二〇一二年三月、一八－四一頁）

＊3　陳春妙「《聊齋誌異》因夢入／出冥之叙事策略」（輔仁大学中国文学研究所『輔大中研所学刊』二三号、二〇一〇年四月、一二三－一三八頁）

＊4　小倉斉「『夜窓鬼談』の物語世界」（新日本古典文学大系明治編『漢文小説集』月報、岩波書店、二〇〇五年八月、一－四頁）、高柴慎治「『夜窓鬼談』の世界」（静岡県立大学国際関係学部『テクストとしての日本：「外」と「内」の物語』二〇〇一年三月、七－三四頁）

＊5　黒島千代「石川鴻齋的《夜窗鬼談》與蒲松齡的《聊齋志異》」（清華大学中国語文学系編『小説戯曲研究　第五集』聯経出版、一九九五年二月、一七五－二一四頁）、黄錦珠「日本漢文小説《夜窗鬼談》的寫作特色及其淵源」（『外遇中国――「中国域外漢文小説国際学術研討会」論文集』学生書局、二〇〇一年一〇月、三九五－四三六頁）

＊6　加固理一郎「石川鴻斎と怪異小説『夜窓鬼談』『東斉諧』」（日本漢文小説研究会『日本漢文小説の世界』白帝社、二〇〇五年三月、一五七－一七三頁）

＊7　荒川紘「明治の近代化と宇宙知識」（『日本人の宇宙観　飛鳥から現代まで』紀伊國屋書店、二〇〇一年一〇月、二八〇頁）

第二部

小泉八雲の再話文学と『夜窓鬼談』

第四章　「果心居士の話」論——物語の空間

一　小泉八雲と『夜窓鬼談』

『夜窓鬼談』は、小泉八雲（ラフカディオ・ハーン Lafcadio Hearn、一八五〇－一九〇四年）の創作にも素材を提供した。小泉八雲の「果心居士の話」（『日本雑記』一九〇一年）、「お貞の話」および「鏡と鐘と」（『怪談』一九〇四年）の三編は、それぞれ『夜窓鬼談』の「果心居士——黄昏艸」、「怨魂借体」と「祈得金」から素材や着想を得たものである。

高柴慎治氏は小泉八雲の「宿世の恋」（『霊の日本』一八九九年）が『夜窓鬼談』「牡丹燈」に取材したものであるとしているが、[*1] それは、三遊亭円朝『怪談牡丹燈籠』から再話したと言ったほうが妥当であろう。『夜窓鬼談』「牡丹燈」自体は、円朝の『怪談牡丹燈籠』によるものであると、編末にも説明されている。したがって、「第二部」では小泉八雲の「果心居士の話」、「お貞の話」および「鏡と鐘と」の三編に着目して、漢文小説から再話した作品の芸術性を探りたい。

小泉八雲には日本観察や日本の伝統文化に関する作品が数多く残っている。「果心居士の話」（*The Story of Kwashin Koji*）（『日本雑記』所収、一九〇一年）は、『夜窓鬼談』下巻第五編「果心居士——黄昏艸」から取材したものである。『日本雑記』（*A Japanese Miscellany*）は「奇談」「民間伝説落穂」「随筆ここかしこ」の三部からなるもので、「果心居士の話」は「奇談」に含まれている。

その内容はつぎのようである。果心居士という六十歳余りの人物がいた。彼は地獄絵をもちいて因果応報の理を説いていたが、そこにはつねに大勢の人だかりができていた。当時の武将であった織田信長は、居士の絵を欲し、そこで臣下の荒川氏がその絵を奪い取ってきた。しかし荒川がその絵を開くと、なかは真っ白で何も描いていなかった。さらに、荒川は幾度か居士を殺害しようとしたが、そのつど居士は幻術をもちいて逃げていった。その後、明智光秀が政権を握ると、光秀もまた居士を屋敷に誘った。そこで居士は、傍らにあった屏風に描かれている近江八景図の舟に手を振った。すると、絵から水が部屋に溢れはじめ、舟が飛び出してきた。臣下たちは、慌てて袴をたくし上げたが、居士はすでに舟に乗って去って行った。

小泉八雲の再話の筋はほぼ原典に沿って展開しているものの、人物の造形やとくに結末の描写は、原典より豊かに潤色されている。果心居士は度々幻術を使い、現実と非現実的な世界を往還していた。居士の身体の移動が静止した絵の世界と動乱の戦国時代とを結びつけたのである。居士のパフォーマンスは現実と非現実世界のあいだでどのように生じているのだろうか。

また、原話には見事な挿絵が見られる。それは八雲の物語世界とどう関連するのか。小泉八雲はいかに日本の古い伝説を再創作したのかなど、「果心居士の話」において八雲の再話の美学がいかに表現されたのかを探ってみたい。

二　果心居士に関する話

果心居士に関する類話はいくつか見られる。まず文禄五（一五九六）年に成立した『義残後覚』（愚軒編、七巻七冊）巻四第二編に「果進居士が事」があるが、八雲の「果心居士の話」と全く異なる筋で展開している。「果進居士」は顔が二尺ほどになったり姿をくらましたりする術を見せる。借金した商人の前で急に容貌を変えて逃げる。居士の術は驚くべきもので、弟子の前で急に姿を消してしまいどこにも見付からなかったという。自分の体を変形したり容貌を変えたり姿が急に消えたりする術を披露して見事に自分のパフォーマンスを演じている。

つぎに、『玉箒子』（林義端、元禄九（一六九六）年）に「果心居士幻術の事」が見られる。『玉箒子』は六巻からなるもので、「果心居士幻術の事」は第三巻にある。幻術を行う果心居士は人を驚かせる。寺の塔の先に上って裸になったり、池のほとりを歩き大魚に化けたりする。ある宴会で呪文を唱え、座敷の奥の方を扇子で指すと洪水が湧き出してくる。しかし、翌日見れば全く何事も起きていなかったのである。松永弾正が居士を呼びだしたが、居士に憑依された妻女を見て呆れたという。術によって座敷を水浸しにし直ちに水を引かせるという展開は、『夜窓鬼談』および八雲の「果心居士の話」と類似する。

また、現代作品では司馬遼太郎による『果心居士の幻術』（『オール讀物』一九六一年三月号）がある。居士の出自から語り起こして、松永弾正をはじめ筒井順慶などに仕えた神秘的な一種の忍者であり、人間とは思えないほどで、急に姿を消してしまうような伝奇的な人物として作られており、内容は八雲の作品と全く異なる。

果心居士に関する逸話はそれぞれ内容がかなり異なる。八雲の「果心居士の話」は、細部の描写まで『夜窓鬼談』「果心居士——黄昏艸」を忠実に踏襲しており、人物の設定や筋の展開がほぼ一致している。たとえば、織田信長が果心居士の地獄絵の生々しさに驚き、血が流れてくるように見えるので思わず絵に触ってしまった、などの細かいしぐさも原話を踏襲している。

八雲の蔵書目録に『夜窓鬼談』が見られ、明治二十七（一八九四）年の版である。[*2] 八雲の再話物語のほとんどは、妻の節子が口述した物語をもとにしている。[*3] だとすれば、漢文小説の『夜窓鬼談』を語り聞かせる節子の漢文力は驚くべきものである。だが、節子以外の人物が関与していた可能性も考えられる。八雲の弟子たち、創作助手、とくに八雲の考証類の著作に材料を提供した文学士・大谷正信氏らからの助力を得た可能性があろう。[*4]

小泉八雲「果心居士の話」は原話の描写を詳細にふまえてはいるが、しかし、原話と異なる精妙な空間表現や幻想的な雰囲気も漂っている。次節では、人物造形からその変奏の軌跡を探りたい。

三　人物像の変容

小泉八雲「果心居士の話」に関しては、原話との大きな相違点を二つ挙げることができる。

第一に、再話では数字を明記していることである。たとえば、居士が酒屋で荒川に見つかり捕われる箇所が、原話では「傾數十碗」（数十杯の酒を飲んだ。『夜窓鬼談』下巻、二一頁）とあるが、再話では「酒を十二杯飲みほした」（小泉八雲著、平川祐弘編『怪談・奇談』講談社、二〇〇四年一二月、一九三頁、以下同）（"twelve bowls of wine"）という。さらに、荒川の弟である武一が果心居士を殺したにもかかわらず、居士はまた屋敷に現われる。原話の場合「久之」（しばらく経ってから）としか描いていないけれども、再話には「およそ一ヶ月後」（"about a month later"）とある。

また、原話では居士は牢屋で寝込んで「至十餘日，猶未覺」（十数日経ってまだ起きていない）とあるのに対して、再話では「十日十夜ぶっ続けに眠りに眠った」とある。さらに、光秀が居士を呼び出して酒を奢る一節で、原話では居士の酒飲みを「傾數十盃」（数十杯を飲んだ）とあるけれど、再話においては「十杯たて続けに飲みほす」という。

八雲は、こうして読者により詳しい数字と時間感覚をもたせ、話の流れをより明白に把握させるために細かく工夫している。数字や時間感覚を明確にしたのは、新聞記者をしていた八雲の精確さを求める姿勢の表われであろう。

第二に、人物像がより鮮明に作り上げられたことである。とくに居士と対抗する荒川像はより明確にされ、卑劣なイメージが前面に出されている。再話の荒川像に着目すると上位の人に媚び、性格が陰険で暴力的だという形象が鮮明に提示されている。原話では、居士の地獄絵が立派で「右府欲之，使荒川氏達意」（信長がその絵を欲し、その旨を荒川氏に伝えるようにした）とあるのに対して、再話では「信長がこの掛物を所望している様子を見てとった荒川」

（一九一頁）（"Observing Nobunaga's evident desire to possess the kakemono, Arakawa then"）が自ら居士と交渉したように変更している。

ここでは信長に媚びる荒川のイメージが鮮明に提示されている。また、原話では酒屋にいる居士を見つけたのが荒川の兵であったのに対して、再話では荒川自身になっているように、荒川の積極的な居士への復讐が前面に示されている。

それから、居士は当初信長に絵を売らないため、再話では荒川は「陰険な手段でその絵を奪い取る」（一九二頁）（"hoping for a chance to get the picture by foul means"）という。さらに荒川は「居士に躍りかかろうとした。警護の武士が押しとどめなかったなら、荒川は居士に斬ってかかっていたに相違ない」（一九四頁）と、原話と異なる「陰険」で暴力的な荒川像を際立たせている。

その後、取調べ官は居士と荒川の言い分を調査する。原話の「荒川口訥，不能辩冤」（荒川は口下手で弁解できない。二四頁）という箇所を、再話では「この荒川は性来口が重かったが、今回は興奮のあまり、もうほとんどものが言えない。口はどもり、言葉はつまり、前後辻褄の合わぬことを口走り、いかにも罪ある人に見えた」とあるように変えて、荒川の口が重い状態を詳細に強調し「罪人」のイメージを暗示する。

こうして、再話での荒川像は上位の人に媚び、「陰険」で暴力的な罪人だという形象が提示されている。一方、果心居士の形象も異なる。原話では、荒川に捕まえられた居士は、荒川の訴えに対して冷笑して言い返しただけである。しかし、再話では居士は荒川に「声を荒らげて叫んだ」とあるように、居士の反応をより激しいものにした。居士の「叫び」を強調することを通じて居士と荒川との対立をより激しくしているのである。八雲は、荒川の「悪」を際立たせ、居士の感情表現をより強烈に描くことによって、居士の人物像を原話より明確で鮮明にさせたと言えよう。

さらに、原話では織田信長の死と明智光秀との関係について「光秀反，弑右府，執洛政」（光秀が謀反して信長を殺害し政権を執った）とあるように、光秀が信長を殺害しただけのように語られている。しかし、再話では「信長は配下の武将の一人明智光秀の謀叛にあい、非業の死を遂げた。光秀はこうして天下を取ったが、その天下は十二日しか続かなかった」（二九七頁）というように、信長の立場から描いており、光秀の謀叛による信長の「非業の死」が強調されている。そして、この裏切り者の政権は「十二日しか続かなかった」と補説する。ここでは、光秀を批判する八雲の評価がうかがわれる。

四　物語の空間

八雲の再話で一番見事な描写は最後の場面だと言える。八雲はこのシーンを丁寧に潤色している。居士が術を披露するので屏風を見るように、と光秀一同に言いわたした。最初から見る関係と見られる関係とが作られているだけではなく、居士の術を披露する姿勢も表明されている。しかし、その後、原話には「有屏畫近江八景，舟大寸餘」（近江八景を描いた屏風があり、舟は寸余りの大きさである。二四頁）としか描かれていないのに対して、再話では「八折の大きな屏風」に八景図が描かれており、「八景の一つとして湖上遠く舟を漕ぐ人が一人描かれて」、「舟は屏風の表に一寸足らずの空間を占めている」というように、屏風の形や漕ぐ人が一人であること、舟と屏風との関係を詳しく描写する。居士は見られるもので、語り手は読者を、見ている光秀一同とともに誘導しているのである。

そのつぎ、原話では「居士揚手招之，舟搖蕩出屏，大及數尺，而坐中水溢」（居士が手を振ると、舟が屏風から滑り出し、数尺まで大きくなり、部屋は水で満ちていた）とある。しかし、再話では、舟の向き、舟の近づく詳しい様子と室内に水が溢れるあり様と三つの角度から描写している。

まず、居士が手を振ると「衆人の見ている前で舟が突然向きを変え、画面の手前の方へ動きはじめた」と舟の向きを描く。それから、「こちらに近づくにつれ、舟はにわかに大きくなり、やがて舟人の顔立ちもはっきり見てとれるほどになった。それでも依然として近づいて来る。ますます大きくなり、舟はついに目と鼻の先まで来た」と詳しく描写した。舟の向きの変更や舟が「にわかに」大きくなること、舟人の顔立ちが見えることと舟が目先まで来たことは、原話にない描写である。

舟がますます大きくなり次第に近づき、そして本物のように衆人の前に現われる描写は、舟の拡大したイメージとスピード感、画面の躍動感および臨場感を同時に豊かに表現しているのである。こうしたリアルな描写によって、見る側と見られる側の緊迫感が増していく。「衆人の見ている前で」（"all saw the boat"）という状況を記すことで、居士のパフォーマンスの姿勢をより際立たせる。

さらに「すると突然、湖水が画面から溢れ出る気配がした。そして室内には事実、水が溢れたのである」と続く。舟にとどまらず水と部屋の関係が詳細に描かれて、原話の簡潔な叙述よりも丹念に工夫されていることが明らかである。

そして、原話での「衆僉惶駭，褰袴偕立，俄然歿股」（皆が驚き、慌てて袴をたくし上げ、水がすぐ股まで浸した）という描写に対して、再話では「見物の人々はあわてて裾をからげた。水はもう膝の高さにまで来ている。とそのあいだに舟は屏風から滑り出した。本物の漁舟である。櫓のきしる音も聞えた。それでも室内に溢れた水嵩は増すばかりで、人々の腰の帯のあたりまで達した」（傍線引用者）（"and the spectators girded up their robes in haste, as the water rose above their knees. In the same moment the boat appeared to glide out of the screen, ── a real fishing-boat; ── and the creaking of the single oar could be heard. Still the flood in the room continued to rise, until the spectators were standing up to their girdles in water."）とある。「見物の人々」という表現は、居士が術を衆目の前で示すことと呼応している。

ここで重要なのは、舟が屏風から滑り出す時間帯と順番の問題である。原話では居士が手を振ると、舟がすぐ屏風から滑り出し、そして部屋は水で溢れて衆人が慌てるというように展開する。しかし、再話では、居士が手を振るとき、舟はまだ屏風から離れていない。舟は人々の目前で大きくなるだけであり、続いて水が部屋に入ってきて、人々が慌てているところで舟が屏風から滑り出すというように展開されているのである。

一方、原話では、舟が絵から滑り出した後に、水が部屋に溢れ出す。舟が静止した絵の空間から、実世界の空間に突入したように描かれているのである。しかし、再話では、水流が先に部屋に入ってから舟が滑り出す。すなわち、水流が舟より先に部屋に入り込むことによって、部屋の情景と絵の世界とを見事に融合させたのである。部屋の空間が絵の風景の延長になっており、絵に部屋の情景が入っている。水流の動きは、絵の空間と現実世界の空間を巧みに結びつけるのである。

しかも、絵は静止している状態でなく、舟が向きを変えた時点から本物のように動き始めていた。したがって、再話では、水流は元の平面空間の絵と動いている実世界との二つの異質な空間を結ぶ、移動的な媒介者且つ潤滑油だと言えよう。それのみならず、漸進式の視覚空間を作り上げて、絵と実世界を一体化したのである。

それだけでなく、「櫓のきしる音も聞えた」ように、読者に聴覚への想像を駆りたてる表現をも提供する。周知のように八雲は来日した時、過度の読書のために右目の視力がかなり衰えていた。西成彦氏は八雲文学において目より耳が優位という説を提出した。来日直後の八雲の記述はまず視覚から入ってきて、そして聴覚によって日本の印象を記述し直していく過程を取るというのである。[*5] しかし、大塚英志氏は、八雲の写実的な描写は、必ずしも視覚から乖離して聴覚へ転換するものではないと述べている。[*6]「果心居士の話」は八雲の来日直後の作品ではない。だが、物語の結末で八雲が原話に描写されていない音表現に着目した点は見逃せないであろう。とはいえ、その一方で、ここの音感覚は八雲の作風から来ているほかに、物語の前半に出てくる地獄絵から着想を得たものだ、ということも否定できないと思われる。なぜか。

　再話では、原話での地獄絵の描写を踏襲し、「悪魔も牛頭馬頭も、地獄堕ちして刑罰にあっている亡者共も、さながら眼前で生動するかのごとくで、画面からは悲鳴や嗚咽が聞えるかに思われた」とある。このように、地獄絵の生々しい情景を強調する際、八雲は絵から声が聞こえてくるかのように表現している。そして、屏風絵から水の音が聞こえる創作技法は、この地獄絵の音声表現と同工異曲である。したがって、おそらく、音が聞こえる描写は八雲が地獄絵の表現法から着想を得たものなのである。このように、音声をめぐる表現を借りて、作品に出てくる二つの絵が互いに呼応しあうことをよりいっそう豊かに表現したのである。

　このシーンの最後に、原話では「居士在舟中，篙工盪槳，悠然而去，不知所之」（居士はすでに舟に乗って去って行くところであった）としか描かれていない。しかし、再話ではまた詳しく描写している。「居士がその舟に乗るや、船頭は舳先をめぐらし、見る見るうちに漕ぎ去って行く。そして舟が沖へ去るにつれ、室内の水も引いて、さながら画中に戻るかのごとくである。そして舟が画面の手前を過ぎたころから室内はまたいつのまにかからりと乾いた。それでも舟は依然として屏風の水の上を滑るがごとく沖合を指して行く。やがてはるかに小さな沖の一点と化し、そしてついにはまったく消えた」（一九九頁）とある。

　ここで舟の移動、室内の水と居士が去っていく様子が説明されている。また遠近法と空間の伸縮を利用して、舟が小さくなり、やがて虚焦点に収斂し消え去るように描写している。舟の動きを詳細に描くことを通じて、同時に居士の行方も暗示されている。室内の水が引いていく動きを通して、絵と実世界の融合していた空間が徐々に縮退し、やがて虚構と現実が区別された日常の世界が戻ったのである。

　ラストシーンは再話と原話と一番大きく異なる場面で、八雲は見事な視覚空間を構築した。原話と違って、舟の移動に関する細部の描写から空間と躍動感が巧みに増していく様子を、聴覚の享受によって提供した。さらに、水

図6　石川鴻斎『夜窓鬼談』下巻「果心居士」の挿絵（明治27年7月初版、東京大学東洋文化研究所蔵）

の流れを通して空間の伸縮を表現して絵の空間と現実世界の空間とを丹念に融合したり還元したりしたのである。

五　挿絵との関連

原典「果心居士——黄昏艸」には久保田米僊による挿絵が見られる。「第二章」で述べたように、筆力雄渾な画風は「米僊風」と言われている。米僊の挿絵は、近江八景図を背景に居士が舟に乗って去っていくように小さく描かれている。その前では光秀が刀をもって川を渡ろうとし、周りの臣下四人が驚いて倒れたり、居士を追い駆けようとしたりしている。米僊は遠近法を使い、川を渡れないままそれを見ている光秀と臣下を大きく描いている。

米僊の挿絵の構図に立体感があるのみならず、登場人物の表情が生き生きと描写されており、光秀一同の慌てたり悔しがったりする表情と居士の悠然とした顔が鮮明に描かれている（図6）。米僊の画風は評判通り筆力雄渾で、こうして両者のあいだに迫る緊張感を見事に作り出している。布村弘氏は原典の挿絵が八雲のイメージ形成に「なんらかの影響を与えたに違いない」[*7]と指摘してはいるものの、詳しい考察を行ってはいない。

近江八景図は琵琶湖周辺の景勝地を描いたもので、詩歌や画題として有名である。八つの図版には異なる題名がつけられており、それぞれ、粟津晴嵐、瀬田夕照、三井晩鐘、唐崎夜雨、矢橋帰帆、石山秋月、堅田落雁、比良暮雪と称されている（『類聚名物考』）。ただし、表現の仕方と構図は時代によって異なっている。たとえば『女大学宝箱』（享保元（一七一六）年）、『女大学玉文庫』（嘉永四（一八五一）年）、『女小学教草』（嘉永五（一八五二）年）の版や錦絵などは、同じ八景図を描いたものであるが、画風や細部はそれぞれに異同がある。

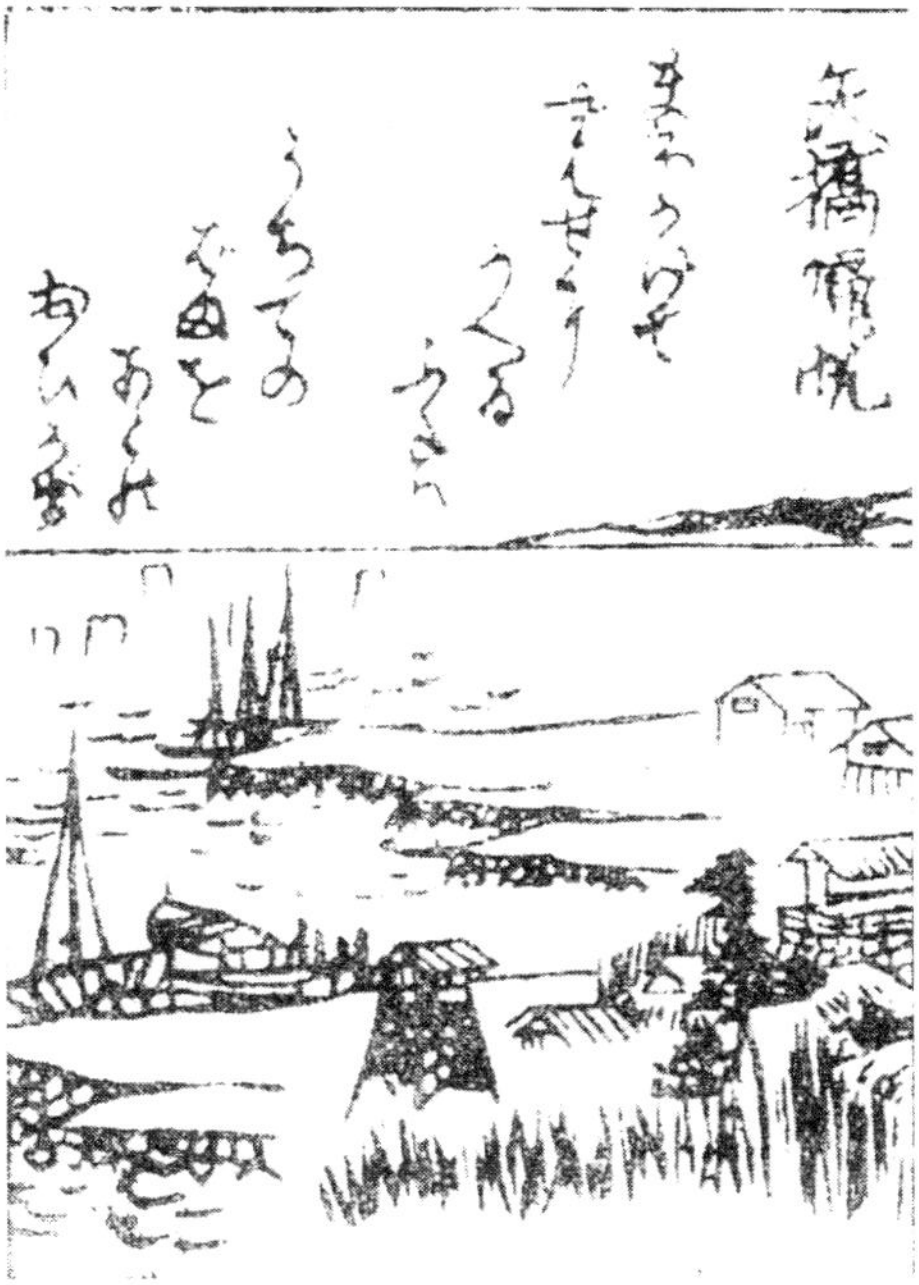
図7　『女大学玉文庫』

しかし、米僊が挿絵に書いた八景図とされる絵のなかには、こうした従来の近江八景図とは異なる表現がなされている。詳しく言えば、八景図の「粟津晴嵐」の山の形、および「矢橋帰帆」における舟の形と、同図版における山の手前に帆を張る舟がある構図から、それぞれ着想を得て再構成したもののはずである。しかも画風や絵の構図、山や舟の形に注目すれば、米僊は享保年間の『女大学宝箱』や嘉永年間『女大学玉文庫』（図7、『江戸時代女性生活絵図大事典』第五巻、大空社、一九九三年五月）、『女小学教草』の版を参照したというよりも、歌川広重や歌川房種などの錦絵を参照した可能性が高い（図8、『広重名所江戸百景――秘蔵岩崎コレクション』小学館、二〇〇七年七月）。

しかし、八雲の再話では、「八景の一つとして湖上遠く舟を漕ぐ人が一人描かれていた」（"In one of the views the artist had represented, far away on the lake, a man rowing a boat."）ことと、「舟は屏風の表に一寸足らずの空間を占めている」（"the boat occupying, upon the surface of the screen, a space of less than an inch in length"）という表現を検討すれば、八雲が直接八景図の「矢橋帰帆」などからというよりも、米僊の挿絵から着想を得てそう描いたと言える。

図8 「広重画」

八雲の再話では、米僊が従来の八景図で参照した山の形や、山の手前に帆を張る舟がある、といった周りの風景について触れていない。八雲の描写では、前述した舟と屏風の空間感覚、「湖上遠く舟を漕ぐ人が一人」のことと、居士と舟との関係に焦点が置かれている。それに、従来の八景図には「湖上遠く舟を漕ぐ人が一人」のような構図が見当たらない。したがって、八雲が最後の場面を創作する際、直接『女大学玉文庫』や錦絵などを参照したというよりも、原典での米僊による挿絵を念頭に置いていたはずだと考えられるのである。

原典の挿絵は、確かにある程度小泉八雲のイメージ形成に関与している。しかし、八雲が原話の挿絵を参照したのは、「湖上遠く舟を漕ぐ人が一人」と、その舟に乗っている居士が小さく描かれる遠近法くらいである。第四節で考察した精妙な物語の視覚空間の構築や空間の伸縮、聴覚の提供などの工夫は、八雲による独自の創作である。

六　居士のパフォーマンス

果心居士は絵に幻術をかけたり、急に姿が現われたり消えたりして見事な術を披露している。絵にまつわる幻術を見れば、霊妙な奇術で絵画の画面が一瞬にして消えたり色褪せたりする。荒川には信長に諂う下心があるためであろうか、居士から奪ってきた地獄絵は真っ白で何も映されていない。信長が百両を出していたら、この絵は百両の価値に相応しい映りあいが出ており、最初の鮮明さと断然異なる。

居士は荒川との対立を含め、百両の絵を信長に渡すことからも、信長の権威に対する挑発や風刺を暗示する。その後、死んだはずの居士は突然「酔漢」のように信長の屋敷前で寝て、その鼾は「遠雷の響き」のようだったという。また、原話と異なり、獄中で自分の無実を弁解できない荒川のことを聞いて、居士は「大笑した」とある。居士が信長の屋敷前で無礼に鼾をかいたり獄中で大笑したりすることには、上位の者、ひいては当時の最高権威と制度を嘲笑する意図が暗示的に潜んでいるのである。

居士自身は死んだり急に甦ったりして神出鬼没である。荒川は何度か居士を逮捕しようとしたが、居士は巧みに姿を消した。酒屋で荒川の弟に首を切られたのに、首は「空っぽの瓢」となり遺体も消えてしまう。居士はつねに術を披露するスタンスを取っており、最後に衆人の注意を再び喚起してから屏風絵に入って消えていく。余裕のパフォーマンスを華やかに披露した後、姿を消したのである。

居士が消えることについて、平川祐弘氏は明智光秀の歴史の消滅が居士の消滅と重なると述べている。[*8] しかし、居士が消えることは原話にもあるので、再話の芸術性が十分に説明されていないように思われる。再話では、光秀一同の慌てふためく仕草を説明するより、堂々と退場する居士のあり様と舟の動きを大いに潤色した。居士は光秀の権威、つまり当時最高権力の代表を無視して去っていったのである。最後の場面では、光秀が初めて登場する時「光秀公」（"Mitsuhide"）と紹介されたけれど、居士が屏風を指して術を披露する時点から、光秀一同を「衆人」（"all"）というようになり、水が室内に入ってから「見物の人々はあわてて裾をからげた」とあるように、光秀一同は「見物の人々」（"the spectators"）に変わった。居士と光秀の関係は臣下と君主ではなく、芸人と見物者になったわけである。

すなわち、居士がさまざまな幻術などを披露する姿勢を通して、信長のことを含め最後に光秀の前で姿を消したことは、武将の権威などにとらわれないことを暗示しているのではないか。俗世間から離れて戦国時代の権勢争い、政治性を超越しているのである。

七　結び

八雲が『夜窓鬼談』八十六編の短編でこの話を選び再創作したのは、果心居士のような幻術士に大いに関心を抱いたからであろう。居士は度々幻術を使って披露することを借りて、信長・光秀を始め衆人を混乱させてから悠然と退場する。再話では徐々に去っていく居士の様子に焦点を当てた。戦国時代の武将の権威性に束縛されず、その政治性を超えた果心居士像を作り上げたのである。

再話では、平易な言葉遣いで居士と荒川の人物像をより明確に仕上げることによって、二人の対立が鮮明となり、物語に緊張感を与えている。また、居士の身体を移動させることで、安らかな静止した絵の世界と動乱する戦国時代とを結びつけている。

再話のとくに最後の場面では、原話にない細部の描写と表現手法を利用し、物語の空間を巧妙に作り上げている。舟が本物のように動く様子や、舟人の顔が見えるほど迫ってくる視覚に加え、速度の感覚や聴覚をも生み出している。さらに、原話にない水流の描写を用いて絵の世界と現実世界の融合と再分化を描き出すなどして、物語における視覚空間の躍動感と臨場感を巧みに構築している。結末の描写は八雲の再話の美学を見事に表現するものだと言えよう。

注

＊1　高柴慎治「『夜窓鬼談』の世界」（静岡県立大学国際関係学部日本文化コース編『テクストとしての日本：「外」と「内」の物語』、二〇〇一年三月、七一－三四頁）

＊2　Toyama High School, *Catalogue of the Lafcadio Hearn Library in the Toyama High School*, Toyama, Japan（Tokyo : Yuhodo, 1927）, p.95.

＊3　田部隆次『小泉八雲』（北星堂書店、一九八〇年一月、一九五頁）などを参照。なお、節子の「語り聞かせる」役割とその意義などについては、西成彦氏が詳しく分析している（「語る女の系譜」『比較文学研究』第六〇号、一九九一年一一月、一一－一二三頁）

＊4　八雲の考証関係の著作は、主に大谷正信氏がその材料を提供した（田部隆次『小泉八雲』北星堂書店、一九八〇年一月、

一九五頁）。大谷氏自身も『明星』（一九〇四年一一月）で八雲の創作助手として資料を集めた経験を書いている。

＊5　西成彦『ラフカディオ・ハーンの耳』（岩波書店、一九九八年四月）

＊6　大塚英志『「捨て子」たちの民俗学――小泉八雲と柳田國男』（角川学芸出版、二〇〇六年一一月、五二頁）

＊7　布村弘「解説」（小泉八雲著、平川祐弘編『怪談・奇談』講談社、二〇〇四年一二月、三四七頁）

＊8　平川祐弘「果心居士の消滅――西洋のミメーシスと違うもの」（『オリエンタルな夢――小泉八雲と霊の世界』筑摩書房、一九九六年一〇月、一〇三―一四四頁）

第五章　小泉八雲による再話と『夜窓鬼談』の交響

一　「果心居士の話」――魔術的効力

「第四章」で考察した小泉八雲の「果心居士の話」では、原典に比べて居士の霊妙な奇術が強調されており、より高い神秘的な力をもっているように描かれている。たとえば、酒屋で荒川の弟の武一に首を切られたのに、首は「空っぽの瓢」となってしまう。この箇所について、原話では「武一切𩒐，告右府物色索之，渺不可知」（武一が怒って、信長に報告して居士の行方を探すが、見つからなかった。二四頁）とある。しかし、再話ではつぎのようである。

荒川兄弟の驚愕は、首のない遺体が酒肆からいつの間にか消え失せた、しかもどうやって消え失せたかわからない、という報せが届くに及んで一層つのった。（一九七頁）（"And the bewilderment of the brothers was presently increased by the information that the headless body had disappeared from the wine-shop, —— none could say how or when."）

と変えられている。そして、一行空けてから「果心居士の行方はその後杳として不明だった」と描いている。

原話では、荒川武一の怒りを強調しているのに対して、再話では居士の遺体の行方を補足することによって、状況説明がより完備されている。それだけでなく、遺体が行方不明になってしまい、「しかもどうやって消え失せたかわからない」とあることから、荒川兄弟の驚きを強調すると同時に、居士の神秘性を一層高めている。

こうして、再話では、細部まで居士の謎めいた行動を強調し、周囲の人を驚かせる幻術士の神秘性を高めている。

居士はつねに術を用いて虚と実の世界を往還し、真相をうやむやにする。最後に衆人の注意を喚起してから悠々と屏風絵に入って消えていく。居士は静止した絵の世界を甦らせて、あたかも本物のような幻覚を衆人に見させている。そして自ら虚構の絵の情景に入り姿を消した。居士は最初の地獄絵の映りあいだけでなく、最後の近江八景図にも「超自然的な力」を利用して魔術をかけたのである。

「鏡と鐘と」で、八雲は「なぞらえる」という概念に関心を寄せた。八雲の「なぞらえる」に対する解釈を見てみると、それは「空想力で、あるものやある行為をそれ以外のものと取換え、そうすることによってなにか魔術的ないしは奇蹟的な結果を生みだすこと」であると説明している。ここでは、「空想力」によって物事の「魔術的」「奇蹟的な結果を生みだすこと」が強調されている。果心居士の幻術は、ある意味で「なぞらえる」という考えに通じているのではないか。

居士自身は、首が瓢になったり遺体が消えたりして、「超自然的な力」で地獄絵を真っ白にしたり、映りあいを変更したりする。さらに、空想力で近江八景図に書かれている情景の人物と対話して、「魔術的」「奇蹟的」な効果をもたらしている。果心居士の幻術は、「なぞらえる」概念と同様、空想力で現状を変えて魔術的効力を生み出しているのである。

二 「鏡と鐘と」――東アジアの文学世界における怪談の伝承とその創作技法

小泉八雲が著した「お貞の話」(*The Story of O-Tei*)、および「鏡と鐘と」(*Of a Mirror and a Bell*)の二編は、ともに『怪談』(*Kwaidan: Stories and Studies of Strange Things*)に収められている。『怪談』は、明治三十七(一九〇四)年の四月に出版された作品で、第一部の「怪談」には十四編の再話物語と三編のエッセイが、第二部には三編の虫研究に関する記事が収められている。『怪談』について、今まで平井呈一氏の訳（岩波書店、一九四〇年一〇月）などが見られるが、ここでは、近年修正を加えた平川祐弘氏・他『怪談・奇談』（講談社、一九九〇年六月）の訳に従う。

小泉八雲の「鏡と鐘と」（*Of a Mirror and a Bell*）は、『夜窓鬼談』上巻第十五編の「祈得金」から材を取ったものである。「祈得金」の概要はつぎの通りである。

ある婦人が、寺の鐘作りのため好きな鏡を喜捨したが、すぐに後悔した。その鏡が溶けなかったため、婦人はこれを恥ずかしく思い、自殺してしまう。亡くなる前に、この鐘を壊す者に賞金をあげると言い残したところ、大勢の人が賞金を目当てに来てしまったので、僧侶たちはやむを得ずその鐘を渓谷に埋めた。その後、いくつかのエピソードが残されているが、なかでも、放蕩者の金持ちの息子が金を求めたが、たんに肥桶を運ばされた話が、石川鴻斎の作品にとって重要なものとなる。原話の「祈得金」では、婦人と鐘の話がひとつの短い段落で述べられ、かえって肥桶を運ばされる金持ちの息子の話に大部分が費やされている。

それに対して、小泉八雲は、この話を「鏡と鐘と」という題目に変えている。再話された「鏡と鐘と」では、婦人と鏡と鐘との関係がより詳しく描写されている。婦人がなぜ鏡を喜捨したのかについての理由、のちに訪れる後悔の心境、婦人が鏡を取り戻そうとした努力、鏡についての詳しい描写、鏡が融けなかった理由および婦人の自殺にまつわる周りの状況などが大いに脚色されている。

（二）登場人物の心理描写

まず、再話では原話より登場人物の心理描写が鮮明に描かれている。小泉八雲は婦人を「女」と呼び、女の鏡への執念がつぎのように描写されている。寺に喜捨した鏡の由縁から説明され、その鏡は家族で昔から代々伝わってきたものだという。しかも、「考えてみると自分もその鏡によく笑顔を映したものだ」（四二頁）（"she remembered some happy smiles which it had reflected.")というように、女と鏡のあいだには原話よりも親密な関係が設定されており、さらに、鏡には肯定的な意味あいが付与される仕方で解釈されている。そして、鏡のいわばかけがえのない価値を強調するかのように、寺に鏡を取り返すほどの金などないと女に語らせている。

お寺へ行くたびに、境内の柵の向こうに幾百と積んだたくさんの鏡に混じって置いてある自分の鏡が見えた。自分のだとわかるのは鏡の裏に松竹梅の浮彫りにされているからである。("Whenever she went to the temple, she saw her mirror lying in the court-yard, behind a railing, among hundreds of other mirrors heaped there together.")

「いつか盗んで取り返して隠しておこうか、とも思った」(四三頁)("She longed for some chance to steal the mirror, and hide it")とまで幻想している。そして、鏡への思いがエスカレートして頂点を迎える。女が惨めになり、「なにか自分自身の命の大切な一部を愚かにも他人に呉れてやったような気がした。鏡は女の魂だという古い諺を思い出したりもした。("felt as if she had foolishly given away a part of her life. She thought about the old saying that a mirror is the Soul of a Woman")」とあるように、鏡はいつの間にか「自分自身の命の大切な一部」になり、自分の魂にまで象徴化されている。こうして、鏡を自分の魂に置き換え、後の自殺と関連付ける。女と鏡との深い関係は漢文小説にないものである。

そして、女が自殺に向かう心境も原話より詳しく描かれている。女の悔しい執念により、喜捨した鏡がどうしても溶けないままに残っている。ここで原話での女の後悔した気持ちを、「我執」「執念」という深刻な状態を帯びたものとして表現している。そして、この話は噂になり、「自分の内心の秘密や咎が世間にあばかれた時、女はたいへん恥入り、また深く怨んだ」(四四頁)("And because of this public exposure of her secret fault, the poor woman became very much ashamed and very angry.")とあるように、原話に見られない「内心の秘密」が詳しく描写される。「恥」だけでなく「恨み」を加えることは、「我執」「執念」と呼応している。

女は遺書を残してから川に身を投げたが、小泉八雲の再話では、「御承知のように猛り狂って死んだり自害したりした人の最後の願いや約束は、普通、超自然的な力を備えていると考えられている。("You must know that the last wish or promise of anybody who dies in anger, or performs suicide in anger, is generally supposed to possess a supernatural force.")」とあるように、原話でのただの遺言に「超自然的な力」が付与される。その後、鐘を突いて幸福になる女性の話や、欲張りでひどい目にあった金持ちの息子のエピソードが紹介される。小泉八雲は、鐘を突き破る人が金をもらえた、というエピソードを、「なぞらえる」という概念に当てはめている。これはふさわしい英訳がないと言い、「なぞらえる」とは、「空想力で、あるものやある行為をそれ以外のものと取換え、そうすることによってなにか魔術的ないしは奇蹟的な結果を生みだすこと(四五頁)("to substitute, in imagination, one object or action for another, so as to bring about some magical or miraculous result")」だと述べ、その「魔術的効力」が強調される。たとえば、藁人形で呪ったり犯人の足跡で法事をしたりというのがそうであり、女と鐘の話もその一例だという。小泉八雲はこの話を「魔術化」して分析しているのだと言えよう。

(二)『聊斎志異』との関連とその意義

先述したように、原話では女と鐘のことよりも、女の死後、財を求める金持ちの息子の挫折談に大部分を費やしている。それは、没落した豪農の息子が、土塊を女に呪われた鐘になぞらえて叩き、桶に溢れるほどの糞汁を預けられた話である。この話の後、編末に石川鴻斎による、『聊斎志異』に収められた類話の紹介と評が残されている。石川鴻斎は具体的に類話の題名に言及していないが、内容から『聊斎志異』の「雨銭」を指していることが明白である。

「雨銭」の内容は、ある秀才が狐仙と親しくして、秀才が狐仙に大金を願ったので、狐仙が大量の金銭を雨のように天井から降らせ、部屋を充満させたが、秀才がその金を使おうとするときにはすべてが消えてしまった、というものである。石川鴻斎は、この話のつぎに「夫金錢者，本人造之物，非神仙所有，而不求諸人，反欲求於神，神豈與奪人間金錢者哉」（金銭というものは人間が作ったものであり、神仙が所有するものではない。人間にそれをもとめず、かえって神仙にもとめている。神仙は人間に金銭をあげたり奪ったりするものか。『夜窓鬼談』上巻、四〇頁）と評している。神仙は人間に金銭をあげたり奪ったりしないものだという。石川鴻斎は、『聊斎志異』「雨銭」を意識して「祈得金」を創作したが、それだけでなく、「雨銭」に流れている勧善懲悪の思想は、同時に『夜窓鬼談』「祈得金」のうちにも認められる。「雨銭」における、金銭を欲張っている秀才を皮肉るという筋は、「祈得金」に出てくる金持ちの息子の話、および石川鴻斎が「祈得金」評で述べたような、神に金銭を求めるはずはないという考えと、同工異曲である。

小泉八雲の再話では、金持ちの息子の話に関しては、基本的に『夜窓鬼談』「祈得金」をふまえている。『聊斎志異』「雨銭」は、漢文学者石川鴻斎に「祈得金」の創作に刺激を与えている。その後、日本文学者小泉八雲が「祈得金」を原拠に再現している。このように、小泉八雲の再話は、東アジアにおける怪談文学の援用の事例を提供したと言える。

三　「お貞の話」——因果応報から幻想怪奇な恋物語へ

では、小泉八雲はいかに『夜窓鬼談』の「怨魂借体」（上巻三一編）から「お貞の話」を再構成したのか。平川祐弘氏は、「お貞の話」の結びが原作より「美しい」と述べ、それを江戸風怪談から芸術的怪談へ進化の根拠として取り上げている。[*1] しかし、平川氏はいかに「美しい」かについては説明していない。ここでは、まず、「お貞の話」における怪奇的な性格を確認したい。

「お貞の話」の梗概はつぎのようである。長尾杏生が父の友人の娘であるお貞と婚約したが、お貞が病気に罹り、死ぬ前に二人の再会を予言する。長尾杏生はその後ほかの女を娶ったが、家族が死去してから旅に出掛ける。旅先の旅館でお貞とそっくりした女中に出会い、その女と結ばれる、という話である。小泉八雲は基本的に原拠『夜窓鬼談』「怨魂借体」の筋道をふまえていながら、いくつかの点を大きく変えている。

（一）題目の変更

まず、小泉八雲は原拠の題目「怨魂借体」を「お貞の話」（*The Story of O-Tei*）に変更していることである。一旦死んだ人が他人の体を借りてこの世に再生するという物語だが、「怨魂借体」という題名によって、異様な幽霊談であることが明白に提示されている。

まず、「怨」という言葉により、ある人物の怨めしさが前面に出されている。また、「魂」「体」という言葉によって、この世とあの世の二項対立が暗に提示され、この世に属さない幽冥なものが主題となっているらしいことがわかる。だが、小泉八雲はこの「怨魂借体」ではなく、「お貞の話」という題に変えている。ここには、この話が、現世と前世を対照させる幽霊談の構図を超えたものであり、お貞という女の物語世界が抽象化、伝説化されていることが暗示されている。

(二) 因果応報の離脱

また、原拠の「怨魂借体」では、お貞は妓女であるため、長尾杏生は家族に強く反対され他の女を娶ってしまうという。長尾がその後「左耳」が聞こえなくなることは、お貞が悲しい余り、死ぬ前に「左目」が失明したことの祟りだと描かれている。ここで、お貞の病死する前の失明と、後の長尾の聴覚障害とのあいだに、因果関係がつけられている。恋の忠誠を誓った長尾がお貞を捨て、お貞を死まで追いやったため、お貞の祟りを合理化し、二人の恋愛に因果関係を設定しているのである。

しかし、小泉八雲のほうでは異なる展開になっている。まず、妓女と書生のあいだで正統な関係をとりもつことのできない婚姻制度とはそぐわない仕方で、長尾とお貞は幼い時からのいいなずけという間柄で婚約していたが、お貞は肺病で長尾と死別するように設定している。二人の恋愛には家族の側からの妨げがなく、最初からお貞の死去まで相思相愛の恋愛関係が続いており、睦まじい夫婦関係が作り出されていく。このように、お貞の祟りが見られず、因果応報的な要素が極めて薄い。

広瀬朝光氏は、お貞の左目の失明は小泉八雲にとって「決して他人事とは思われなかったに違いない」と言い、「八雲は極端なまで潔癖な性格の人で、女性をいじめたり、叩いたり、或は夫婦仲の悪い男性を殊に嫌ったそう」で、「そのせいか」、お貞の失明や妓女の身分などを切り捨てたのだと述べている。[*2] だが、むしろ、小泉八雲自身はともあれ、表現技法に着目すれば、二人の愛情を因果応報の因襲から離れさせ、愛し合う恋愛関係にとどまらず、夫婦関係にまで延長することにより、二人の恋愛を美化し昇華している、というべきではないだろうか。

さらに、お貞が病気でいい妻になれないというように、妓女でなく良妻の役を演じている。物語では、長尾は受身の立場で、お貞は主導権を握り、二人の運命の展開を先導している。死ぬ前になると、お貞はこの世でまた長尾と再会することを信じる、といくども繰り返している。お貞の死後、長尾もそのことを信じ、お貞を娶ることを紙に書いて彼女の位牌の脇に置く。

ここで二人の再会を確信するお貞の態度が注目される。お貞の死が明るく描写され、お貞は不自然なほど全知の立場で二人の運命を導いている。こうした会話と展開は、『夜窓鬼談』「怨魂借体」には見られない。この会話を入れることによって、お貞の死はただ後の転生を完成するための過程にすぎないようにも解することができる。お貞の転生はすべて彼女自身が仕組んだものだとも言える。

(三)「怨魂借体」の挿絵と「お貞の話」結末の抽象化

『夜窓鬼談』「怨魂借体」では、長尾は親の死後に旅に出掛ける。その旅先の旅館でお貞と非常によく似た女中に出会い、女中は自分こそお貞だと言って気を失ってしまう。その後、長尾は女中を娶るようにして結ばれる。前述したように、「怨魂借体」には、挿絵が見られる(図9)。絵の内容は、長尾の旅先の旅館で女中が気絶して、長尾が急いで薬や水をあげて助けようとする情景である。この挿絵は八雲のイメージ形成に示唆を与えていないか。

「お貞の話」では、女中が気絶することは、彼女にとって自身の前世と現世のあいだの境目に位置する出来事であるように読み取れる。この場合、気絶することは、前世と分かれることを表わし、現世に甦った女中はもうお貞ではないことを意味する。気絶してから現世に戻った女中自身は、もはやお貞ではないし、自分がお貞であるとも思わない。しかし、長尾にとっては、女中はすなわちお貞の転生である。すなわち、お貞が約束通りこの世に戻っていることになるのである。女中が気を失うことは、「お貞の話」においては重要で、物語の結末と深く関わっている。

「お貞の話」の結尾もまた、「怨魂借体」と異なる展開を見せている。長尾は女を娶ったが、女は前世のことやあの夜に言ったことが思い出せない。物語は、

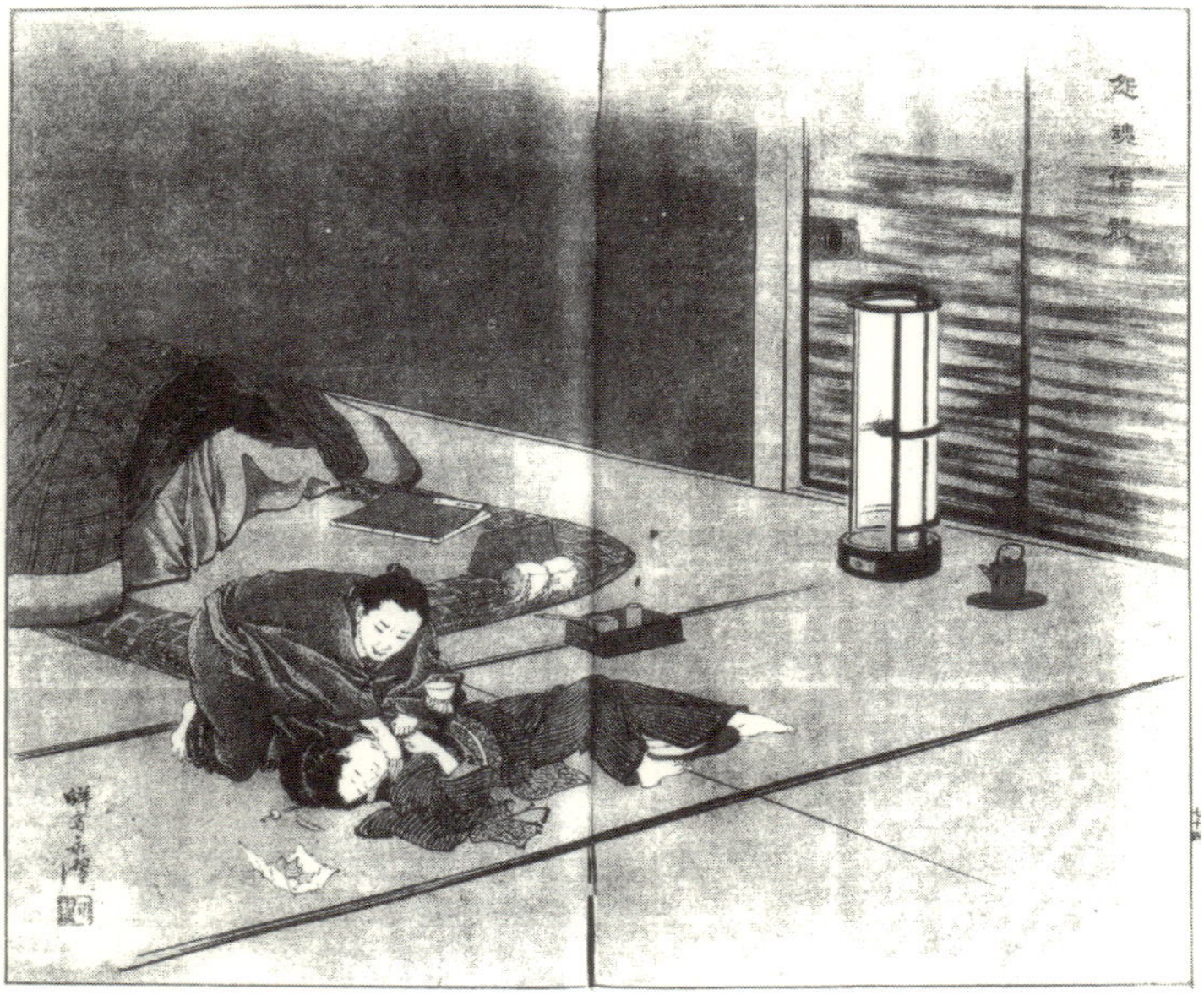

図９　石川鴻斎『夜窓鬼談』上巻「怨魂借体」の挿絵（明治26年８月再版、東京大学東洋文化研究所蔵）

あの出会いの瞬間に不思議にもよみがえった前世の記憶はふたたび消え去って、その後ははっきりしないままになっていたとのことである。（"The recollection of the former birth, ——mysteriously kindled in the moment of that meeting, —— had again become obscured, and so thereafter remained."）

というように結ぶ。

要するに、現世における二人の再会と見えるものから、前世と現世のあいだの関係を忘却させてしまうことが重要なのである。女中が気を失った一瞬で彼女の前世と現世が切り替わるというのは、一見不思議な憑依物語のようだが、二人は普通の再婚夫婦のように暮らすように描かれ、結末が抽象化されている。

つまり、女中の前世の記憶が消えることにより、お貞の神秘性も同時に消され、お貞の輪廻転生の意味合いも消されたのである。小泉八雲「お貞の話」では、お貞の予言する通りに、現世で二人が再会した。これは因果応報でもなく、輪廻でもない。「怨魂借体」では、女中の名前も「お貞」だが、小泉八雲の場合では、女中は「女」と言い、「お貞」とは呼ばない。つまり、女はもうお貞ではなく、独立した別人である。話はお貞の手配、仕組みで完成した。最後に女中の記憶が消えることも、お貞の仕組みを消すための装置になっている。

また、「怨魂借体」では、お貞が亡くなったときは二十五歳だったが、女中が長尾と一緒になったのも二十五歳だったというように、歳の偶然性が強調される。言い換えれば、お貞の転生、前世から現世へのつながり、すなわち輪廻が重要視されているのである。しかし、小泉八雲のほうでは、現世、今生に重点が置かれている。こうして、小泉八雲は、「お貞の話」を因果応報の枠組みの怪談から離れ、怪奇幻想の世界へ導いたのだと言える。

以上のように、「果心居士の話」が発表されたのは一九〇一年であり、一九〇四年に刊行された「鏡と鐘と」より三年早かった。八雲は、果心居士の幻術における魔術的、奇跡的な意外性に大いに関心をもっていたであろう。その後、一連の怪談を再創作する際、「鏡と鐘と」で関心を寄せた「なぞらえる」概念が「お貞の話」においても反映されている。

お貞が亡くなる前に、長尾との再会を予言する。その後、長尾はお貞の予言通りに、お貞とそっくりな女中に出会う。女中は自分がお貞だと言って気絶する。「鏡と鐘と」で婦人の遺言に「超自然的な力」が付与されるように、お貞が亡くなる前の予言も「超自然的な力」によって実現され、長尾と再会する。実際は、女中はお貞ではないにもかかわらず、空想力でお貞を女中と取換えることによって、「魔術的ないしは奇蹟的な結果を生みだす」のである。

四　結び

「第二部」では、石川鴻斎『夜窓鬼談』から取材した「果心居士の話」、「お貞の話」および「鏡と鐘と」という小泉八雲の再話を検討した。小泉八雲はたんに古い怪談をそのまま再現しているだけではない。その再話行為の特徴はつぎのように集約できる。

まず創作技法については、「お貞の話」のように、原話の因果応報、勧善懲悪の枠組みから物語を離脱させ、結末の抽象化した描写によって、幻想怪奇的で美的な恋物語へ導いたと言える。また、三つの再話とも、登場人物の人情の機微や心理描写がより細かく工夫され潤色されている。それは、原話をより幻想的、怪奇的な近代怪異小説の世界へと一歩進ませたものとなっている。

八雲が『夜窓鬼談』八十六編の短編で「果心居士の話」を選び再創作したのは、居士のような幻術士に大いに関心を抱いたからに違いない。なかでも居士の幻術による魔術的、奇跡的な要素が注目される。そうした関心の延長線を反映するが如く、八雲は「鏡と鐘と」で具体的に「なぞらえる」概念を提示する。鐘を突き破る人が金をもらえるというエピソードを、原話で言及されていない「なぞらえる」概念に当てはめて、「空想力」によって物事の「魔術的」「奇蹟的な結果を生みだすこと」が強調されている。

「鏡と鐘と」ではたんに題材の伝承だけでなく、西洋に見られない「なぞらえる」概念の働きが導入され、「魔術的効力」をもつ怪異小説が表現されたと言えよう。そして、「鏡と鐘と」で読み取った「なぞらえる」概念は「お貞の話」でも反映されているのである。

八雲が『夜窓鬼談』から取材した再話の世界は、「なぞらえる」をめぐる「超自然的な力」や「空想力」で生み出された「魔術的」「奇蹟的」な性質が付与され、換骨奪胎されている。それは、八雲の再話の美学表現だと言えよう。さらに、『聊斎志異』に関連する「鏡と鐘と」の再話は、東アジアにおける怪談文学の伝承の一例を示している。このことから、小泉八雲は日本という狭い枠組みではなく、東アジアの怪談文学世界において位置づけられるべき作家なのである。

注

＊1　平川祐弘「江戸風怪談から芸術的怪談へ――石川鴻斎・ハーン・漱石」（『オリエンタルな夢――小泉八雲と霊の世界』筑摩書房、一九九六年一〇月、一八五－一九〇頁）

＊2　広瀬朝光『小泉八雲論――研究と資料』（笠間書院、一九七六年一二月、四〇頁）

第三部　澁澤龍彦の文学と『夜窓鬼談』

第六章　すれ違いの美学――「茨城智雄」から「茨木智雄」へ

一　物語の転生

澁澤龍彥は博学で古今東西の典籍を渉猟し、プリニウスやアタナシウス・キルヒャーをはじめとする珍書奇書に造詣が深く、西欧的教養をもっている作家である。彼はマルキ・ド・サド（Marquis de Sade、一七四〇―一八一四年）をはじめ、多くの西洋作品を日本に紹介したフランス文学者・翻訳家である。雑誌『血と薔薇』の編集を行う傍ら、批評・エッセイが数多く残されている。『毒薬の手帖』『神聖受胎』『胡桃の中の世界』『思考の紋章学』『夢の宇宙誌』など、彼の著作は、その標題から読者をしばしば恍惚とさせ、また陶酔させてしまう。また一連の短編小説集を刊行によって、幻想文学の旗手としても知られている。

しかし、澁澤龍彥の研究はまだ十分に考察が行われていない。柳瀬善治氏は、澁澤研究が本格的に始まったのは、澁澤の死後、一九八八年からだと指摘している。[*1]そこで「第三部」では、澁澤龍彥がいかに『夜窓鬼談』の短編を下敷きにしつつ独自の物語世界を展開したのかを考察する。この視点から、澁澤文学を読み解くひとつの手がかりを提示したい。

「ぼろんじ」は、澁澤龍彥の晩年の小説である。『文芸』（一九八二年一一月号）に発表され、のちに『ねむり姫』（河出書房新社、一九八三年一一月）に収められた。松山俊太郎氏は、この作品を「秀逸な〈幻想譚〉」と高く評価している。[*2]「ぼろんじ」は、『夜窓鬼談』下巻第十三編「茨城智雄」に取材した作品である。澁澤は『ねむり姫』の末尾に、「本文中にも言及したように「ぼろんじ」および「画美人」の作中に引用した漢詩は石川鴻斎著『夜窓鬼談』から借りたものである」と説明している。そこで、「ぼろんじ」の末尾を見ると、つぎのように解説している。

明治二十七年刊行の石川鴻斎著『夜窓鬼談』は和綴本で上下二巻に分れ、上巻に四十四篇、下巻に四十二篇のコントを収録している。原文は漢文。多くは怪談である。「茨城智雄」はその下巻におさめられている。私は茨城を茨木としながら、これに拠って書いたが、主導観念とディテールはおのずから違ったものとなった。内容はふくらみ、とくに後半は原話を大きく離れた。（『澁澤龍彦全集』「第十九巻」）

「ぼろんじ」の内容はつぎのようである。男主人公の茨木智雄は、武芸に秀でた美男子である。彰義隊に入った兄の関連でやむを得ず逃亡生活を送ることになった。途中遭遇した盗賊を素早く撃退したり、狒々の怪を退治したりした。女主人公のお馨は智雄に救助されたことから、智雄を愛慕して彼を探しに旅に出る。しかし、結局二人は結ばれずに物語が終わる。

「ぼろんじ」は「茨城智雄」に拠って書かれたが、原典と異なる幻想的な物語世界に仕上げられた。澁澤龍彦は「ぼろんじ」で、男主人公の苗字「茨城」智雄を、「茨木」に改めている。「ぼろんじ」の前半、すなわち、茨木智雄の盗賊撃退および狒々の怪の退治までは、澁澤は基本的に原典「茨城智雄」をふまえて筋を展開している。たとえば、茨木家を紹介する箇所で、原典では「有二子，兄曰武雄，傳家法，技藝盡熟，膂力勝衆」（子どもが二人いて、兄は武雄といい、家法を継承した。技芸が抜群で体力は衆に勝っている。『夜窓鬼談』下巻、四五頁）とあるが、澁澤「ぼろんじ」では、つぎのようになっている。「男の子がふたりあって、兄を武雄といい、弟を智雄といった。兄は家法を伝えて技芸ことごとく熟し、膂力衆にまさった。（略）この兄、しばしば血気にはやって鎖港攘夷の説をいい立てたりするところがあった」（二六三頁）という。傍線の部分は原典にない描写である。澁澤は物語の前半で、時代背景などを追加して筋道を小幅に潤色しながらも、このようにほとんどほぼ一語一句違わず原典の内容を踏襲している。

お馨と茨木智雄との出会いは、何人かの酔漢につきまとわれたお馨が智雄に救助されたことがきっかけである。この展開は原典を踏襲しているが、原典では「娘與二婢喜謝而歸」（その娘と二人の女中は喜んで礼を言ってから帰った）とある箇所を、澁澤はつぎのように変更している。「娘はただ酔ったように茫然として、わが身の危急を飛び入りで救ってくれた若ものの、花のかんばせを眺めているよりほかはなかった。娘の頬はぽうと茜いろに染め出されて、目にはあこがれに似たうるおいがあった。かわって婢が礼を述べた」（二六五頁）。お馨を、智雄に惚れこむ天真爛漫な少女として描いているのである。

また、原典ではその後お馨が智雄を思慕して病気にかかり、親が「因使老婢探意，始得其實」（老婢（年寄りの女中のこと）にその原因を聞いてもらい、始めて病気の理由が分かった）とある。そして、お馨の兄が友人を通して茨城家の状況を調べた。「父兄慰曰：『其人在世，使汝嫁非甚難也』」（父兄が「その人はまだ生きているので、嫁に行かせるのは難しくない」と慰めた）という。

こうして、お馨の恋に老婢をはじめ、親、兄弟とほぼ家族の全員がかかわっている。なかでも老婢が重要で、お馨と茨城智雄の恋愛を実らせる肝心な媒介者である。原典の「茨城智雄」では、その後お馨が庭園の楼閣から偶然にも茨城智雄を見かけて、すぐに老婢に確認してもらっている。老婢は茨城智雄にお馨の事情を説明し、最後に二人は幸せに結ばれる。中国古典小説では、男女の恋愛の架け橋として機能するのは、ほとんどが婢である。婢はしばしば男女の恋文や愛慕の詩句を伝える役割を果たしている。漢学者の石川鴻斎は、中国古典小説の恋愛描写によく見られる婢のキャラクターを的確に援用して、「茨城智雄」でその役目を十分に果たさせたと言えよう。

こうした展開に対して、澁澤「ぼろんじ」では、お馨が茨木智雄と出会った後、一家は大阪に引越したため、お馨は智雄の生存がわからないまま、彼を尋ね求める旅路に立つ。しかし、結局、茨木智雄とすれ違ったまま物語は幕を閉じる。「ぽろんじ」では、明治期の漢文奇談と異なり、男女の恋愛過程で家族や女中の関与が排除され、恋人同士の世界に焦点が当てられたのである。このこと自体は、日本の現代小説として珍しくない。しかし、「ぼろんじ」では、原典同様に明治初期を舞台に設定されながらも、男女の恋愛は、女中などという従来の関係者から切り離されている。このことは、智雄とお馨の恋愛描写にいかなる意味をもつのであろうか。

物語の後半は澁澤龍彥が述べた通り、原典から大きく離れた。茨木智雄は夜トイレに行ったとき、板壁にある小さな節穴に気付く。「すでに夜がしらみ、外は明るくなっているのだろうが、まるでオランダ渡来の遠眼鏡でものぞいたときのように、節穴の向うはどこまでも明るく澄みきって、はるか烟霧のかなたまで、とてつもなく広い奥行を示していたからである。（略）旅すがたの少年があらわれ（略）、とくに智雄の視覚に、際立って鮮明なすがたで焼きつけられているように見える」（二七六頁）という。

この一節は澁澤による創作で、ここで描かれた少年とは女主人公お馨のことである。この少年は智雄に強く印象を残したけれど、この少年が自分がかつて救助した娘であることに智雄は気づかなかった。智雄がお馨を覗き見たのは、トイレに入ったときである。このことから、お馨は智雄にとって、欲望を解放するときの付属品のような存在にすぎないと考えられる。

ここでの節穴は物語で重要な役割を果たしている。のぞき穴という装置は、澁澤文学における定番の小道具のひとつだと言える。同じく『ねむり姫』に収録された「夢ちがえ」（『文芸』一九八三年二月号）では、姫は城の望楼に閉じ込められているにもかかわらず、「一種の幽閉状態を甘受していた」という。というのも、姫はしばしば城の矢狭間から外の景色の移り変わりをながめ、男主人公を覗いていたからである。また、「画美人」（『文芸』一九八三年五月号）においても、画美人が最後に残した黒い穴は、七郎の部屋を外の世界と結ぶための装置だと解釈できる。閉じられた望楼に外部とつながる矢狭間が仕掛けられたことや、七郎の部屋に穴が残されたことは、板壁に節穴が仕掛けられることと同工異曲である。穴は、物語世界の媒介物として、澁澤の空間表現における重要な装置のひとつだと言えよう。

一方、少年姿のお馨は智雄を尋ね求める旅の途中、岩風呂で見られている気がした。「その自分を見ている目は、もしそんな目がどこかにあるとするならば、かならずや自分をいつくしむ目、なつかしむ目でなくてはならないはずだと思った。そう思うと、むしろ見られていると感じることに、一種のかぎりない浄福感をおぼえ」ているという。

このくだりは智雄が節穴に気づいたことと同様、澁澤による創作である。ここでは、見られることから「浄福感」をおぼえるお馨像が提示されているが、澁澤は見られる者が必ずしも見る者の犠牲者ではないことを示している。ポストモダンの文脈では、見る者と見られる者は対立する二項であるが、ここではそうした構図が示されていない。また、見られることを甘受するお馨の形象の一部は、物語で最初に提示された、純粋で一途に茨木智雄に憧れるお馨像と重なっているであろう。

「ぼろんじ」においては、この場面のあとも、茨木智雄はお馨と対面することはなかった。両者の恋愛は始まらないうちに、終わってしまう。智雄にとって、お馨が恋愛の対象なのかすら不明であり、両者の恋愛関係が明確にされていない。智雄とお馨の恋愛関係が不安定になっているのである。

「ぼろんじ」では、男女の恋愛描写において家族や女中の関与が排除されるのみならず、そもそも両者に恋愛関係が成り立っていないとすら言えよう。「ぼろんじ」では二人の恋愛感情が曖昧・模糊化され、原典の恋物語の世界が解体されているのである。さらに、物語の後半に、観音の指示、僧侶の予言が加えられ、恋愛を求めるお馨と複雑に絡んで展開する。次節からはこの点について検討したい。

二　消去される神仏の救済力

原典の「茨城智雄」では、観音の神的な力はお馨の頼りになり、最後に智雄と結ばれたお馨にとって、観音は重要な救済者として象徴化されている。まず、お馨と女中たちが茨城智雄に救助されたのは、浅草観音に詣でるときであった。観音は最初からお馨と智雄の出会いに場所を提供した。その後、お馨は茨城智雄が生存していることを知る。原典では「日念観音，祈其無恙耳」(毎日観音を念じ、智雄の無事を祈る)と描かれている。お馨が日夜観音に祈るのは、智雄の無事と二人の再会だということである。こうして、原典の観音は二人の初対面の媒介者だけでなく、二人の恋愛成就の功臣にもなっているのである。

しかし、澁澤「ぼろんじ」では、観音は暗示の形を取らず、身を現して実際にお馨に道を示している。「ぼろんじ」では二人の出会いのくだりは原典をそのままふまえている。しかし、それ以来、茨木智雄を思慕しているお馨は、ある夜に夢を見る。夢で岩風呂の観音の霊場に入り、そして「湯けむりの中から光まばゆいものがあらわれ」る。それは「宝剣を手にした観世音菩薩であ」り、「それがおもむろに口をひらいて、『なんじ、不遇の身を悲しみて、われを頼むこと不憫なり。ついてはわれ、この剣をなんじにあたうるによって、すみやかに呑みくだして善男子となれ』」(二八二頁)という。

この一節では、原典と異なり、観音は実際にお馨の前に現われるだけでなく、お馨に剣を与えた。そしてお馨は少年姿に変装して茨木智雄を尋ね求める旅に立つ。ここで重要なのは、お馨が観音の指示にしたがって「男」になっていても、彼女の願いが結局叶わなかった、ということであろう。観音は「ぼろんじ」でお馨が生まれ変わるための手段として働かされ、道具のように象徴化されているのである。

また、作品の題名となるぼろんじの存在も注目に値する。ぼろんじは鎌倉末期に発生した半僧半俗の物乞いで、室町時代には尺八を吹いて物を乞う薦僧が現われ、のちの虚無僧はこの流れを汲んだものだという。[*3] 澁澤は作品でぼろんじを虚無僧に言い換えている。澁澤は「ぼろんじ」の末尾で、本章の第一節で引用した作品の典拠に関する説明のあと、つぎのように続けている。「「ぼろんじ」という題には特別の意味はない。ただ音がおもしろく、むかしから私の気に入っていることばなので、これを採択したまでのことである。けだし「あんあん」「のんの」のたぐいか」（二八八頁）とある。「特別の意味はない」と澁澤は説明しているけれど、ぼろんじという登場人物は原典に見られないものである。

原典では、茨城智雄が狒々の退治をしたあと、しばらく叔父の僧の寺に滞在するようになっている。一方、「ぼろんじ」では、原典にある叔父の僧と智雄との付き合いを踏襲しながら、さらにぼろんじという人物を新たに創作して、お馨と交渉するように改めている。僧侶が二人になったわけである。

まず茨木智雄の叔父の僧は、智雄に山道でなく海路を勧め、そして智雄の人生を暗示するような漢詩を贈った。その後、お馨がぼろんじに会うことになる。ぼろんじは不自然なほど積極的にお馨に声をかけ、同道するように要請する。お馨はぼろんじの素性をあやしいと思いながらも、なぜか気にならなかった。そして夢でも見たように、「たしかに顔を見たはずなのに、ふたたび天蓋の下にかくれてしまうと、もう虚無僧の顔は少年にはさっぱり思い出せなかった」という。ここでの少年とは、男姿に変えているお馨のことである。

ぼろんじは彼女に「おまえさんは江戸に帰る前に、ぜひ熱海へ寄るがいい。心願の筋がそこで叶えられるだろう」（二七九頁）と言い残して姿を消した。お馨が顔を思い出せないということは、ぼろんじが観音と同様、お馨を導くための抽象化され、神格化された存在であると考えることもできるであろう。

しかし、神格化されたぼろんじや観音、そして智雄の叔父の僧が二人の再会を暗示・指示しながらも、二人が結局結ばれることはなかった。原典では叔父の僧は智雄の恋の行方を暗示したり、観音は二人の再会においてお馨の救済者になったりしている。それに対して、澁澤「ぼろんじ」では、観音・ぼろんじと叔父の僧は、二人の恋愛成就に最後まで機能していなかった。神仏の救済力は「ぼろんじ」において消去されてしまうのである。そこに神仏の神話への反発が暗に付与されていると考えられる。

三　シュルレアリスムの美学

物語内で、ぼろんじは自分の弟がお馨に世話になったのでその礼をすると話しているが、お馨はぼろんじの弟と会ったことがない。このように筋の展開に断層が出ている。この一節は唐突で、筋の展開が飛躍している。また、原典では、茨城智雄の叔父の僧は智雄と別れるとき、「黄花含露艶，楓葉入秋妍，流水鳴琴筑，新聲導舊緣」という漢詩を贈った。澁澤「ぼろんじ」では叔父の漢詩をそのまま「黄花は露を含みて艶なり、楓葉は秋に入りて妍なり、流水は琴筑を鳴らし、新声は旧縁を導く」と踏襲して引用している。

原典においては、茨城智雄はお馨と結ばれるとき、叔父のいう「新聲導舊緣」（新声は旧縁を導く）の意味をようやく理解して、後に叔父の僧に礼を言うように展開されている。しかし、叔父のこのような詩句は、「ぼろんじ」では機能しなかった。叔父の漢詩は前後のつながりが不明確で、意味不明のままで物語が終わってしまった。ここでも筋道の展開に不完全性・不連続性が見られる。

そのほか、互いに関連しそうな登場人物の関係が模糊化されている。ぼろんじと茨木智雄の叔父の僧は類似しているが、二人の関係は曖昧である。また、茨木智雄は、少年装のお馨像の一部と重なっているが、その関連性は明示されない。筋道においても、つながっているように見えるが、筋の断層、不連続性が出てしまう。登場人物は関係がありそうでありながら、一方でそれぞれ接点のない独立した個体である。断片的な内容の組み合わせと登場人物の不安定な関係は、シュルレアリスムにおけるコラージュ技法との関連が認められよう。

一九二〇年代から流行っていたシュルレアリスムの思想は、澁澤龍彦が大学時代から熱心に研究していたテーマである。彼は長いあいだシュルレアリスムの文献を熟読していた。フランス文学者・批評家の巖谷國士氏は、日本のシュルレアリスムにおいて澁澤が「戦後のもっとも重要な人物のひとりにあげられるかもしれない」と、評している。[*4]「ぼろんじ」の断片的な筋道と作中人物の揺らいだ関係は、ある程度、多様な質と色彩をもった断片がつなぎ合わせた、シュルレアリスムのコラージュ技法の一部に似通っていると考えられよう。

原典では、茨城智雄とお馨は神仏や叔父の僧の導きのもとで幸せに結ばれた。それに対して、「ぼろんじ」では、テクスト内で二人は初対面してから再び会うことはなかった。茨木智雄がお馨を覗き見したとき、どこかで会ったことがあるような気がしたと表現されるにとどまっている。お馨は彼を尋ね求める旅に出かけて、偶然でも熱海の同じ宿に泊まっていたにもかかわらず、結局彼とすれ違ってしまう。二人は同じ方向に向かって近づいていきながらも、接点がないままに物語の幕は閉じられた。二人のすれ違いには、パターン化された幸せな結末よりも、「不完全性の美」というシュルレアリスム的な美学が表現されていると言えよう。

四　結び

「ぼろんじ」の取材からわかるように、澁澤には漢文体で書かれた明治期の怪奇小説への関心がうかがわれる。西洋文学のみならず、漢文学の創作意匠をじっくり吟味し、自らの創作技法の視野に入れていることが認められるのではないだろうか。さらに、「ぼろんじ」において原典の理想の英雄像とは異なり、登場人物に人間の本能的な欲求を加味した。多様な身体描写は澁澤の幻想表現における重要な焦点のひとつだと言えよう。
澁澤は「ぼろんじ」で、古典的な恋物語の筋の展開と構成の要素を解体し、家族の関与を排除し、茨木智雄とお馨の恋愛関係を模糊化した。また神仏の霊力を消去して、最後に二人の主人公がすれ違う末尾は、神仏の神話への反発が暗に付加される一方で、シュルレアリスム的美学である不完全性の美、断層性と重なるところがあるのではないであろうか。このように、さまざまな複雑な要素を取り入れることによって、澁澤龍彥は漢文学を「ぼろんじ」で換骨奪胎し、「秀逸な」現代の幻想文学を展開したのである。

注

＊1　柳瀬善治「研究動向　澁澤龍彥」（昭和文学研究会『昭和文学研究』第四四集、笠間書院、二〇〇二年三月、一六二-一六五頁）
＊2　松山俊太郎『澁澤龍彥全集』「第十九巻　解題」（河出書房新社、一九九四年一二月、四三九-四四五頁）
＊3　中村元編『岩波 仏教辞典』（岩波書店、二〇〇二年一〇月、九三五頁）
＊4　巖谷國士『澁澤龍彥考』（河出書房新社、一九九〇年二月、二一二頁）

第七章　澁澤龍彦「画美人」論――その身体と空間の表象

一　『夜窓鬼談』からの取材

澁澤龍彦の「画美人」は、『文芸』（一九八三年五月号）に発表され、のちに『ねむり姫』（河出書房新社、一九八三年一一月）に収められた。「画美人」は、『夜窓鬼談』の「画美人」（上巻一七編）に取材した作品である。男主人公の貴船七郎が松浦芳斎から美人図を購入する。しかしその後、七郎は松浦芳斎から自分がすでに支払っていた代金を奪い取った。すると、美人図に異変が起こり、絵はもとの色に復元できなくなった。七郎は怒ったあまり、芳斎を斬殺してしまう。それから、七郎が生々しい美人図に対する愛恋の詩を創作すると、七郎の情念に感応した美人が、その夜に絵のなかから出てきて本物の人間のようになり、七郎と情交する。しかし、美人の正体が卵生の生き物であることが、七郎に露見すると、美人の姿は消えてしまった。七郎と画美人の話は閉じられた部屋で完結している。

澁澤龍彦の「画美人」は、原典と異なり、幻想的でかつ妖艶な情欲の世界に仕上げられている。澁澤版「画美人」の原典について、澁澤は具体的に『夜窓鬼談』の短編名に言及していないが、内容から「画美人」を指していることは明白である。しかし、実際、澁澤龍彦が『夜窓鬼談』「画美人」から借りたのは、作品の漢詩だけではない。作品の大まかな筋道は、「画美人」を下敷きにしている。主人公貴船七郎が生々しい美人図に愛恋の詩を創作したその夜、七郎の情念に感応した美人が絵から離れて七郎と情交する、という主な展開は、原典「画美人」を借用したものである。

松山俊太郎氏は、『澁澤龍彦全集』「第十九巻」の「解題」で、澁澤龍彦「画美人」とその原典「画美人」の筋道の相違について分析し、主人公七郎の金魚飼いや、松浦芳斎という人物の出現などが澁澤の創出だと説明している。[*1]しかし、澁澤版の「画美人」は原典の大まかな筋道をふまえていながら、七郎が美人と出会う前の展開や、物語の結末などは、明らかにほかの作品を参照したものである。松山氏は、澁澤が『夜窓鬼談』から借用したのは「画美人」のみだと考えている。しかし、高柴慎治氏も指摘しているように、「画美人」のほか、「果心居士――黄昏艸」(『夜窓鬼談』下巻五編)および「一目寺」(上巻三三編)をも組み込んだ趣向になっているという。[*2]澁澤は『夜窓鬼談』八十六編の短編から少なくともこれら三編の作品を借用しているはずである。つまり、「画美人」のほかに、「果心居士――黄昏艸」と「一目寺」をも取り込んでいるからである。七郎と松浦芳斎による絵の取り引きは「果心居士――黄昏艸」をふまえており、また、物語の後日談は「一目寺」を下敷きにしていることは明らかである。

澁澤龍彥の蔵書目録に『夜窓鬼談』が見られる。[*3]それは、明治二十七(一八九四)年の版である。澁澤の蔵書は豊富で、さまざまな領域、ジャンルによって分類し整理されている。しかし、漢文体の奇談・怪談集『夜窓鬼談』が「日本史」の類に分けられていることは、やや奇妙に思われる。また松山俊太郎氏のように、澁澤の所蔵した『夜窓鬼談』ではなく、国会図書館に所蔵されている『夜窓鬼談』を典拠としてしまうのは問題があろう。澁澤文学は漢文学とは一見かけ離れたもののように見える。しかし、「画美人」のように、漢文体で書かれている明治期の怪奇小説に着目したことから考えれば、西洋文学、とくにフランス文学のみならず、漢文学の創作意匠を自らの創作技法の視野に入れていることが認められるのではないか。

澁澤は「画美人」において、美人の正体を臍のない者という設定に変えたうえに、結末で七郎を物語の最初の舞台に戻らせたりして、原典「画美人」の世界から離れた幻想怪異な世界の風貌を加えた。この章では、画美人の変身に関連する諸問題や物語の空間表現などに着目して、「画美人」から見る澁澤の身体への関心、彼の密室物語の性格を探りたい。

二　「名画に霊あり」の呪縛

父の友人である松浦芳斎が緻密な唐様美人の絵を七郎に売るところから物語が展開される。芳斎と七郎による美人画のやり取りの経緯は、細部まで『夜窓鬼談』の「果心居士――黄昏艸」から摂取されている。「果心居士――黄昏艸」の話は「第四章」で述べたとおりである。繰り返しになるが、つぎのようである。織田信長は果心居士の生々しい地獄絵を欲した。信長のために臣下の荒川は居士を殺害して地獄絵を奪い取るが、絵を開くと真っ白で何も描かれていない。その絵は値段の付けられない宝だとされていたが、信長が居士の求めた百両を支払うと、絵は百両に応じた色を帯びはじめたという。澁澤は幻術を操る果心居士に特別に関心を抱いたようで、たとえば「幻術師果心居士のこと」（『東西不思議物語』毎日新聞社、一九七七年六月）では、居士と松永弾正の付き合いに関するエピソードを描いている。

一方、澁澤版「画美人」では、父親の友人である松浦芳斎が唐様の美人画を七郎に見せると、絵の美人が「精気みなぎる生身の女人」（『澁澤龍彥全集』「第十九巻」）のようだったので、七郎はその絵を所有したくなる。芳斎は美人画を五十両の値段で七郎に売った後、七郎がさっそく下男に命じて芳斎を堀へ蹴り落とし、芳斎から代金を奪い取ったところ、その絵は白紙となっていた。七郎が芳斎に再度代金を支払うと、美人画は五十両の値段に応じた色の映りあいで復元された。こうした展開は、居士と荒川との地獄絵にまつわる争いとほぼ同様である。ただ、幻術士で因果応報を説法する果心居士に比べて、芳斎は「目に異様な光がある」「海千山千のしたたかもの」で、金を目当てに絵を売る卑しい商人に変形されている。

松浦芳斎は、澁澤の「画美人」で重要な役割を担う中心人物である。美人画の色の映り具合に仕掛けをほどこし、物語の後半で七郎の、美人が迦陵頻伽像ではないかという想像にまで関与している。美人画の取り引きの展開に関して、澁澤は「果心居士——黄昏艸」のみならず、『夜窓鬼談』「画美人」の編末にある石川鴻斎の評も借用している。それは、絵が白紙になったことに対する七郎の詰問に、芳斎が「名画に霊あり」と弁解した箇所である。編末評の「世傳名畫通靈，韓幹畫馬，傷足求醫；張僧繇畫龍鬪，起風雨；本邦金岡元信等畫，亦有相類焉者」（世に名画に霊ありという。韓幹の描いた馬は、脚を傷つけたために、みずから医者をたずねたり、張僧繇の描いた龍は、たたかうことによって、風雨をおこしたりしている。本朝のことにしても、狩野元信の描いたものにも似たような話が伝わっている。『夜窓鬼談』上巻、四五頁）は、ほぼそのまま、「むかし、大梁の韓幹の描いた馬は脚を傷つけて、みずから医者をたずねたそうですし、呉の張僧繇の描いた龍はたたかって風雨をおこしたそうです。和朝のことにしても、かの狩野元信法眼の描いた襖絵の群雀のうち、一羽か二羽が脱し去って、げんに襖の上にその痕跡をのこしていることはお手まえもお聞きおよびでしょう」という芳斎の弁解の理屈に使われている。

芳斎の話に対して、澁澤は編末評の後半の内容を借用して七郎に反論させている。「そんな迷妄浮説のどこに、信ずるに足るものがあろうか。考えてもみるがいい。もし名画がことごとく神を来して動き出すならば、この世は化けものだらけ、あるいは麟鳳が市井にあそび、あるいは龍虎が街衢にたたかい、公儀はこれを駆逐し取締まるのに遑なきありさまとなろう。民もまた、化けものの害を蒙ること少なからぬはず。絵師の罪は、かくて逃るべからざるものとなろう」という。

これは、編末評「固無足信者，設名畫盡來神活動，麟鳳遊市，龍虎鬪街，官不遑驅逐，民亦遭害不少，畫工之罪不可逃也」（これらは信ずるに足りない。もし名画がことごとく神霊を来して活動するならば、麟鳳が市井に遊んだり、龍虎が街でたたかったりして、官はこれを駆逐し取締まるのにきりがなくなるであろう。民も化けものの害を蒙ること少なくないはずである。絵師の罪は回避できないだろう）をほぼ一語一句を踏襲したものである。七郎にとって、「名画に霊あり」という神話は

「迷妄浮説」にすぎないのである。

「あやしき人物」である芳斎は、最初から「七郎の気持ちを見通したかのように」「卑しげな笑いを浮かべ」て七郎に絵を買わせた。芳斎は物語の最初から絵の色の映り具合を操ることによって、両者の力関係で主導権を握り、「悪の道に未熟」な七郎を支配している。二人の従属関係が明らかである。ところが七郎は、色褪せた絵を受け入れることができず、太刀打ちできないはずの芳斎を斬ってしまう。

ここで重要なのは、物語で二人の力関係に歪みが出てしまうことである。二者の力関係は芳斎が斬られることによっても逆転されていない。七郎からすれば、支配者だった芳斎とのそれまでの力関係は、芳斎が排除されることによって転倒されるはずだったが、結果としてそうはならなかった。それは、七郎が物語の最初から最後まで芳斎の「名画に霊あり」という罠にはまっていたからである。

芳斎が殺害されてから、絵はもとの色に復元された。七郎はかつて芳斎に「もし名画がことごとく神を来して動き出すならば、この世は化けものだらけ」だと反論した。しかし、七郎が芳斎を斬ったにもかかわらず、絵の美人が画幅から抜け出てくるのみならず、七郎自身がなお「彼女」との交情を享受していることは、「名画に霊あり」の呪力が働いていることの証しではないか。「名画に霊あり」に反発していた七郎は、自ら「化けもの」と付きまとわれるはめになっているのである。

このように、七郎は芳斎を斬っても、絵は芳斎と切り離されていない。物語の後半に、画美人が人間と異なる性質をもつことが発覚したときでも、芳斎は七郎の夢に登場して、画美人の正体の可能性を示唆している。「名画に霊あり」という呪縛は、物語の最後まで七郎を左右して作用したのである。

原典がたどれないことが多い澁澤の作品のなかで、「画美人」は出典の明確なもので、しかも、原典の筋道のみならず、文章のほぼ一語一句を緻密に踏襲している。「画美人」と「果心居士——黄昏艸」は、『夜窓鬼談』八十六編の短編集のなかで、絵に関して語られているたった二つの奇談である。このことからも、澁澤は漢文小説集『夜窓鬼談』の短編のみならず、作者の編末評まで詳細に把握していたことが推測される。そのうえで松浦芳斎という人物を新たに創出し、七郎と美人図の関係に介入させているのである。

三　美人への変身願望

原典『夜窓鬼談』「画美人」は、下士の藤子華と絵のなかから現われた美人の崔小麗との恋物語である。長崎より帰ってきた親族が美人図を藤子華にあげた。絵は非常に精緻で美人が生き生きしており、藤子華は思わず絵の美人に愛慕の詩を書いた。その夜、美人は本物の人間のように藤子華の夢に現われ、彼と交情する。藤子華はあるとき、嫁をもらわざるを得ない状況になって落ち込んでしまうが、その嫁が意外にも画美人とよく似た人物だったので、二人は幸せに結ばれたという話である。

一方、澁澤版「画美人」は、原典「画美人」をその骨格にしながら、なかの美人像をかなり変形した。原典では、藤子華が美人図を部屋にかけたあと、「従經日顏色如生，嬋妍婀娜，魅態蕩神，如見生欲言」（日を経るにしたがって、美人画が生々しくなり、美人はしなやかで美しく、なまめかしいありさまで藤子華に声をかけようとするようである）というように、美人図のありようが描かれている。

澁澤はこの箇所の描写をほぼそのまま採用して、「日を経るにしたがって、あたかも病がみるみる回復するように、次第に女の顔色がなまなましく生けるがごとくになり、最初に見たときとひとしく、あやしいまでに艶なるすがたを際立たせはじめ」、「女の唇は七郎に向かって、今にも何かを語りかけんとするかのごとくであった」とあるように、もとの絵の色に回復する過程を加えながら、原典の美人図の描写を踏襲している。

原典では、藤子華が夢で画美人と初対面して以降の、彼と画美人との交合のようすについては詳しく明かされていない。「自是，屢入夢。生不復告人，夢裏相狎半歳」（それ以降、小麗が度々藤子華の夢に入った。藤子華は人に言わず、夢で小麗と戯れて半年を経つ）としか描かれておらず、画美人の容態や身体性に関して一切触れていない。

しかし、澁澤は美人の翠翠を臍のない生き物に変えながら、原典と異なる妖しい性的な魅力を放つように表現している。美人の形象は、原典と一番大きく異なるところだと言えよう。絵の美人が夜ごとに画幅から抜け出して、七郎の夢でなく、実際に彼の寝所に現われるように語られている。澁澤の作品では、原典に見られない美人のセクシュアリティが多様に表現されている。美人は「緋牡丹のように上気した顔」をして「一点の染みもない、美しくなめらかな肌」をもっているなど、最初から容貌も身体も上品で美しい女性として提示されている。「しかも、唐様の軽羅の下で、そのからだは熱く燃えていた」と美人の体温を描くことでその情欲を暗示する。

そして、七郎は美人を抱いて、「掌中にした珠があまりみずみずしく、あまりきらきらしく、その内部から滾々とあふれ出るような妙味にしたたか酔わされていた」とある。七郎が美人と情交した際には、部屋中に濃厚な芳香が満ちていった。匂いの源泉は美人の濡れた汗であり、しかも庭前の桃李とは「明らかに違った、もっと高雅な匂い」であったという。美人の濡れた汗の匂いを「高雅な匂い」と表現するのは、匂いを借りて美人のセクシュアリティを表現しているだけでなく、その女体を称えているのである。

要するに、美人の容貌から、高雅な匂い、燃えるような体温、内部から湧き出てくる妙味に着目して、現実には存在しそうもない画美人の身体を描いているのである。しかも、画美人の身体を描写する際に、「女」と呼ぶ。画中から現れた美人は、香り・匂い・味覚・温度を通して独特のセクシュアリティを演出しているのである。二人の恋の告白、合意という恋愛の手続きを省いて、男女の交情に重点が置かれている。「あらたな情念のみなぎるままに、天地を殷々とひびかせてたわむれ合った」とあるように、美人は女の性の悦楽を感応し享受しているように描かれており、夜しか現われない、肉体性が強調される情婦役を演じているのである。

一方、七郎のほうは、「翠翠と初めて枕を交わした夜のあけた今朝ほどに、さわやかな気分で目をさましたことはない」という。美人は素敵な体をしているうえに、「天性の床上手」で七郎を大いに満足させ、七郎は色事に限界があるという従来の認識がどう変わったのかを確認したいほどであった。

しかし、澁澤版の美人像が原典のものと大きく異なる点は、美人に臍がないということである。臍のこの不在は美人像を読み解く鍵のひとつとなっている。澁澤は原典の美人の名前「小麗」を「翠翠」に改名した。松山俊太郎氏は、この改名から美人の正体は翡翠《かわせみ》か青い鳥だと述べている。「翠翠」という名前および、臍がないという卵生的な性質から、美人の正体は青い鳥である可能性を暗示している。鳥と人間の交合は、異類婚姻譚の典型を表現してもいる。鳥が女に化けて男と恋に落ちたりする展開は、雀の恩返し、鶯の里、鶴女房などの昔話に見られる。ただし、昔話「鶴の恩返し」などとは異なり、他界の女が男のもとに突然訪れ、家を富ましてから去ってしまうといったパターンには当てはまらない。また、七郎と画美人は夫婦というわけではない。

しかし、画美人は昔話の異類の女と同様、最初本性を隠していたが、正体が露見すると消え去っていくようになっている。河合隼雄氏が「浦島太郎」を例にして昔話の女性像をつぎのように分析している。「浦島太郎」の亀姫はもともと亀に化して海中に住み、「猥褻にも秋波を湛へて漁夫の歓心を哀求するが如き」という肉体的な面が強調される女性であった。[*4] しかし、時代とともに亀姫像が変遷して「かぐや姫」、「羽衣伝説」、「天人女房」のように、清浄高潔な仙女のように永遠の乙女像に変わっていた。女性の肉体性が切り離されることによって仙人になっている。亀姫は仙女像と娼婦像の二つの像に分離したのである。

澁澤の画美人は、「浦島太郎」の亀姫のように自らプロポーズをするわけではないが、積極的に自分の肉体を捧げようとした姿勢は同じである。七郎は相手の素性がわからないまま、美人の誘いを承知する。画美人は肉体的な面が強調される娼婦的な形象をもちながら、特異性、神聖性をもつ伽羅の女になぞらえられてもいる。ただ亀姫像と異なるのは、画美人が神聖性と肉体性を持ち合わせることである。

さらに、昔話の女は通常、正体を見破られるともとの姿（鶴や蛇、魚など）に戻って行方をくらますのに対し、「画美人」の場合、美人は鳥の性質をもったままで画幅のなかに吸い込まれたのちに姿を消す。美人の正体が七郎に見られると、七郎と付き合えなくなった。見られることは彼女にとって最大の悲劇で、「鶴女房」のように禁止を破られた女は、それに対して怒るのではなく、自ら身を引いてしまう。罰は画美人のほうにある。「翠翠」という名前が表わしているように、彼女は幸せの青い鳥のように遠方から飛んできたが、七郎のために滅ぼされてしまう。

この美人は、七郎に臍の不在が露見してから、「わたくしを化生のものとおぼされましょう」と悲しむ。物語の前半では完璧な体をもつ女として仕立てられた画美人は、意外にも臍のない異形女だということになる。生身の人間として七郎とかかわっていく過程で、いつしか七郎との性的関係の枠組み自体が揺らぎ出してしまう。画美人の変身は全く異質のものへの変身ではない。臍のないことを除きすべて女の身体になっており、女性性と卵生性を持ち合わせた「両生具有」である。

物語で翠翠と名乗る生き物の卵生の歴史については明かされていない。卵生の生き物がなぜ中国の娘になったか、澁澤はその謎に応えるための伏線を物語内に敷いていない。「彼女」は身体改造の欲望が強く、身体的な加工をして女にのみならず、美女に変身する願望をもっていた。だが、臍のない卵生性という哺乳類とは大きく異なる生物ゆえに、「彼女」は完全に胎生の人間に転換することができず、臍の不在のまま美女に変身し、そのために「彼女」の身体の加工は不完全になっていたのである。

この「卵生の女」は「翠翠」という人間の女の歴史まで借用した。「翠翠」の経歴は基本的に『夜窓鬼談』「画美人」の「小麗」をふまえている。原典での小麗の出身はつぎのように描かれている。「妾名小麗，父崔氏，為季珪之裔，世居金陵，遭洪賊之亂，父子離散，遂流寓四方。賊奪妾為奇貨，來滬上，賣娼家。一畫工描妾示人，是以得見知眾焉」（私の名は小麗といい、父の崔氏は季珪の後裔である。金陵に住んでいたが、洪賊の乱に遭ってしまい、家族と離散してしまった。賊は私を珍しいものとして上海の遊郭に売ってしまう。遊郭の客に周知させるために、ある絵師が私の肖像画を描いた）という。

澁澤はほとんどそのまま小麗の出自をふまえて翠翠を描いている。翠翠は金陵出身の崔氏の娘だが、洪賊の乱に遭って一家離散してしまい、自分が娼家に売り出され、そこで絵師に肖像画に描かれたという。この「卵生の女」は翠翠に変身したとき、自分の卵生の歴史性が一時的に停止し、新たなときの生成に立ち会いはじめる。変身した彼女は卵生の歴史に関与することを拒み、その歴史から逃れる。要するに七郎と一緒にいる時間は新たなときの創出で、もともとの卵生の世界の時間が解体されたのである。

「彼女」は、本来卵生の性質をもっているにもかかわらず、唐絵にある美人の形象を媒介としつつ、女体に変身して実世界に現われた。その意味でこの異類の女の身体は、画美人の形象を反復しているのである。ここでいう反復とは、画美人のイメージのたんなる繰り返しではなく、画美人を媒介としながらもそこに還元不可能な女への他化が生じているということである。他化とは、自己自身の内に同一性と差異を同時に含んでいることを指している。[*5]

澁澤版「画美人」では、毎晩画幅から抜け出している美人は、女性の肉体的な面が強調され、七郎との情交を享受していたように描かれている。卵生の性質をもっていながら、女性の身体への変身願望をもち、七郎と性的関係を築くために遥々と来たのである。「彼女」は常人との交わりへの望みを捨てきれない。積極的に卵生の過去・歴史性を否定し新たな世界に踏み込もうとした。七郎は「放蕩無頼といいうるほど」の「道楽息子」にもかかわらず、「彼女」はこの世とのつながり、とくに七郎との情愛関係をもとうとしてやってきた。まして、人間だけでなく貴族の姫を演じている。そして夜ごとに七郎に訪れて、男女の営みを知り尽くした情婦の役を果たしているのである。

「彼女」は正体が露見する前に女の身体を十分に生かして七郎と歓楽した。この異形女は、女としての差異性と七郎との肉体的交わりを享受し、変身に伴う快楽を味わっている。「彼女」は人間性、とりわけ女性性という異質性を存分に享楽しているのである。

四　臍の不在ということ

一方、七郎の場合、「吉原通いは年来の習慣」で、美人の非日常性・非人間的な性質がわかっていながら美人と情事に耽る。しかし、臍のない卵生性と翠翠の名前が示唆する鳥の身体性に着目して考えれば、美人が七郎と肉体的な交わりをするときでも、その身体は完全に人間化されているわけではないため、二人の交合は人間と鳥類が交合することになる。そこには獣姦的な要素が認められよう。臍の不在によって七郎の性的倒錯が表現されているのであり、美人と七郎との情愛は獣姦的な要素をもつ性的倒錯でもあったのである。

七郎にとって、画美人は臍のない「化生のもの」でもよい。美人の房事による汗が「高雅な匂い」、「馥郁たる芳香」のため、七郎は「伽羅のほとけに箔を置くという話は聞いたことがあるが、伽羅の女とはめずらしい。特異体質だな」と述べる。「伽羅」とは最高の沈香で、香木中の至宝だといい、「伽羅女」とは美しい女だと言われる。[*6] 絵から抜け出てくる怪奇的な女らしき物を七郎は「伽羅の女」（美しい女）になぞらえ、画美人の形象を美化し幻想化している。

七郎は初めてこの絵を見たとき、「この絵を、いや、この女人を自分のものにしたいと七郎は性急に思った」とあるように、関心を寄せたのはこの絵でなく、「美人図のなかの美人で」あった。その欲望は一般的な認識を超えているが、彼は通常のまま絵の美人と枕を交わす。七郎は最初から画美人を性的対象とし、その特異性を甘受していた。従来の一人の男と一人の女という性の形に縛られていない七郎の、「もの」を偏愛する性癖のありようが浮き彫りにされている。

それのみならず、七郎の金魚への偏愛も澁澤による創作である。七郎は「とりわけ金魚銀魚を飼うことを好み」、「金魚七郎」とあざけられたという。七郎の金魚偏愛は、画美人との交情にもかかわっている。画美人が画幅から抜け出すその夜に、七郎は金魚に特別の餌をやった。また、七郎が画美人と枕を交わすときも、金魚がそのようすを見ている。「蘭虫が一匹、さめているのか眠っているのか、判然としない目を大きく見ひらいたまま、こちらを向いて、じっと動かず水中に浮かんでいた」というように、金魚が物語で画美人と七郎の色事に深く関与している。

正体が発覚して悲しむ美人に対して、七郎は「迦陵頻伽にだって臍はありやしない」というように、本来「化生のもの」にもかかわらず、それを迦陵頻伽になぞらえる。そして、その夜に松浦芳斎が七郎の夢に現われ、「迦陵頻伽には臍がないとな。なるほど、お手まえのおっしゃる通りじゃ。顔は美女でも、あれは卵から生まれる一種の鳥類だから」と説明を加える。

迦陵頻伽とは、仏教で極楽に棲む人頭鳥身という想像上の鳥である。「迦陵頻伽」は、サンスクリット語 kalaviṅka を音訳したもので、その意訳は「好声」、「妙声」、「美音」だという。日本では中国と同様、迦陵頻伽は時代とともに共命鳥とペアで造像されて、もう一段、上位に上がったカテゴリーを形成する飛天（飛仙）との組み合わせで表わされるようになった。[*7] 顔は美人で体が鳥だという人面鳥に対する七郎と芳斎の理解は正しい。

だが、ここでの美人の造形には「妙音」の性質が省かれた。それだけでなく、体が鳥のはずだった「彼女」は、臍がないことを除けば女身そのものであった。物語では美人の正体については卵生だということしか明かされていない。しかし、七郎の目には、美人は迦陵頻伽のような幻想的で美的な生き物である。「彼女」を高潔な天女のように仙女化、神格化しているのである。そこには七郎の欲望が反映されているのである。だからこそ「彼女」を化けものではなく仙女であることを、絵の売り手の芳斎に認めてもらうかのごとく、芳斎を彼の夢のなかに出現させたのではないか。七郎の生活は芳斎に操られ続けられているのである。

澁澤は鳥に特別に関心を抱いたようで、彼の著作に鳥が頻出している。エッセーの「極楽鳥について」（『ドラコニア綺譚集』青土社、一九八二年一二月）では、中世のヨーロッパに伝わっていた極楽鳥の伝説や十八世紀に極楽鳥が日本に渡来したようすなどを検討したり、「幻鳥譚」（『思考の紋章学』河出書房新社、一九七七年五月）では、稲負鳥など と日本の中世文学との関わりを論じている。また、「鳥のいろいろ」（『幻想博物誌』角川書店、一九七五年一二月）では、イビス（日本の朱鷺にあたるという）を始め、植物鳥などの珍しい鳥の生態を紹介したり、「鳥と風卵」（『私のプリニウス』青土社、一九八六年一二月）では駝鳥、孔雀、風卵などに関するエピソードを描いたりしている。小説では、たとえば「鳥と少女」（『唐草物語』河出書房新社、一九七九年七月）は鳥から新たに生命力をもらう主人公を描いたものである。

「画美人」で取り上げた迦陵頻伽については、澁澤の『高丘親王航海記』（文芸春秋、一九八七年一〇月）にも何回か出てくるものである。そこでは迦陵頻伽に関してさまざまなイメージが提示されるが、「頻伽」では、妙音の性質が強調され美的なイメージが与えられた。それに対して、「蘭房」では、「天人の羽衣とはあきらかにちがって、鳥の翼、鳥の羽毛を生れながらに身につけて」いるという、「豊満な鳥のからだをした女」は、親王の目には、「あやしいまでに艶なる容色を保って」「房中術にすこぶる蘊蓄が」ある薬子のように映っている。ここでの迦陵頻伽像は、「天人の羽衣」の仙女と異なる「ふくよか」な身体性が注目されている。また、「鏡湖」では、迦陵頻伽だと推測されている鳥の体をした卵生の美少女は、宮廷の妓女だという。このように、澁澤の描いた迦陵頻伽像には、肉体的な要素が暗に付加されていると言えよう。

種々の神話において鳥はさまざまな象徴として語られてきた。ときに鳥は男の性器と結び付けられ、「恋愛」や

「恋人」さらに官能的な快楽などを示すこともあった。[*8]「画美人」で七郎は、画美人の怪奇性・特異性に、迦陵頻伽のような神的な要素、神聖性を与えているのみならず、肉体性をも加えているのである。澁澤はこのような知見をふまえて画美人を鳥の化けものとして描いたのかもしれない。

球体や金魚などのオブジェもまた澁澤文学を解読する重要な概念的要素のひとつである。卵生とは胎生と異なり、女の生物学的な本質である子宮がないということである。言い換えれば、子宮がないことは、人間の女性ではないということでもある。画美人は女体をもっていながらも厳密に言えば女と言えない。七郎の夢に出てくる松浦芳斎の解説では、鳥の卵生性は七郎の蘭虫、すなわち「卵虫」と同様に臍がないという。七郎が飼っている金魚の一種の蘭虫は画美人と同様、卵生の生き物である。美人が消えてから七郎が蘭虫を飼わなくなったように、画美人は蘭虫とともに七郎の弄ぶ対象（オブジェ）のようだと解せる。

しかも、画美人は最後に鞠に喩えられ、宙に浮かび上がり画幅のなかに吸い込まれた。宙に浮かび上がるものは鞠でなくてもよいが、鞠は美人の卵生性の卵と同様、球体、円形を好む澁澤の嗜好と重なっている。澁澤の球体、円形への嗜好については、たとえば「宇宙卵について」（『胡桃の中の世界』青土社、一九七四年一〇月）でのさまざまな卵の球形構造や、錬金術の寓意画に描かれる「哲学の卵」、『高丘親王航海記』の「未生の卵」「真珠」、また「ねむり姫」（『文芸』一九八二年五月号）男主人公つむじ丸と女主人公珠名姫というそれぞれの名、「狐媚記」（『文芸』一九八二年八月号）の狐玉、「きらら姫」（『文芸』一九八三年八月号）での杓子などが挙げられる。

澁澤はさらに「回転する円」（『文芸』一九八〇年二月号）で「回転する円環というのは、私のいちばん好きなイメージ」だと明言しているのである。鞠は中国では昔、中身が毛の玩具であった。[*9]中国語の「『鞠』躬盡瘁」とは、一身を捧げて使命達成に尽くす、という意味である。美人は、七郎の情に報いに来て一身を捧げたが、所詮、七郎に遊ばれる玩具だったとも解せるのではないだろうか。不完全性な人間である画美人は、最後に鞠のように宙に浮かび上がり、「そのまま一直線に画幅のなかに吸いこまれていった」という。言い換えれば、画美人は球体の鞠のような玩具と化していることも考えられるのである。

また、「画美人」のエピグラフに、トマス・ブラウン「臍のない男」(『医師の宗教』第二部)に出てくる「臍のない男が私の中にまだ生きている」という文章が引用されている。トマス・ブラウン「臍のない男」は、『澁澤龍彦コレクション3 天使から怪物まで』(河出書房新社、一九八五年六月)に収められており、「私が恐れているのは私の内なる堕落」だ、から始まっている。

「私を病毒で汚染するのは私自身なのである。臍のない男が私の中にまだ生きている」とあるように、私のなかに生きている臍のない男とは、体を汚染する病毒だという。また、「人間は決して孤独ではありえな」くて、「悪魔とともにいるから」だと続く。「悪魔はつねに私たちの孤独の仲間で」、私自身に孤独と悪魔がともにいる。このように、臍のない男というものは、孤独の化身であり悪魔でもある。病毒・孤独・悪魔の化身である臍のない男は、「私をほろぼ」してしまう「もの」なのである。作品のエピグラフに提示されていることを考えれば、画美人はこの臍のない男と重ねて考えることになるだろう。

すなわち美人に臍がないということは、美人が七郎にとって彼を「堕落」させ、「ほろぼ」してしまう病毒・孤独・悪魔のような存在だからなのではないか。そして、作品のエピグラフに引用されている「臍のない男が私の中にまだ生きている」というように、「臍のない美人」は消失してもなお七郎のなかに生きていることが暗示される。美人の消えた後、七郎はもとの生活に戻るのでなくますます酒色に耽溺してしまった。澁澤がかつて「女性不完全論」(『エロティシズム』桃源社、一九六七年一二月)で、性交した後虚無で悲しく感じるのはむしろ男のほうだと述べている。七郎を「昏酔」させた画美人は、結局臍のない男と同様、七郎を「堕落」させ、虚無を感じさせる存在でもあったと解せよう。

前述したように、七郎が「異物」の美人と情事に耽る理由のひとつは、色事の楽しみに限界があるという七郎の性に対する認識がどう変わるかを七郎自身が確めたかったからである。しかし、美人が消えることによって答えは残されたまま、色事に限界ありという従来の認識にとどまってしまった。七郎の空虚感は、それまで自分を支配してきた性に関する認識が新たな生成に立ち会おうとするとき、拒否されてしまったという感覚に由来していると言えよう。

五　開かれた空間表象

すでに述べたように、原典における藤子華と小麗の交わりは藤子華の夢のなかで起きたものであり、実際に彼の部屋に起きたものではない。ある晩、夢で小麗が別れに来て「明日自知，然再會亦弗遠也」（明日にそのわけがわかる。しかし再会の日は遠くない）と藤子華に知らせる。そして、翌日に縁談の話が来て藤子華はやむをえず引き受けたが、結局その嫁は意外にも小麗とそっくりの美人だった、というふうに話は結ばれる。縁談のくだりを含め、現実に生きている新婦がのちに画美人に代わって現われたことなどに着目すれば、原典の話は密室で完成しているわけではないことがわかる。

一方、澁澤版「画美人」では、美人が実際に現われる前に、「庭前に桃李爛漫」、「あまい香りが部屋の中にただよってきて」、「月までがおぼろにかすんでおり、まさに春宵一刻を絵に描いたようなふぜいだった」と描かれている。これは、原典「画美人」でいう「時桃李爛熳，清香薫室，片月朦朧」（そのときに桃、李の花が爛漫し、その香りが部屋に満ちて、月がおぼろにかすんでいる）をふまえたうえで、絵の風情を「まさに春宵一刻」と喩えたものである。

花の香りや月の光は部屋の内と外を結ぶ媒介物であり、他界から来る美人の出現を導く。しかし、美人が本物のように現われて七郎と交わり、その姿が消えるまでの話は、夢という非現実的な空間ではなく、その姿が消えるまでの話は原典と異なり、閉鎖された部屋で完成している。そして美人が現われているあいだは、花の香りや月光など、部屋のなかと外の世界を連携するようなものが見られない。外とのつながりのない密室で、画美人と七郎の情愛物語は完結しているのである。

画美人が絵を離れるという、その身体の移動を通じて、虚構の絵の世界と七郎の部屋という空間の境界を曖昧化させている。実世界の部屋に虚構の美人がいるように、実の世界と虚の世界という境界線は曖昧模糊と化していた。絵は異形女の寄宿した仮の場所にすぎないもので、「彼女」は「じつは非常に遠いところから」来ているというように、美人の素性を曖昧化させ、その出自が想像つかないように抽象化してしまうのである。

そして、画美人の姿の消え方はつぎのように描かれている。

翠翠のからだは七郎の腕をはなれて、ふわりと鞠のように宙に浮かびあがり、そのまま一直線に画幅のなかに吸いこまれていった。七郎は茫然として見ていると、やがて紙の上の画像はみるみる小さくちぢまり、影が薄くなって、ついには跡形もなく消えた。そしてしばらくすると、そのあとには焼き焦げたような、まっくろな穴があいた。

という。美人の身体は鞠のように浮かび上がり、画中へと一直線に吸い込まれて、ついに消えてしまった。その姿は球（鞠）、線（一直線）、点（跡形もなく消えた）という形の変化を経ており、虚の焦点を暗示する円（黒い穴）を残して消え去る。

最後に残された黒い穴は、七郎の部屋を外の世界と結ぶための装置だと理解できる。七郎と美人の物語はひとつの密室で完成されたが、焼け焦げた穴が残されることによって、別の未知で暗黒から始まる世界へとつながっていくように開かれている。言い換えれば、閉鎖された部屋と外の世界をつなげる装置を残すことで、密室から神秘的な世界への道が開かれるだけでなく、画美人の話、物語の世界が開かれてもいるのである。

「第六章」で言及したように、穴の装置は、澁澤文学の小道具のひとつだと言える。「夢ちがえ」では、城の望楼は「画美人」七郎の部屋と同様に閉鎖された空間である。閉じられた望楼に、外部とつながる矢狭間が仕掛けられたことは、七郎の部屋に穴が残されたことと同工異曲である。また、「ぼろんじ」においても、男主人公の茨木智雄は節穴から、少年の姿として現われた女主人公のお馨を見た。暗夜に節穴を仕掛け、その穴から「明るく澄みきっ」た光景を提示する創作手法は、「夢ちがえ」や「画美人」と似通っている。『高丘親王航海記』「鏡湖」でも、親王が闇の洞窟で壁の穴から入った一点の光を通して、穴の向こうに鳥の体をしている少女を見つける。

澁澤は、外部から隔絶された密室に、外部と内部を交通・往還する穴を装備する。穴は、澁澤の円形・球体嗜好を再確認させうるだけでなく、物語世界の媒介物として、澁澤の密室空間の表現に欠かせない重要な装置のひとつだと言えよう。さらに、広い意味で言えば、穴は澁澤が述べた男の子宮願望の働きにも似通っている。「女性不完全論」で澁澤は「男は誰でも、じめじめした、暗い、暖かい、墓穴のように閉ざされた、生命の故郷に帰りたいという欲求をもっている」という。

「画美人」で描かれている穴は、開かれた空間であり可能性に満ちた空間なのかもしれない。それは冷えた恐怖の場所でなく、子宮のような暖かい「生命の故郷」とも考えられる。卵生性の画美人が消えてしまい、最後に黒い穴が残されていることは、七郎の胎生性である子宮願望を示しているのではないか。子宮が生命の始原性の働きを担うように、七郎が新たな始まり、暖かい暗室へと導かれる欲求の表われでもあると考えられる。

絵に描かれたものが人間と奇妙な交渉をするという話は、昔の中国や日本にも見られる。たとえば唐代の伝奇小説『纂異記』「劉景復」や、石川鴻斎「画美人」の創作に刺激を与えた元・陶宗儀『輟耕録』「鬼室」、日本の『御伽百物語』「絵の婦人に契る」（青木鷺水、宝永三（一七〇六）年）などが挙げられる。*10

また、『聊斎志異』「怪馬」などもこの類型の話である。「鬼室」と「絵の婦人に契る」では、絵から離れた女が最後に本物の人間になって男と結ばれたり、「劉景復」では、夢で起きた事件の結果が、実際に絵に残されていたり、「怪馬」では逃げられた馬が見付からず、その馬は結局絵のなかの馬とそっくりだったように描かれている。

これらの類話には、絵に描かれたものが人間と交じり合うという、怪奇的な要素が見られるが、物語における空間の回帰的な性格が見られず、澁澤「画美人」のような錯綜した空間感覚が表現されていない。それだけでなく、昔の類話は、絵に残される異変の描写を通して、物語の現実感を強調するところが共通している。怪奇的な物語はいかに実であるかを工夫している痕跡が見られる。

一方、澁澤「画美人」の場合、その後日談では十年後の七郎の様子が語られている。「昔日の若々しさは失われた七郎が、長崎の遊里で蛇の目傘をもって山に登る。山での体験はほぼ一語一句が詳しく『夜窓鬼談』「一目寺」を底本にして描かれたものである。

「一目寺」の話はつぎの通りである。ある役人が江戸で勤務しているが、ある日、函山で湯泊まりして夕方に散歩に出かけた。宿の主人は奥の山に化け物が出ると役人に忠告したが、役人はそれを聞かず、あえて奥の山に入って行った。そして、ある古寺を訪れ、仏像や老僧、沙彌、羅漢天女などがすべてひとつの目しかないのを見た。役人は仏像に喜捨金を置いたら、仏像がたちまち身を起こし大笑いした。すると老僧も沙彌も羅漢天女、神仙鬼物まで絶倒して笑いに笑う。役人は慌てて寺を出ると、ひとつの駕籠が待っていた。その駕籠に乗ると、結局、江戸の邸に着いてしまう、という内容である。

澁澤「画美人」の後日談は明らかに『夜窓鬼談』「一目寺」を下敷きにしている。「一目寺」で描かれている仏像にひとつの目しかない箇所を、澁澤は、臍を出しているように改めたのみである。ここで、臍、すなわち子宮とのむすびつきを求める七郎の欲求が、仏像による臍の露出によっても表現されている。

また、「一目寺」では、役人が駕籠に乗ると、江戸に戻ってしまうが、澁澤「画美人」後日談の最後では、七郎が寺の前にある駕籠に乗ると、結局「十年前に住んでいた江戸は青山の隠宅」に戻ってしまい、しかし同時に「遊女屋で借りた蛇の目を一本、七郎は後生大事に小脇にかかえていた」というように、時空間の混乱を見せている。

青山の隠宅は画美人と交じり合った場所である。十年後の七郎は長崎に出かけたものの、なぜか十年前の隠宅に戻ってしまい、しかも脇に長崎にいたときの蛇の目傘を抱えていた。蛇の目は澁澤の円形・円環への愛好とも呼応しており、「画美人」で重要なオブジェのひとつである。

七郎は画美人が消えて十年経ってもなお、長崎の遊里で臍騒ぎをしていた。「名画に霊あり」の呪力は、七郎を十年のあいだ拘束していたのである。また、七郎が物語の舞台の原点である十年前の青山の隠宅に戻ったことには、物語における時間と空間の回帰性が認められる。ここでいう時間の回帰とは、記憶のなかであたかも十年前の昔に帰ったかのような事態を指している。

澁澤は「回転する円」のなかで、どのような種類のものであれ「物体の回転を愛する」と語っている。さらに、「円環的時間」(『記憶の遠近法』大和書房、一九七八年四月)では、直線的に進行する時間認識よりも、「私たちの在来の円環的な時間認識こそ、おそらく、深みのある文化の基盤だった」というように、円環的な時間認識の重要性を述べている。

「画美人」での時空間の循環性と、蛇の目を結び付けて考えれば、画美人の正体は蛇だったと解釈することもできなくはない。すなわち、物語の最後に残された穴は蛇穴であり、臍のない卵生の蛇の画美人は、蛇穴をくぐり抜けて、もとの場所に戻るというわけである。『高丘親王航海記』の薬子は、自分が生まれ変わるなら「ぜひとも卵生した」く、しかも「鳥みたいに蛇みたいに生れ」るというように、鳥と蛇にともに言及している。

蛇はある種の神話ではさまざまな形象として語られてきたが、ときに循環的な事柄、再生を意味し、またしばしば妖艶な女性、悪魔の化身などの象徴だとされている。[*11] 蛇から化けた画美人は、妖しい性的な魅力を放ち、「臍のない男」と同様、七郎を「堕落」させる悪魔の化身でもあったと言えるかもしれない。

実際に、七郎が回帰したのは空間の原点であり、時間から言えばすでに十年後になっていた。空間の原点に戻りながらも、物語の原点より時間的に十年を上回った、こうした時空間によって構築された七郎の画美人に対する記憶は、ひとつの円形ではなく、螺旋状の記憶空間として表現されている。

澁澤は「螺旋について」（『胡桃の中の世界』）のなかで、「螺旋は、死と再生を実現しながら、たえず更新される人間精神の活力の表現である」と述べている。このように、七郎のこの螺旋状の記憶は閉じられたものではなく、その先に出口が仄見えるように開かれており、「画美人」の物語世界は再生する運動を示唆しているのではないか。

六　結び

澁澤は『夜窓鬼談』から、「画美人」「果心居士――黄昏艸」「一目寺」という三つの話を巧みに取り込み、物語の要素に部分的な削除や追加、変形を行うことによって、それらを独自の物語世界に仕立てた。このように、これまであまり注目されていなかった日本漢文小説が、澁澤龍彦のようにいわゆる西洋の思想と深くかかわっている作家にとっても、重要な源泉となっていることが明らかになったはずである。

卵生の性質をもっている画美人は、絵に描かれた美女に実際に変身する願望をもっており、現実の翠翠が生きた歴史をたどるように、翠翠の形象を反復した。「彼女」は人間の女としての差異と肉体性を甘受した。一方、七郎は画美人の怪奇性・肉体性を享受しながらも、「彼女」に迦陵頻伽の神聖性を与えており、そこに七郎の道楽的な欲望が反映されているのである。七郎が臍のない画美人と情交することは、彼の子宮願望を露呈してしまう。画美人は、「臍のない男」のように七郎のなかに生きており、七郎を「堕落」させているのである。

澁澤は「画美人」の密室空間を構築する際に、穴に極めて重要な役割を担わせた。それは外部と内部を交流させる装置であり、穴の向こうには可能性に満ちたもうひとつの世界が開かれている。そして、物語の最後に七郎が舞台の原点に戻ったことには、物語が円環状に運動していることの軌跡が見られるが、これは澁澤の愛好した円環構造と重なっている。だが、その円環構造は静態的に閉じた円形ではなく、七郎の画美人と交じり合う記憶は、螺旋状に表象されている。澁澤作品の特徴として連想される密室や暗黒とは異なり、新たな始まりへと通じる開放的な物語空間が表現されているのである。

注

＊1　松山俊太郎『澁澤龍彥全集』「第十九巻　解題」（河出書房新社、一九九四年一二月、四四七－四五三頁）

＊2　高柴慎治「『夜窓鬼談』の世界」（静岡県立大学国際関係学部日本文化コース編『テクストとしての日本：「外」と「内」の物語』二〇〇一年三月、七－三四頁）

＊3　国書刊行会編集部『書物の宇宙誌　澁澤龍彥蔵書目録』（国書刊行会、二〇〇六年一〇月、一六六頁）

＊4　河合隼雄『昔話と日本人の心』（岩波書店、二〇一一年五月、一七六頁）

＊5　反復の概念については、高橋哲哉氏によるデリダの思想についての解説を参照した（高橋哲哉「エクリチュールと反復――フォーネー・ロゴス・パルーシアの脱構築をめぐって」『逆光のロゴス――現代哲学のコンテクスト』未来社、一九九二年六月、三〇〇－三四一頁）。

＊6　古田紹欽・他編『仏教大事典』（小学館、一九八八年七月、一八七頁）などを参照。
＊7　勝木言一郎『人面をもつ鳥――迦陵頻伽の世界』（至文堂、二〇〇六年六月、一八頁）
＊8　ジャン＝ポール・クレベール著、竹内信夫・他訳『動物シンボル事典』（大修館書店、一九八九年一〇月、二五〇頁）、水之江有一編『シンボル事典』（北星堂書店、一九八五年九月、二〇六頁）などを参照。
＊9　羅竹風編『漢語大詞典』「第十二巻」（漢語大詞典出版社、一九九三年一一月、一九八頁）
＊10　ロバート・キャンベル「補注『夜窓鬼談』」（新日本古典文学大系明治編『漢文小説集』岩波書店、二〇〇五年八月、三七八頁）
＊11　山下主一郎・他訳『神話・伝承事典――失われた女神たちの復権』（大修館書店、一九八八年七月、七一四頁）、ジャン＝ポール・クレベール著、竹内信夫・他訳『動物シンボル事典』（大修館書店、一九八九年一〇月、三〇八頁）などを参照。

第八章　伝承・エロス・迷宮——「花妖記」における幻想の意匠

一　『聊斎志異』から「花妖記」へ——中日怪異小説の伝承

澁澤龍彦の晩年の小説「花妖記」は、『文学界』一九八四年一月号に発表され、のちに『うつろ舟』（福武書店、一九八六年六月）に収録された。「花妖記」の内容はつぎの通りである。武家の息子である松屋与次郎が、唐物を売る五郎八と、房事に効く緬鈴という石をめぐって賭けごとをする。そこで、もし与次郎の女にその石を試してみて、何の効果もなかったなら、与次郎がその緬鈴をもらう、ということにした。与次郎の女とは遊女の白梅である。与次郎は緬鈴の効果を白梅の体で実験するため、五郎八を彼女のところに連れて行ったが、白梅に緬鈴を試しても効果はなく、そのため賭けは与次郎の勝ちとなった。しかし、彼女はそのときすでに亡くなっていた。物語の最後で五郎八は与次郎が白梅を殺害したのではないかと疑った。

澁澤は「花妖記」の原典として、前述した高柴慎治氏も指摘したように、『夜窓鬼談』の「花神」から借用していると考えられる。しかし、高柴氏は両者の関係を指摘したのみで、さらなる分析を行っていない。松山俊太郎氏は、「花妖記」が収録された『澁澤龍彦全集』「第二十一巻」（河出書房新社、一九九五年二月）の「解題」で、「厭わず舟行長路の艱なるを、云々」という漢詩は、明らかに澁澤の創作ではないので、「『夜窓鬼談』の再利用の可能性が強いと推定される」が、「澁澤の蔵書には見当たらぬ」（四六五頁）と述べている。しかし、「第七章」で述べた通り、『夜窓鬼談』は澁澤龍彦の蔵書に収められている。ただ、それが、なぜ「史学」の類に分類されてしまったのか、ということについては不明である。

また、「花妖記」中の「厭わず舟行長路の艱なるを、芳を尋ねて尽日花間に酔う、山風一陣天将に暮れんとす、嬌姿に恋着して還るに忍びず」（『澁澤龍彥全集』「第二十一巻」）という漢詩が、『夜窓鬼談』「花神」にある「不厭珠河長路艱，尋芳盡日醉花間。山風一陣天將暮，戀著嬌姿不忍還」という詩句を、そのまま引用したものだ、ということは明らかである。しかも、この漢詩は、「花神」と同様に、男主人公が女主人公に出会う前に、美しい花を見て感激して詠ったものとして使用されているのである。

「花妖記」では、与次郎が五郎八に語った、女との出会いの一節のみが、『夜窓鬼談』の「花神」を借用している。五郎八との賭けごとや、のちに明かされる女の正体、および与次郎の性的殺人などは、澁澤による創作である。神仙の恋愛譚の「花神」を、澁澤がいかに「花妖記」に取り入れたのかを考察するためには、「花神」という作品の性格を把握する必要があろう。

「花神」の話は「第二章」で言及したものである。繰り返しになるが、つぎのようなものである。書生平春香が、花見をしていた際に、花の美しさを称える漢詩を詠んだ。その後、道に迷ってしまい、若い女中が現われてある姫の屋敷へと案内する。姫は美しい才女で、二人は漢詩を詠み合いながら、互いに心惹かれあう。姫は、平春香を誘い、一夜をともにした。平春香が目覚めると、姫と屋敷は無くなっており、自分が桜の木の下で寝ていることに気付く。平春香は、ある日、出掛けた折に指輪を拾う。その指輪の持ち主は、姫とそっくりであった。女は、平春香が姫に贈った詩句を示し、二人は、不思議に思いながらも円満に結ばれる。

黒島千代氏は、「花神」は中国の怪異小説集『聊斎志異』にある「葛巾」（巻一〇）や「香玉」（巻一一）などのような、花と人間の恋愛譚の影響を強く受け、類似点が多いと指摘している。[*1] 氏のいう、「花神」が「葛巾」「香玉」と類似したのは、両者の熱烈な情愛や、戯れる情景の描写である。しかし、こうした描写は、『聊斎志異』でなくても見られるものであろう。「葛巾」と「香玉」は同じく牡丹の花の精霊と男の恋物語である。『聊斎志異』に、花の精霊から化けた女と男の恋物語は、さらに「黄英」（巻一一）と「荷花三娘子」（巻五）が挙げられる。「黄英」と「荷花三娘子」はそれぞれ菊の花、蓮の花の精霊が、男と契る恋愛物である。

『聊斎志異』における花の妖精と男の恋愛譚は、少なくともつぎの三つの特色を看取できよう。第一に、両者の恋愛に必ずと言ってもいいほど媒介者がいることである。「香玉」には絳雪という義理の姉、「葛巾」には乳母、「黄英」には黄英の弟、そして「荷花三娘子」には狐女が、それぞれ花の妖精と人間の男の恋愛を媒介する機能をもっている。一方、『夜窓鬼談』の「花神」に出てくる少女の女中も同様に、与次郎と女を結ぶ媒介者として働いている。第二に、漢詩の多用である。「黄英」のほうは漢詩が目立たないが、たとえば「香玉」で登場人物の黄生は牡丹を称える立派な漢詩を作って木に刻み、「葛巾」に登場する常大用は牡丹を賛美する百首の漢詩を作成している。そして、両者ともに漢詩を交わすことによって互いの恋心を確かめており、漢詩は二人の愛情を深める小道具のひとつとなっていると言えよう。『夜窓鬼談』「花神」においても、平春香は最初から桜の花を賛美する漢詩を作ったり、花神と漢詩を交換したりした。第三に、男女のエロティシズムということである。異界の美女と情を交わすことは、これらの作品群で重要な要素のひとつである。

『夜窓鬼談』の「花神」もまた『聊斎志異』における花の妖精シリーズの物語から、以上の三つの特色を取り入れている。加固理一郎氏は、黒島氏に反論して、「花神」は『聊斎志異』の翻案というより、「中国小説の伝奇的な恋物語の典型」をなぞっていると見るべきだと述べている。[*2] しかし、女中を媒介として男女が知り合うようになったり、互いに詩歌を贈答したりする特徴から考えれば、この話は、ある程度、明清の才子佳人小説の話型をふまえていると言えよう。

澁澤龍彥「花妖記」では、『夜窓鬼談』「花神」の桜の花を梅に変えたほか、男主人公が姫と出会い、そして一夜を過ごすまでの筋の展開について、ほぼ一語一句違わずに踏襲している。たとえば、花見に行くつもりで、「弁当と瓢箪をたずさえて、ひとりで朝はやくに宿を出た」箇所は、原典の「夙起輕裝，裹糧擕瓢行」（朝はやく軽装して、弁当と瓢箪をたずさえて出かけた。）をふまえたものである。また、与次郎が道に迷ったとき、現われた少女が「年は十二か三ぐらいであろうか」という箇所も、原典の「年可十二三」（年は十二か三ぐらい）を踏襲している。要するに、与次郎が花見に出かけ、その美しさに感動したので賛美の漢詩を詠むが、日が暮れて暗くなってから道に迷い、一人の少女が現われて、豪華な家まで連れて行ってもらい、天女のような美人と一夜をともにした、という筋の展開を、かなり詳細に踏襲しているのである。

しかし、そのなかにも澁澤による創作が二箇所指摘できる。ひとつ目は、女中の少女が提灯をもって現われることである。与次郎が梅林で迷子になったとき、「提燈をもったひとりの少女があらわれた」という。原典の「花神」では少女が「提燈をもった」ことは描かれていない。女中が先に提灯をもって、男主人公をたずねる風景からは、『牡丹燈籠』系列の物語が想起できる。『夜窓鬼談』に「牡丹燈」（上巻四〇編）が収録されてもいる。提灯をもった女中が男主人公を導いて、姫のところに行くことは、澁澤の想定する中国の怪異譚の情景のひとつだと考えられる。確かに作中で、このときはすでに暗くなっているので、女中が提灯を手にもつことは理にかなっている。しかし、ここでの提灯は、おそらく異界に通うための道具であり、澁澤が描く幻想怪異の世界に欠かせない舞台装置だと言えよう。なぜか。

第一の例。澁澤は「燭台」（『ミセス』一九七四年一二月号）で、「火をともした燭台は、おばあさんが歩くにつれて、壁に大きな黒い影をゆらめかせる。それはこわいような、なつかしいような、奇妙な幻想的な気分に私をひきずりこむ、いわば魔法の小道具のようなものだった」という。「花妖記」で描きだした提灯をめぐるイメージはこの「燭台」に通じている。つまり、それは「幻想的な気分に」引きずり込む「魔法の小道具」なのだ。

第二の例。「花妖記」と同じ年に発表された「うつろ舟」（『海燕』一九八四年九月号）では、男主人公の仙吉が、漂流してきたうつろ舟の上にいる異様な女に魅入られ、やがて命を奪われるという幻想譚が描かれている。「月も星も出ていない闇夜だというのに」、仙吉は「海にながす燈籠のよう」なうつろ舟が「青白い燐光を発している」のを眺めている。しかし、ふと気がつくと自分が「船中にあって女の前にすわって」おり、「ランプがあかあかと船中を照らしていた」という。

このように、「花妖記」で描かれている闇に火をともした女中の提灯は、おばあさんの「燭台」や、「うつろ舟」の燈籠・ランプと同様、異界のシンボルだと理解できよう。

もうひとつの澁澤による創作は、迎えにきた女中が、意外にも姫の家にいる女中の顔とそっくりだったことである。「門をあけると、また別の少女があらわれ、燭をかざしておれたちを迎えてくれたが、おどろいたことに、その少女の顔は前の少女の顔とそっくり同じなのだ。まるで双子のようで、きている細長の色がちがわなかったら、まったく判別がつかなかったろう」と語られる。双子の設定は、ドッペルゲンガーに対する澁澤の一貫した関心の表われだと見て取ることができよう。

その論拠となる事例を三つ挙げよう。第一に、「ぼろんじ」の幻想世界は、ドッペルゲンガーにかかわるものである。第二に、澁澤自身は、たとえば「自己像幻視のこと」（『東西不思議物語』）で、江戸時代『奥州波奈志』に出ている「影の病」や、芥川龍之介、ゲーテのドッペルゲンガーにまつわるエピソードを描いている。第三に、「鏡と影について」（『ドラコニア綺譚集』）では、神仙的な要素をもつ、中国・朱橘の分身譚について語っている。このように、「花妖記」における双子の設定のように、些細な箇所でも幻想の意匠が凝らされているのである。

かくして、石川鴻斎『夜窓鬼談』の「花神」は『聊斎志異』における花の妖精物語の特徴を的確に把握し、創作の糧としていることがわかる。この作品は加固氏のいう唐代の伝奇小説よりも、明清の才子佳人小説の話型に近い。『聊斎志異』は、日本明治期の漢文小説集『夜窓鬼談』に深く影響を与えるのみならず、『夜窓鬼談』を通して、現代作家の澁澤龍彥にまで影響を及ぼしている。澁澤は中国文芸の伝統を内的な論理として持っており、そのため作品に表われる重要な要素が提灯だと言えるのである。提灯は澁澤が描く幻想世界へ引きずり込む舞台装置であり、また、双子の設定からも、澁澤の怪異空間に欠かせないドッペルゲンガー現象の重要性が喚起されるのである。

二　「処女にして娼婦」

澁澤龍彥の「花妖記」では、与次郎の語った女との付き合いの話で『夜窓鬼談』の「花神」から借用したのは、女と初めて枕をともにするまでである。そのあとの女の処女的な性格や天女の形象などは、澁澤による創作である。与次郎の語りでは、梅林の女は与次郎を迎えるたびに、あたかも「初めて会うかのように、楚々たる恥じらいをふくんで衾の下にもぐりこんできた」というように、女の処女性を強調する。加えて、与次郎は女との情愛を「天人の交わり」「もっぱら男に快をすすめる不感不動の女」と見なしている。

そのあと、通りかかった人の口から与次郎の身分と女の正体が明かされる。梅林の女は白梅という「淫乱な遊女」であり、結局「天人に比せられた」女は、与次郎の「妄想」の所産にすぎない。白梅がほかの男と駆け落ちしてしまってから、与次郎は別人になった。「あれが魔性の女で、与次郎さんに取り憑いて、与次郎さんのあたまを狂わせてしまった」というように、梅林の女は、処女性をおびた天女から、「淫乱な女」「魔性の女」に変わったのである。しかし、五郎八は、与次郎の境遇を「弁天さまと情交した男に神罰がくだって、目がつぶれてしまう」ようなものだと捉え、白梅を「弁天さま」と見なしているのは、与次郎の語りに操作されてしまったからであろう。白梅は娼婦でありながらも、与次郎によって神格化されてしまう。女に神聖性と娼婦性を同時に合わせ持たせた設定は、澁澤の「ヴィーナス、処女にして娼婦」(『華やかな食物誌』大和書房、一九八四年九月)での関心と重なっていると認められよう。

澁澤はこのエッセーで、ヴィーナスの処女的、且つ娼婦的な性質を述べている。ヴィーナスは、ローマ時代になってから、女神のアプロディテと同一視されるようになり、神殿娼婦でありながら処女でもあったギリシアのアプロディテの性格を継承したという。アプロディテには、特徴的な性風俗、性行為の魔術的あるいは神的意味をもつ神殿売春という特徴があると澁澤は語っている。バビロニアの風習では、すべての女性が一生に一度は、アプロディテ神殿にこもって、見知らぬ男性と交わることがあったという。聖娼婦の性は女神に捧げるものであった。

澁澤は幾度も「神聖な娼婦」に言及したことがあり、「わたしは、このような「処女＝娼婦」のイメージをこよなく愛する」（「わたしの処女崇拝」『婦人公論』一九六六年二月）という。また「処女の哲学」（『エロティシズム』）でも、神話の女神デメテールとイシュタルを例にして、「処女」と「娼婦」という二つの概念がひとつのものになっていることを説明している。要するに、「処女」と「娼婦」は、いずれも子どもを産まないという点において一致しており、「いずれも女の性のエロス的原理をあらわしているという点で共通している」のだという。

さらに、「みずからの純潔性に姦淫された若い処女」（『幻想の肖像』大和書房、一九七五年六月）では、「相対立する二つのもの、すなわち純潔性と姦淫」、「硬いものと柔らかいものとが、いわば魔術的に一つに結びつけられているのである」と澁澤は述べている。「相対立する二つのもの」が「魔術的に一つに結びつけられている」という考えは、彼がマルキ・ド・サド（Marquis de Sade）の文学でとくに関心を寄せたことを想起させる。彼は、サド文学に「本質的なパラドックス」が伏在していると指摘している（「サドは裁かれたのか　サド裁判と六〇年代の精神分析」『サド裁判をめぐって』、一九七〇年四月）。注目すべきは、そのパラドックスに、「何か根底に、流動して一元化しようという動きがあるような気が」して、「これもエロスの働き」（「エロス・象徴・反政治　サド裁判と六〇年代思想」『日本読書新聞』、一九六九年一一月）だと述べていることである。

このように、与次郎が娼婦の白梅を天女のように語っていることが意味するのは、天女と娼婦が二項対立の関係にあるのではなく、「魔術的に一つに結びつけられ」、「一元化」された表裏一体の関係にあることだと解釈できよう。生きているときは娼婦であるが、死んでしまってからの彼女は娼婦と天女のあいだで識別不可能な存在と化すのである。

一方、与次郎は五郎八に梅林の女の話を語り終えると、すぐ眠ってしまった。「『ああ、ねむくなった』とつぶやいて、石段のわきの楠の大木にもたれたまま、だらしなく眠りこけてしまった」のだ。なぜ、与次郎は眠る必要があるのか。

与次郎は眠る前に、すでに「瓢箪の酒をひっきりなしにのみつづけていた」のであり、酔いながら白梅を天女のように語っており、彼の「妄想」世界では白梅は天女だったのである。そして、与次郎が眠っているあいだに、女の正体が明かされる。与次郎は「不意にむっくり起きなおっ」て、五郎八を梅林に連れていく。「酒もさめたらしく、そのまますたすたあるき出す与次郎のあとを、五郎八は小ばしりに追いかけた」という。しかし、その前の与次郎の語りでは、梅林を「たずねるたびに道に迷い、道に迷うたびに少女があらわれ」るというのにもかかわらず、なぜか、目が覚めてから、突然道がわかるようになり、しかも「すたすたあるき出」している。要するに、与次郎が目覚めたのちの世界は、白梅が娼婦である現実世界だと考えられる。与次郎が眠ることは物語では重要なことで、その眠りを通して、白梅を、酔っ払っているときの「妄想」の世界の天女像と、目覚めてからの現実世界の娼婦像とを「一つに結びつけ」たのだと言えよう。

三　廃墟の欲望

梅林で五郎八が見た女は、「白綾の寝衣をきた女が仰向けに、衾もかけずに横たわっていた。（略）眠っているのか、女はあられもない姿勢のまま、じっと動かなかった」と語られている。このとき、女はすでに死んでいたのである。娼婦の死体という設定が、ジャン・ロランによる「仮面の女たち」（『澁澤龍彦コレクション2　オブジェを求めて』、一九八五年三月）にも見られる。そのなかで娼婦は愛の人形で、自動人形だと語られる。娼婦たちは仮面をつけており、私のまわりにいるのは「仮面をつけた屍体」ばかりだという夢を見たという。死んだ娼婦の白梅も、その仮面は聖女である。「仮面をつけた屍体」の娼婦像は、「花妖記」の白梅の造形にもそのまま通じると考えられよう。五郎八には白梅の顔が見えない。前述した「ヴィーナス、処女にして娼婦」では、澁澤は、最後に頭も両腕も欠けている「キュレネのヴィーナス」が一番魅力的に感じると述べている。その美しさにふさわしい顔が想像できないから、「顔はかえって無いほうがよいのかもしれない」という。白梅の顔が見えないことと、ある程度重なると推測できよう。

与次郎の目に白梅は眠れる人造美女のように映る。澁澤は「優雅な屍体について」（『エロスの解剖』桃源社、一九六五年七月）で、ネクロフィリア（屍体愛好）について論じている。冒頭から「エロティシズムと死とは、深い結びつきがある」といい、「屍体のみならず、総じて冷たいもの、動かないもの、墓場とか、廃墟とか（下略）に対する執着にも、同じくネクロフィリア」としての性質を認められるという。そのつぎにジョルジュ・バタイユの言葉「エロティシズムとは、死にまで高まる生の賛美である」を引用して、ポオ文学におけるネクロフィリアの特徴について論じた。梅林の廃墟に執着している与次郎は、その例のひとつであろう。

白梅の死体は腐らず、永久にそのままの形で残っているように語られている。五郎八が触った彼女の体は「なめらかに光った」という。白梅の死体はそれ自体、欠損の身体ではなく、あるがままの姿で、美術品のように美しい。彼女は与次郎と五郎八が賭けた緬鈴のように、物語におけるひとつのオブジェだと言える。

　緬鈴は五郎八に言わせれば「世にもめずらかな宝玉」で、「鶏の卵よりやや小さめな、卵のかたちをした一個の白っぽい玉にすぎない」という鉱物の淫具だという。松山俊太郎氏が『粤滇雑記』に緬鈴の記事が残っていることを指摘している。[*3] ミャンマーの風土・民俗習慣を伝える『粤滇雑記』には、「又緬地有淫鳥、其精可助房中術、有得其淋於石者、以銅裹之如鈴、謂之緬鈴。（中略）而握入手稍得暖気、則鈴自動切切如有声、置於机案則止」（ミャンマーに淫鳥がいる。その精は房中術に役立つ。その精を石にすれば、銅に鈴をつけたようなので、緬鈴という。（中略）手に握れば、暖気があり、その鈴はしゃかしゃかと音をたて、机に置けば止まる）とある。[*4]

　緬鈴は「花妖記」で重要なオブジェのひとつである。巖谷國士氏によれば、澁澤は冷たくて硬くて丸いものを好んでいたという。[*5] 緬鈴は、「第七章」で言及した、澁澤の球体嗜好のみならず、彼の鉱物嗜好とも重なっている。鉱物は澁澤が愛したもののひとつであった。「石はいわば永遠に時間に汚染されない純粋な物質、超時間性あるいは無時間性のシンボルなのだ」（『思考の紋章学』）。「白綾の寝衣をきた」白梅は、まさに外見の白い緬鈴と同様に、澁澤のいう石の「超時間性あるいは無時間性」の性格を帯びており、「永遠に時間に汚染されない純粋な」ものに造形されているのではないか。そして、与次郎が物語の最後に緬鈴を所有することは、白梅を所蔵していることに通底していると言えよう。

　白梅のような「眠れる人造美女」に澁澤は関心を抱いていたようである。「ねむり姫」では、十四歳の姫がある日、死んだように深い昏睡に陥ってしまい、ずっと柩で眠っていた。眠っている彼女の晴装束をして透き通るような白い肌などを見て、男主人公のつむじ丸は「生ける人形のように」なっている姫を所有したくなるわけである。

また、「ねむり姫」より先に発表された「女体消滅」（『唐草物語』）でも、人形のような絶世の美人を覗き見ることしかできない話が綴られている。平安時代の漢詩文人である紀長谷雄は、見知らぬ美しい少女を獲得したが、眺めることしかできなかった彼は、生ける人形のような少女の肉体への幻想、幻影に惑わされ、遂に彼女に触れようとしたとたん、女体は消滅してしまったという。

「幻影とは、すなわち人形である」（「少女コレクション序説」『人形愛序説』、一九七四年一〇月）と澁澤は語っている。「花妖記」の白梅もまた、「ねむり姫」の姫や「女体消滅」の少女と同様に人形のようなオブジェである。眠るように死んだ娼婦の白梅は、まさに人形以外の何者でもない。周知のように、澁澤は人形と深いかかわりがある。彼はハンス・ベルメールの球体関節人形を紹介し、日本の人形制作の四谷シモンなどに影響を与えた。澁澤の書斎にも四谷シモンによる少女人形が置かれていたという。人形愛は澁澤によるピュグマリオニズムの訳語で、澁澤は「人形愛の情熱は自己愛だったのである」（「少女コレクション序説」）という。

藤田博史氏は「鏡像関係」をもとにして、「人形に触れるとか、人形を見るとか、人形に話しかけるというのは、とりもなおさずこれは非常に科学的な意味で人形から触れられていることになる。人形から見られていることになるし、人形から話しかけられているということになるわけ[6]」だと説明している。小川千恵子氏は、澁澤は人形を同一化するための鏡像として限定しているので、「人形の純血種を保証するもの」は「エロティシズムのみではないか」（「人形愛の形而上学」『人形愛序説』）と述べるのだという[7]。

与次郎は、生ける白梅のもっとも美しい時期に、その生体機能を停止させ、その永遠の美を凍結して保存した。そして、二人の過ごした時間を静止させ、白梅を梅林の廃墟に置き、永遠に己れ一人だけの所有物にしておきたいという欲望を可視化させた。五郎八は「冷たくなっているじゃないか」と恐怖に慄きながら言うが、この、温もりを持たぬ冷たい膚の白梅こそが与次郎にとってもっとも理想的な女の具現化であると認められるのではないだろうか。

四　迷宮の愉楽

「花妖記」の与次郎の「妄想」話では、梅の花見をしている途中、「すでに暗くなっていた。ほそい月が出ていたが、足にまかせて梅林の奥ふかくに分け入ってしまったためか、帰路をたどるのにははなはだ難渋した。どうやら道をあやまったらしく、行けども行けども梅林で、いくらあるいても人家のあるところに出ない。疲れきって、ふと立ちどまったとき、いきなり目の前に、提燈をもったひとりの少女があらわれた」と語る。

　これは、原典『夜窓鬼談』の「花神」を、やはり、ほぼそのまま違わずに踏襲したものである。「花神」では、「時已昏矣，纖月裁照，逕路太艱，行未數歩，誤途入反徑，紆餘屈曲，足亦甚憊。忽有丫鬟」（すでに日が暮れて細い月が照っている。道が歩きにくく、しばらく歩いていたら、誤って反対の小道に入ってしまい、道が迂回して足も疲れきった。いきなり一人の女中が現われた）という。ただ、原典では女との情交は一回のみであるのに対して、「花妖記」では、与次郎は「その後も再々」、「ひそかに三原の梅林をたずねたものだ」という。しかも、「たずねるたびに道に迷い、道に迷うたびに少女があらわれ」ている。

　道に迷うことは、澁澤が異界へ通交することを描く際、使用する表現のひとつだと考えられる。そして、異界に行く過程で、主人公が道に迷うこととともに、周囲が暗くなったり、召使が出てきたり、幻影が見えたりするなどの幻想的な要素も相まっていることも指摘できよう。「女神のいる仙境のこと」（『東西不思議物語』）はその一例である。善五郎という男は、ある日、何者かに呼ばれて山へ連れて行かれる。そして山の女神と情交して八年間も続いたけれど、その後、善五郎は普通の人間生活に戻るという話である。ここでまず「夜の明け方近く、ひとりで眠っていると、外から自分の名を呼ぶ者がある」ことは、「花妖記」の与次郎の「すでに暗くなっていた」ことや、召使が与次郎の名前を知って、迎えに来るという設定とかなり類似している。そして善五郎は、八年間女神と付き合っていたが、「仙境の正確な位置はついに突きとめることができない」と語られており、与次郎が道に迷うことと共通している。与次郎の天女と交合する話も、彼の「妄想」と同様に、善五郎が仙境に行くとき、いつも「夢心地」だということと共通しており、仙界と現実世界との境界が作られているのである。

したがって、道に迷うという設定には、仙境に行く過程で、異界と実世界との境界を越える際の不確かな模索の行程が現われているのだと考えられる。これはもちろん澁澤独自の表現ではない。「花妖記」の場合は、『夜窓鬼談』の「花神」を踏襲したものである。しかし、「花妖記」より先に発表された「女神のいる仙境のこと」の場合は、澁澤は『夜窓鬼談』に深く影響を与えた『聊斎志異』からのみならず、彼の中国古典の素養や、『東西不思議物語』を創作するにあたって参照した『捜神記』、『異夢記』をはじめとする中国の怪異譚に触発されたと考えられる。召使の活用、仙境の描き方などを含め、澁澤が描いている仙界は、明らかに中国の奇談の伝統を受容したと言えよう。

一方、道に迷うことは、迷宮に入ったことと同様である。理想の迷宮イメージとして頻繁に引用した十八世紀イタリアの版画家、建築家のジョヴァンニ・ヴァチスタ・ピラネージの「牢獄」という作品について、澁澤はつぎのように語っている。「この牢獄の巨大な内部には、一切の方向性というものが欠けていて、私たちはどこに向かって歩き出そうとも、その限界に到達するということが決してないのである」（『胡桃の中の世界』）と。鶴岡真弓氏は、ピラネージの迷宮が「密閉されたまま無限に膨張」し、畏怖よりも愉楽をもって歩き回るよう教えられていると述べている。[*8]「花妖記」の与次郎が迷子になって女中に連れられてたどり着いたのは、華麗な宮殿である。「花妖記」の迷宮は牢獄ではないが、梅林という決まった空間のなかで、その先にはつねにきらびやかに輝いている豪華な宮殿が待っており、与次郎が通うたびに希望・愉楽は「無限に膨張」しているものだったのであろう。

五　結び

澁澤龍彦の「花妖記」には、東アジアにおける幻想文学の伝承の一例が示されている。澁澤の幻想世界を考察するときには、西洋文学のほか『夜窓鬼談』や『聊斎志異』の重要性が見逃せないであろう。さらに、仙境を描く際にも、澁澤が中国文芸に想を得つつ自らの文学に統合した〈道に迷う〉というモチーフや、「牡丹燈籠」などの怪異譚や、とくに関心を抱いていたドッペルゲンガー現象なども小説の素材として取り入れられており、そこから豊かな幻想世界が造形されているのである。

そのほか、彼がサド文学でとくに注目した、パラドックスが「魔術的に一つに結びつけられ」、一元化するという特徴は、白梅の娼婦性と天女性の融合として描き出されている。また、廃墟で見出された与次郎のネクロフィリア性、迷宮の作用は、澁澤の膨大な評論群で討論されている重要なテーマが、小説「花妖記」を通して具現化されたものだと言えよう。「花妖記」は澁澤文学でこのように位置づけられるのである。

注

＊1　黒島千代「石川鴻齋的《夜窗鬼談》與蒲松齡的《聊齋志異》」（清華大学中国語文学系編『小説戯曲研究　第五集』聯経出版、一九九五年二月、一七五－二二四頁）

＊2　加固理一郎「石川鴻斎と怪異小説『夜窓鬼談』『東斉諧』」（日本漢文小説研究会『日本漢文小説の世界』白帝社、二〇〇五年三月、一六〇頁）

＊3　松山俊太郎『澁澤龍彦全集』「第二十一巻　解題」（河出書房新社、一九九五年二月、四六四頁）

＊4　『粤濵雑記』（南清河王氏『小方壺斎輿地叢鈔』七（三）、上海著易堂、一八八一年、三八三頁、東京大学東洋文化研究所所蔵）

＊5　巖谷國士『澁澤龍彥の時空』（河出書房新社、一九九八年三月、五二頁）

＊6　藤田博史「声／幻聴、そして皮膚／体感」（『人形愛の精神分析』青土社、二〇〇六年四月、二九－五二頁）

＊7　小川千恵子「他者としての人形性と日本人」（『ユリイカ』二〇〇五年五月号、四九－五八頁）

＊8　鶴岡真弓「迷宮」（『澁澤龍彥事典』平凡社、二〇〇四年二月、一一二－一一三頁）

第九章　幻想への回路――「菊燈台」論

一　間テクスト性の饗宴

「菊燈台」は、『新潮』（一九八五年一二月）に発表され、のちに『うつろ舟』（福武書店、一九八六年六月）に収められた。主人公の美少年菊麻呂は、悪党の長者の手から逃げようとしたが、失敗した。長者がその罰として菊麻呂の顔に焼印をおそうとしたところ、長者の娘である志乃に止められる。長者はあきらめず、縛った菊麻呂の頭に灯明皿を乗せ、人間灯台とし、客に弄ばせる。ある日、長者は志乃に菊麻呂を好きにしてよいと言い置いて伊勢参りに出かける。一日目には、残された志乃が菊灯台になった菊麻呂をいじめる。二日目には、志乃自身が菊灯台になる。三日目には、二人の身体が絡まり合い、志乃が部屋を燃やし、二人とも火のなかに死ぬ。

「菊燈台」には少なくとも二つの題材がプレテクストとしてちりばめられている。石川鴻斎著『夜窓鬼談』（東陽堂、一八八九－一八九四年）と田中貢太郎の「宇賀の長者物語」（『日本怪談全集』桃源社、一九七〇年）である。

（一）石川鴻斎『夜窓鬼談』「河童」

「菊燈台」における半助にまつわるエピソードは、明らかに『夜窓鬼談』上巻第三十三篇の「河童」の一節を下敷きにして描かれたものだと言える。

主人公の菊麻呂と半助はともに、百地の長者のために浜で塩汲みの仕事をしている。半助は右腕がない。その理由として、半助は一人でつぎのように語っている。長くなるが、澁澤式の語りおよび、『夜窓鬼談』を引用する手法を明かすために全文を忠実に引用することにする。

もう二十年も前、おれがまだ十五くらいのときのことと思ってくれ。そのころ、おれは柳河のさる長者の屋敷につかえていたが、そこのおかたさまがたいへんきりりしゃんとした女人でな、身分ちがいとはいいながら、おれはひそかに懸想していたものじゃ。ある日、おかたさまが近所の寺へ墓まいりに行った。すると、そこへ稚児髷を結った美童がひとりあらわれてな、しなしなと挨拶をしたかと思うと、おかたさまにしきりに色目を使うではないか。これはてっきり寺僧に召し使われる稚児だろうと、おかたさまは内心おかしく思いつつも、見て見ぬふりをしていたそうな。稚児は墓地までついてきて、おかたさまが墓のほとりを掃除したり、花を供えたりするのをじっと見ている。そして隙をねらっては、あろうことか、おかたさまの手をにぎろうとする。おかたさまは気丈なひとだったから、たちまち相手の腕をねじりあげてやったそうな。稚児は痛さに堪えず、泣き声をあげて許しを乞うた……」（『澁澤龍彦全集』「第二十一巻」）

そして、おかたさまは寺の住職に確認したところ、その子は稚児ではなく、ガータロという生き物だそうである。ここでは、登場人物が長い語りをとおして、自分の遭遇を自白するように語っていることがわかる。そのあと、聞き手の短い質問が挿入される。このような語り方は、澁澤龍彦のほかの作品でもしばしば見られる手法である。ひとつの事件の説明や、登場人物の遭遇について、多くは登場人物自身の口から自白的な長台詞が語られる。たとえば、『ねむり姫』所収の「きらら姫」が最もよい例であろう。「きらら姫」では、主人公音吉による自身の不思議な体験談の告白が全編の八割を占めている。また、「花妖記」でも、通りかかった人の長い語りによって、女主人公の白梅の正体が明かされる。さらに、「魚鱗記」（『文学界』一九八四年一二月）でも白蓉斎による長い告白があった。

語り方の特徴のほかに、「菊燈台」と『夜窓鬼談』「河童」の関連に着目したい。前述の引用では、半助が腕を失った理由についてはまだ答えられていない。友人が半助に催促すると、半助は「まあ急ぐな。はなしはこれからじゃて」と、また長い語りが続く。半助はガータロのうわさを聞き、一計を案じて厠の下に隠れる。おかたさまが厠にのぼったとき、厠の下から手を出しておかたさまの体を撫でようというのである。しかし、おかたさまの体を撫でようとしたとたん、手首を彼女につかまれ、その拍子に右腕が抜けてしまう。

一方、本書の「第一部」で述べたように『夜窓鬼談』「河童」の話はつぎのようなものである。美しくて武芸もある藩士の妻が寺参りの途中で茶屋で休んだところ、ある美少年が一緒に座った。その少年は洒落た格好をして、愛嬌のある淑女のようなので、婦人は寺の僧侶に囲われている美少年だと思ったという。そして、婦人が厠に入ったとき、美少年は彼女の体を触ろうとしたので、その手を婦人に切られるが、その後、美少年は正体が河童であることを明かして素直に謝り、手を返してもらったという内容である。

まず、身分の高い夫人が寺参りの途中に稚児と思われる美少年に付きまとわれる、美少年が夫人の体を触ろうとしたとたんに手を切られてしまう、美少年の正体が河童である、という話の展開において、二つの作品は一致している。「菊燈台」における半助のエピソードが『夜窓鬼談』「河童」をふまえていることは明白である。むろん、『夜窓鬼談』は、勧善懲悪風に仕上げられたものであり、「菊燈台」のテーマと異なる。しかし、半助にまつわる挿話は、ほぼ忠実に『夜窓鬼談』「河童」を借用したと言える。

ここからわかるように、澁澤風の語り方には、登場人物自身による長台詞の告白が多く見られる。ほとんどの場合、聞き手が質問の形で合いの手を入れている。また、澁澤龍彦の「菊燈台」は明らかに『夜窓鬼談』「河童」を下敷きに描いていることがわかる。しかも、ガータロを持ち出すことによって、のちの人魚が現れる非現実性とつながっていくのである。

る。

(二) 田中貢太郎「宇賀の長者物語」

一方、澁澤は「菊燈台」の末尾に、この話は田中貢太郎の「宇賀の長者物語」から材を取ったことを明言している。

土佐の伝説に宇賀の長者というのがある。むかし土佐の国の長浜村に、宇賀の長者という豪族があり、その屋敷の豪壮なことは目をおどろかすばかりであった。あるとき長者は思いたって伊勢参宮におもむいたが、外宮内宮の建物の意外なほど質素なのを見るにおよび、「お伊勢さまというから、どんな立派なものかと思ったら、なんだ、おれの家の厩ほどもないではないか」と悪態をついた。すると神罰てきめん、長者の屋敷は留守中に火事をおこし、烏有に帰してしまったという。土佐生れの小説家田中貢太郎は、この伝説をもとにして「宇賀の長者物語」を書いた。私の「菊燈台」は、この田中貢太郎の物語から骨子を借りているが、申すまでもなく原話を大きくはなれ、自由にイメージをふくらませて面目を一新している。(一一六頁)

澁澤が田中貢太郎「宇賀の長者物語」から借用した要素は、長者の伊勢参りと、火事の二点である。前述した半助に関するエピソードや、菊麻呂を中心に展開したストーリー、さらに長者の娘志乃については、すべて澁澤による創造である。澁澤のいう通り、「原話を大きくはなれ、自由にイメージをふくらませて面目を一新している」のである。

「菊燈台」で取り入れた田中貢太郎の「宇賀の長者物語」からの引用は、『夜窓鬼談』「河童」とは異なる手法で表現されている。「河童」からの引用は、その筋の展開をほぼ忠実にふまえて「菊燈台」の物語世界の一部をなしている。一方、「宇賀の長者物語」からの引用は、その骨組みを借りただけで、残りの肉付けは澁澤による脚色と変形である。澁澤は「菊燈台」を、田中貢太郎の「宇賀の長者物語」を下敷きに、自らの関心と重ね合わせた、想像的な幻想小説として築き上げた。

「菊燈台」で表現されている幻想の回路は、漢文学の伝統『夜窓鬼談』や日本の古い伝説「宇賀の長者物語」から、現代の幻想小説へ発展していったものである。「菊燈台」は、一部の筋の展開を『夜窓鬼談』「河童」から借用した。また、「宇賀の長者物語」の話を大きく変形して、幻想的でかつ妖艶な情欲の世界に仕上げられている。「菊燈台」はこのように、日中古今の伝統を織り交ぜる間テキスト性を演出しているのである。すなわち、複数のテクストとの関連によって、はじめて澁澤龍彥「菊燈台」の意味が見出せるのである。

二　人魚繚乱と凝固される記憶

菊麻呂は人買いにさらわれ、記憶を喪失したまま、百地の長者の屋敷で働いている。彼は、若狭の出身であることしか覚えていない。またもうひとつ記憶に残っていたのは、小浜での出来事である。菊麻呂は砂浜の道を歩いていると、「菊麻呂の袖をひくものがある。見ると、白い被衣におもてをかくした女で、ふっとなまめかしい匂いが鼻をかすめる。このあたりの辻に立って夜ごとに情けを売る、いわずと知れた夜発のひとりであった」（一〇四頁）。そして、その「もの」が「女」になり、「その顔はぞっとするほど艶なるふぜいで」、菊麻呂は彼女と岩の上で「潮のちぎりをむすんだ」。

「なまめかしい匂い」や「夜ごとに情けを売る」「女」に着目すれば、澁澤の「画美人」を想起するであろう。ここでの「もの」とは、のち人魚だと明かされるが、「画美人」でも、主人公の七郎が絵のなかから抜け出た「女」と契るように描かれている。美人絵から歩き出た「女」は、厳密に言えば人間ではない。「画美人」の「女」は、実際に現われる前に、「庭前に桃李爛漫」、「あまい香りが部屋の中にただよってきて」、「月までがおぼろにかすんで」いるという。澁澤は、「画美人」の花の香りや「菊燈台」の「なまめかしい匂い」のように、嗅覚を媒介に他界から来る美人の出現を導く。これは、澁澤が幻想を描く表現手法のひとつだと言える。

また、画美人は女の性の悦楽に感応し享受しているように描かれており、夜にしか現われない、肉体性の強調された情婦役を演じている。七郎自身も「彼女」との交情を享受している。しかも、画美人は「天性の床上手」で七郎を大いに満足させ、七郎は色事に限界があるという従来の認識がどう変わったのかを確認したいと思うほどであった。

一方、「菊燈台」でも「女」が「夜ごとに情けを売る」と描かれている。しかも、「その後も菊麻呂は女の味が忘れられず」「しばしば松並木の辻に立つ女のすがたをこころ待ちにした」。菊麻呂と「女」は「交わりに余念がなかった」という。このように、「画美人」でも「菊燈台」でも異形の「女」との交わりは、男に人間以上の満足を与えるように描かれている。さらに、人魚である「女」と菊麻呂との交合は、人間と魚類との交合であり、そこには獣姦的な要素が認められよう。画美人と七郎や、人魚姫と菊麻呂の情交は、男の性的倒錯が表現されているのである。

「菊燈台」では、「女」は「私は水の中が好き」だという。その後、菊麻呂は思ってもみなかった災難にぶつかる。菊麻呂はいつものように「女」と交わりのあと、浅い眠りに落ちる。ここでの「眠り」という装置も、また澁澤龍彦の幻想世界を構築する手法のひとつである。

澁澤の作品では、登場人物の眠りや昏睡という技法がしばしば使用されている。そこで表現される眠りは、登場人物がある状態から別の状態へ越境する際の行程や表現法だと言える。たとえば、「ねむり姫」の姫は長い昏睡の結果、生命が流転してもうひとつの再生の道に向かう。「花妖記」では松屋与次郎が眠りから目覚めると、幻想世界の天女が現実世界の娼婦になってしまう。『高丘親王航海記』では、親王は昏睡に陥ってから目が覚めると、死を求めるようになる。「菊燈台」の場合、菊麻呂が目を覚ますと、人買いに捕まえられていた。

菊麻呂は「彼女」と一緒に眠っているうちに、人買い舟の網にかけられ捕まえられた。「人魚じゃ。人魚じゃ。これはめずらしい。もうけものだぞ。ひとりは男じゃ」と叫ぶ。菊麻呂は眠りから覚めた途端自由を失い、人魚姫の正体を知るのである。

また、菊麻呂の記憶喪失は、人魚姫と関連付けられている。「古来の伝説にあるように、人魚は男を海の底に引きずりこむものときまっている。（中略）菊麻呂も人魚もあえなく網に捕えられてしまったが、菊麻呂の記憶だけは人魚の悲願によって、ふかい海の底にぐんぐん沈んだのかもしれなかった。菊麻呂の記憶は海の底で珊瑚のように、ひと知れず凝固したのかもしれなかった」（二〇六頁）という。

菊麻呂の記憶が海の底で凝固したということは、今まで生きてきた記憶のすべてが封印された、ということになる。すなわち、人魚姫が人間の男を所有する方法のひとつは、その男の今までの記憶を海の底で保存することである。人魚姫は菊麻呂のそれまでの記憶を海の底で保存することによって、菊麻呂を所有することができたのである。一方、菊麻呂は記憶の消去により、今までの菊麻呂ではなくなってしまい、新たな人生を迎えるようになったのである。

三　仮面の悪戯

「菊燈台」では、百地の長者に新入りの下人に面をかぶせる習慣がある。「長者が面のアイディアを捨てきれなかったのは、どうやら長者のこころの奥底に、人間の顔に面をかぶせるということ自体をたのしむ気持があったためではないかと察せられた」とある。長者にとって、面をかぶることは、人間の身分、ひいては人間という性質を失うことを意味する。面をかぶせることで、長者は下人に対するむごい扱いを正当化しているのである。

ひとをひととも思わない長者にとって、下人の逃亡は許されざる行為である。「逃亡に失敗して見つかったら最後、額に焼印を押される」（一〇七頁）という。このような監視法は、旧来の伝説にも残っている。森鷗外の『山椒大夫』が良い一例であろう。『山椒大夫』では、人買いにさらされた主人公の兄弟は、山椒大夫に売られてしまい、そこで奴隷のように支配されている。山椒大夫の敷地にはあらゆるところに番所が立っており、しかも厳しく見張っている。さらに、逃げた下人が捕まれば、額に焼印を押されるなど、「菊燈台」と類似した描写が見られる。

ここで注目すべき点は、長者の面への執着と、逃亡者の顔への烙印との関連性であろう。焼印とは身体に永遠の記号を残すことである。逃亡者に永遠の記号を残すことは、人間をモノ扱いすることの証拠にもなろう。烙印にしても、面にしても、長者は自由を失った下人を奴隷のように管理していることがわかる。この屋敷はむしろ牢獄の代名詞である。

澁澤は牢獄に特別な関心を抱いている。それは、彼はマルキ・ド・サドの数々の作品・評論を翻訳したことからもわかる。サド侯爵は最初、アルクイユの乞食女鞭打事件（一七六八年）、マルセイユのボンボン事件（一七七二年）などのスキャンダルを引き起こしたために、生涯の三分の一以上を獄中で過ごすことになる。バスティーユ牢獄に十一年、ビセートル刑務所に三年、サン・ラザール監獄に一年、そしてシャラントン精神病院に十三年、などである。彼の作品のほとんどは獄中で書かれたものである。澁澤のサドと牢獄への関心は、「菊燈台」にも現われているのだと言えよう。

「菊燈台」で菊麻呂はある日、うそふきの面を残して逃亡した。菊麻呂の仮面は「もぬけの殻」だと語られている。「もぬけの殻」という表現に着目すれば、菊麻呂の仮面はいままで彼の身体の一部であったことがわかる。菊麻呂が仮面を残して逃亡する行為は、彼の変身、すなわち新たな人生を意味するであろう。

しかし、菊麻呂はすぐに捕えられた。長者は彼の面を手にして、「もしおまえが、これなる面をつけたままで逃げ出していたなら、寛仁の沙汰をもって見のがしてやったでもあろうものを」(一〇八頁)と語る。ここからわかるように、長者は下人たちにつけさせた滑稽な面を、無理に下人の本人と同一化させようとしている。面すなわち本人だということになる。面は下人の身体の一部だ、という長者の語りは、語り手の「もぬけの殻」という表現と一致していることがわかる。

さらに、長者から見れば、下人に面をつけさせることは、焼印と同様である。物語のクライマックスは、菊麻呂への烙印を、長者の十五歳のひとり娘が止めさせるシーンから始まると言える。娘の志乃は突然何かに憑かれたように、父親の悪行をやめさせた。しかし、長者はその代わり、菊麻呂を十日間菊灯台として使役することにした。その夜から、長者は酒宴を催し、菊麻呂を人間灯台にして来客への慰みものにする。その後、長者は伊勢参りに出かけるが、志乃は菊麻呂とともに部屋で焼死する。菊麻呂に焼印を押そうとした火は、娘まで焼いてしまったのである。

四 陰陽の反転

長者が出かけた初日の夜には、志乃は鞭で菊灯台になった菊麻呂を打った。志乃の鞭による菊麻呂への虐待は、前述した澁澤と深くかかわっているサドの鞭を想起するであろう。サドは鞭を通して存在の意味を確認していたとすら言える。サドは、若いころ、女性の体のみならず、男性の体も鞭で容赦なく叩くことを繰り返していた。鞭打たれた男女の困惑と苦痛で歪んだ表情を見て快感を覚える。サドは叩く一方ではない。彼は叩かれる役も演じていた。娼婦に鞭で打たれることもあった。サドはこうして、つぎからつぎへと鞭で人体遊戯を繰り返したのである。むろん、志乃の菊麻呂に対する鞭打ちは、サドの極度の経験ほどではない。しかし、鞭打ちするなかで味わった遊戯の快感は、サドの鞭と重なっていると考えられよう。

二日目の夜には、今度は志乃自身が灯台になり、菊麻呂はうそふきの面をかぶって志乃と戯れる。菊灯台は、「菊燈台」のオブジェだと言える。物語では、主人公である菊麻呂がこのオブジェを演じて志乃に苛められ弄ばれた。しかし、志乃自身がオブジェになることはどう解釈すればよいであろうか。

ここで言うオブジェは、澁澤龍彦の作品によく見られる、澁澤文学を解読するための重要な概念的要素である。『澁澤龍彦コレクション2 オブジェを求めて』で多種多様なオブジェを採録した。彼によれば、それらのオブジェは、「役に立たないもの、無用のもの、遊戯的なもの、用途不明のもの、あるいは本来の用途とは別の目的で使用されているもの」である。澁澤の作品では、「ねむり姫」の紡錘、「狐媚記」の狐玉、「夢ちがえ」の夢[*1]、「きらら姫」の杓子、『高丘親王航海記』の真珠、などがそれぞれ物語で重要な役割を果たしている。

「菊燈台」では、志乃は主体から逆にオブジェになったわけで、「男の子のように髪を総角にして」、男を演じている。志乃はたんにひとつのオブジェであるのみならず、トランスジェンダー的な経験をしたわけである。「ねむり姫」「狐媚記」「夢ちがえ」「きらら姫」などは、『ねむり姫』に所収されている。これらの作品で描かれているオブジェは、硬い・丸い、あるいは光る鉱物の類が多い。しかし、のちに発表された「菊燈台」と「うつろ舟」では、オブジェは人間になっている。さらに「菊燈台」ではトランスジェンダーという内的な性質の変化も描かれている。

ただし、「菊燈台」では三日目の夜になると、二人とも灯台になっておらず、二人の身体は絡み合う。それから、志乃は足で勢いよく本物の菊灯台を蹴倒して、部屋が火事になり、二人は火の海で命を絶つ。前述したように、菊麻呂の記憶はすでに人魚姫に奪われて、海の底に凝固している。彼には、人魚姫と交わった記憶しか残っていない。

それは水中のエロスの記憶である。志乃のいう「わたしは火の中が好き」という言葉を聞いて、菊麻呂は「前にも一度、こんな女のことばをどこかで聞いたことがあるような気が」している。それは、菊麻呂との交わりで、人魚姫の残した言葉、「わたしは水の中が好き」を指していることは明白である。菊麻呂が、「この女といっしょならば火の中でも生きていられるのではないか、海中を泳ぐように、火の中をも泳ぐことができるのではないかという気が」しているのも、人魚の世界を暗示している。

こうして、菊麻呂は志乃との交わりのなか、過去の唯一の記憶との共通性を見つけた。そのことに救いを見出したので、菊麻呂は「安んじて目をつぶ」ることができたのであろう。菊麻呂は自分の記憶に、救済の道を見つけたのである。

菊麻呂と志乃は火の海で世を去る。澁澤は、ジョルジュ・バタイユ（Georges Bataille、一八九七－一九六二年）の言葉「エロティシズムとは、死にまで高まる生の賛美である」を引用して、エロスと死を結びつけて論じたことがある（「優雅な屍体について」『エロスの解剖』）。菊麻呂と志乃の心中は、その実践例のひとつだと言えよう。

志乃は菊麻呂と身体を密着させてから、自ら菊灯台を倒した。それは、オブジェの菊灯台が二人にとって、もはや必要ではなくなったからであろう。志乃にとって、火のなかで菊麻呂と一体化することこそが、彼女の理想なのである。一方、菊麻呂にとっても同様である。菊麻呂は炎のなかに志乃との将来を見た。「火の中でも生きていられ」、「火の中をも泳ぐことができるのではないか」という菊麻呂の期待が膨らむ。菊麻呂はそれで満足して、「安んじて目をつぶった」のだとも言える。要するに、二人の一体化は、二人にとって理想な人間像なのだということである。

このように、「菊燈台」で表現された二人の生命の理想は、自滅的なように見えるが、もうひとつの「生」の形であり、美的な表現でもあろう。二人が「火の中をも泳ぐことができるのではないか」という菊麻呂の期待からわかるように、二人の結合は、滅びの終焉ではなく、むしろ「生」であり、理想の追求なのだと解釈できよう。

五　結び

以上のように、「菊燈台」における澁澤龍彥の幻想への回路をたどった。「菊燈台」で澁澤は、古典の漢文学や日本の古い伝説などを借用して、複合的な文化的要素をもつ幻想小説を築き上げた。また、表現手法においても、それまでの澁澤の関心と重なっている。語りの技法や、匂い、「眠り」などの装置は、澁澤の幻想世界を構築する重要な手法だ、ということが再確認できた。また、仮面という小道具の仕掛けや記憶の装備を取り付けることは、「菊燈台」をより豊かな物語世界を仕立てたのである。さらに、澁澤文学における重要な概念的要素であるオブジェが、「菊燈台」でいかに変容したかを追究した。「菊燈台」の結末で、二人は一見滅びるように見えるものの、それは終焉ではなく、もうひとつの「生」の形態であり、澁澤の幻想美の理想的な表現であると言えよう。

注

＊1　「夢ちがえ」のオブジェに関して、松山俊太郎氏が「生首」と指摘したが、筆者は生首のほか、「夢」こそ作品の世界と深く密着する重要なオブジェだと主張した。

第四部　無垢の想像力

第十章　もの憑き・夢魔の想像空間――「狐媚記」「夢ちがえ」をめぐって

一　もの憑きの魔術

「狐媚記」（『文芸』一九八二年八月号）と「夢ちがえ」（『文芸』一九八三年二月号）は、澁澤龍彦の晩年の短編小説で、『ねむり姫』（河出書房新社、一九八三年一一月）に収録されている。「狐媚記」は、左少将が呪術で自分の妻に狐を産ませたが、最後に息子が狐に殺害されるという妖異譚である。一方、「夢ちがえ」は、藺沓が宮地小五郎を欲すため、姫から夢を奪おうとしたが、それが失敗して、姫に恋心を抱きはじめた小五郎は殺害され、最後に姫も藺沓も命を失うという怪異譚である。二つの物語に共通している要素は、憑依、呪術の幻妖世界を主題として展開されていることだ、と考えられよう。

「狐媚記」の左少将は、別邸でひそかに「魔法三昧に明かし暮らし」（『澁澤龍彦全集』「第十九巻」）、狐に妻を犯させ、妻に狐を産ませた。関井光男氏は物語の語り方に着目し、最初に怪異な現象が語られ、その異様な現象が妖しい「もの憑き」の物語を孕んでいく過程が語られる「狐媚記」の語りの方法は、『曾呂利物語』や『百物語評判』などにも通じていると、日本の古典との関連を示した。[*1] 関井氏が挙げた二つの作品は、「狐媚記」の澁澤による「創作メモ」には見当たらない。実は、この語りの方法と物語の展開は、フランス幻想文学に共通しているのである。

「狐媚記」の典拠について、松山俊太郎氏はジャン・ロラン（Jean Lorrain、一八八五－一九〇六年）の『マンドラゴラ』（*La Mandragore*）だと指摘し、二作の大まかなあらすじの相違を比較した。[*2] 澁澤はジャン・ロランの代表作『仮面物語』中の「仮面の孔」を訳したことがあり、ジャン・ロラン作品への関心を示していた。澁澤は作中人物の名前を変更し、また、原典の蛙を狐に改めてはいるが、「狐媚記」の後半まで『マンドラゴラ』と酷似した筋が展開されている。関井氏が指摘した語りの方法は、実は澁澤が『マンドラゴラ』をそのまま踏襲したものである。ここから、語りの方法における日本の古典文学と西洋文学との共通性の実例が見られる。

しかし、原典に見られない、物語の核心に迫る左少将の魔法使いや狐玉への愛着と、結末における澁澤独自の物語世界の展開も、注目すべき点である。左少将の妻である北の方は、狐を産んでしまったことが原因で、狐に憑かれたようになり、悲しみのあまり幻聴や幻影に襲われる。夜、赤んぼの泣き声が聞こえたり、女房五六人が輪になって子守唄を歌い、赤ん坊の世話をしている様子を目にしたりしているという。それが激しくなり、「北の方が突然、物におびえたような叫びをあげ」ると、女房たちの悲鳴がそれに続く。屋敷に「女どもをおびやかす目に見えない生きものが棲みついて」いるようだと描かれる。

北の方のもの憑きに関する描写は、幻聴や幻影に襲われるだけにとどまらない。ある日、息子の星丸をつれて出かけていると、森に狐が出没し、彼女は「魅入られたように」（二四五頁）自分の手で自分の首を締め出した。星丸の声が彼女を現実に帰らせると狐の幻影が消え、風景は「正常の明るさをとりもどしていた」が、女房たちは「まだ夢から完全にさめ切っていないような、ぼんやりした顔つきをしていた」という。北の方が魅入られた様子は、星丸と女房たちから見れば、現実に起こったことでなく、夢を見ているような有様だと見なしていることがわかる。

北の方のものに憑かれるような描写は、澁澤による創造であり、『マンドラゴラ』には見られない。「狐媚記」の「創作メモ」の数は多くなく、「狐」「狐玉」に関するものに集中している。「創作メモ」中の『捜神後記』などの作品名や、「妖怪学」「動物妖怪譚」「狐資料」などの短い用語から、澁澤が狐について調査した痕跡が見られる。「創作メモ」に挙げられた『捜神後記』は、「狐媚記」の作中で、狐が女を姦する先例を宮中の覚念房が左少将に説明している箇所で引用されている。作中では短編の題名には触れられていないが、それが『捜神後記』の「狐の手帳」という話を指していることは明白である。

古くから憑依現象は豊かな宗教的、儀礼的意味をもち、狐持・犬神筋などという「物持筋」と憑きものの系統をなしている。物が人に憑くということは、ある霊能をなすものが直接的に活動することと、他人に使役された霊物が間接的に活動することとの二種が見られる。しかし、およそ鬼神なり、生霊なり、狐の類が訳もなく人間に取り憑く道理はなく、むしろ、人が霊物を使役する場合のほうが恐ろしいと、喜田貞吉氏は述べている。[*3] 倉光清六氏は、さらに古代人と狐の関係をはじめ、さまざまな憑く狐の形態や狐憑きの現象などを詳しく考察している。[*4] こうした憑依現象は、明治時代になってから、神経・脳の病気と見なされるようになった。[*5]

「狐媚記」では、北の方の狐憑きは、狐が直接北の方に取り憑くのでなく、夫の左少将の仕業によるものである。左少将は別邸で一人ひそかに管狐を使い「荼吉尼天」の修法を行う。作中、「荼吉尼天」の修法は、飯綱の修法だと語られている。澁澤は東西の魔法について関心をもち、中世の黒魔術に熱中しており、『悪魔のいる文学史』、『黒魔術の手帖』などの評論集を著している。彼は魔術師について考察を行い、悪魔の肖像や悪魔の起源などから、二十世紀の魔術師・自然魔法のもろもろ・西欧の魔女崇拝まで幅広く評論している。西洋中世の悪魔礼拝や黒ミサや魔術への澁澤の関心がうかがわれる。

「狐媚記」の左少将が修練している「荼吉尼天」については、彼のエッセイ「キツネを使う妖術のこと」(『東西不思議物語』)でも言及されている。「狐媚記」で触れた飯綱の法はそこでも取り上げられており、「キツネを使役する魔法」であって、「荼吉尼天を介して真言密教と習合」した「稲垣信仰から出たもの」だと述べている。そして、「荼吉尼天は密教の夜叉神で」、荼吉尼の法を修めるためには、「死後の自分の心臓を、この神にささげることを約束しなければならない」と続く。

澁澤は、荼吉尼の法でいう心臓をささげる風習を踏襲し、さらに西洋の魔法「撥ねかえり」の法則を引用して、「狐媚記」の結末の展開につなげていく。「撥ねかえり」とは、人が人を呪った際に相手の防備のほうが固い場合、呪いが発した人のもとに逆流してくることだと、物語では語られている。左少将に呪われた北の方の防備については明かされてはいないが、物語の最後に心臓をささげたのは、左少将自身ではなく、最愛の息子であった。

北の方が産んだ雌の狐は、何年か後に女の姿に化けて星丸と会う。星丸は彼女にとり憑かれ、彼女のあとを追いかける「星丸の目のなかには、すでに憑かれた男の狂ったような色しか読みとれなかった」（二五八頁）と描かれている。結局、星丸は女狐に憑かれて命を落としたのだった。

一方、北の方が狐に姦されることについては、澁澤が中世の黒魔術で関心を寄せた「インクブス（男性夢魔）」に通じる点があると考えられる。インクブスは男性の悪魔で、女と情交する。一方、女性の悪魔はスクブスといい、睡眠中の男の情欲をかき立て、受け身の立場で情を遂げる、という。「中世の迷信では、いろんな種類の妖怪や悪鬼の実在が信じられていたが、そのなかでもおもしろいのは、インクブス（男性夢魔）およびスクブス（淫夢女精）の迷信であろう」（「魔女について」）と、澁澤は語っている。

澁澤は、「モンフォコン・ド・ヴィラール　精霊と人間の交渉について」（『悪魔のいる文学史――神秘家と狂詩人』）で、ジャック・カゾット（Jacques Cazotte、一七一九－一七九二年）の小説『恋する悪魔』（一七七二年）で描かれている淫夢女精を分析し、またその構想にヒントを与えた版本を推測して小説の参考資料を調査した。さらに、人間と情交する悪魔について詳細に研究したシニストラリ・ダメノの『悪魔姦について』（一八七五年）が刊行される経緯を検討した。その結果、悪魔はドラゴン、雄鶏、禿鷹などの獣の姿を借りて現われ、インクブスとスクブスは中世の民衆の性的抑圧による妄想から生まれたエロティックな魔物だ、と澁澤は結論づけている。

「狐媚記」では、北の方が狐に姦される情景の描写はひとつもない。彼女が姦されたという出来事は、左少将の魔法使いの話によって連想されたものだとも言える。しかし、それでは、なぜ彼女は狐を産んでしまったか。それは、北の方が姿の見えない「インクブス（男性夢魔）」に魅入られたからだと考えられるのではないだろうか。澁澤の評論・エッセイにおける、インクブスとスクブスに関する討論の焦点のひとつは、インクブスが男から借りた精液によるのではなく、直接に女を孕ませる、ということである。北の方が人間ではなく狐の子どもを産んだ「狐媚記」の設定からも、そうした論理をふまえていると言えよう。

「狐媚記」には、澁澤のもの憑きへの関心が表われている。この作品を通して、彼は登場人物の憑依現象を描くために、中国の古典や西洋中世の魔術史から着想を得て、さまざまな素材を援用したことがわかる。また、「狐媚記」のほか、「うつろ舟」や『ねむり姫』に収録された作品群においても、作中人物の憑依現象が描かれている。

「狐媚記」では、北の方が魅入られた瞬間について、「その小狐の目と自分の目とが、空間の或る一点でぶつかり合ったような気がした。そのとたん、電撃のような恐怖が全身をはしりぬけ、北の方は魂消る悲鳴とともに、そこに昏倒してしまった」と描かれている。北の方が狐に魅入られる過程の表現手法には、二つの特徴が見られる。第一に、登場人物が異界の相手の身体の一部に触れると、電撃に打たれたように自らの体にも変化が起きる、ということである。第二に、「魂消る」という表現である。

こうした創作手法は、「狐媚記」のみならず、その二年後に発表された「うつろ舟」にも通じている。異界の女に魅入られた「うつろ舟」の仙吉は、彼女と指がふれ合い、「そのまま離れず」「ふたりのからだがぶつかり密着し」た結果、「仙吉は目をとじたまま恍惚たる思いで、その声をむさぼるように聞いているうち、もう自分がどこにいるのかも分らないほど陶然としてきた」という。仙吉は異界の女と指が触れたことによって、魂だけでなく命も落としたのである。

また、「ねむり姫」の姫は、阿弥陀堂の壁に掛かっている阿弥陀と諸菩薩の飛んでくる来迎図を見て、「べつに菩提心があるわけでもない姫のこころにわくわくするような戦慄がはしるのだった」と描かれ、姫のもの憑きの兆候が暗示される。姫は阿弥陀堂に「夢みるような目をさまよわせるのだった」とあり、その後憑かれたように長い眠りに入ってしまい、夢とも現とも分からない奇異な世界へ入っていくのである。

さらに、『ねむり姫』の最終編に収録された「きらら姫」では、大工の音吉が、ある日突然姿を消し、数日後に、ある洞窟で「たましいを抜かれたような様子をしてぼんやり突っ立ってい」た状態で発見された。「音吉は夢から完全にさめるに至らないもののごとく、はなはだ眩忘のていで、ぽかんとしていた」と描かれている。音吉は、能登坊と空を飛ぶ舟に乗り、江戸から鎌倉時代に戻り、大地震の跡を修復する、という不思議な時空を超える体験をしたのである。

一方、「夢ちがえ」では、蘭奢の仕掛けた夢を奪う儀式の際、舞台に異変が起こり、宮地小五郎が「あやつり人形のようにぎくしゃくと天狗舞いなるものを舞いはじめ」、この奇行は「小五郎も田楽法師どもも、急になにものかに魅入られたとしか思えなかった」、という展開が見られる。その異変により、蘭奢の夢の略奪計画は失敗する。

このように、前述した「狐媚記」のみならず、「ねむり姫」「きらら姫」「夢ちがえ」で描かれているもの憑きも、夢と関連していることが指摘できよう。すなわち、澁澤龍彦の描いたもの憑きは、体に変化が起きて魂が抜けるように夢を見ることと同様で、異界に入ったのだと理解できる。さらに、魅入られることは、魔術にかけられることでもある。澁澤作品において、もの憑きは異空間へ移動する重要な手段のひとつだと言えよう。

一方、夢は澁澤文学でどのように描かれているのだろうか。次節では、同じく『ねむり姫』に収録されている「夢ちがえ」を通して考察する。

二　夢魔の撹乱

「夢ちがえ」の原典は、澁澤の「創作メモ」によれば、ジャン・ロランの「プランセス・オッティラ」を参照している。[*6]しかし、作品のテーマとしての夢ちがえや、蘭奢の夢を奪うくだり、夢の内容、熊野比丘尼や天狗に関する描写などは、澁澤による創造である。

耳しいた万奈子姫は、老女の面をかぶり、城の矢狭間から、田楽法師の踊りを覗き見した。田楽法師のつぎに曲舞いを舞った宮地小五郎を見て、姫は彼を愛慕するようになる。この踊りの情景は毎晩、姫の夢で繰り返されるが、夢のなかでは、田楽法師は烏天狗になっており、姫は楽の音が聞こえる感動に陶酔している。一方、不思議なことに小五郎も姫と同じ夢を見ていた。小五郎の夢のなかでは、烏天狗のつぎに老女の面をかぶった女が「忍び出してきて」彼を見つめている。

姫と小五郎が同じ夢を見ているという創作手法について、澁澤は「二人同夢」（『澁澤龍彦コレクション1 夢のかたち』、河出書房新社、一九八四年六月）および「二人同夢のこと」（『東西不思議物語』）でも言及している。どちらの文章でも澁澤は、同じく『今昔物語集』巻三十一にある夫婦同夢の例を取りあげている。それは出稼ぎに行った安永が旅館の壁の穴から隣部屋にいる妻の姦通を覗き見て、思わず相手の男を殴ろうとしたという夢の例である。姫と小五郎が同じ夢を見るという「夢ちがえ」の設定は、『今昔物語集』から着想を得たのであろう。

小五郎の情婦である蘭奢は、彼の語った夢を聞いて、熊野比丘尼に夢解きをしてもらうことにする。「熊野」と「山伏の歴史」は「夢ちがえ」の「創作メモ」にも出てくる用語であり、ここから澁澤が中世の職人や芸能などについて思考していたことがわかる。熊野比丘尼は、中世末期に地獄極楽すべて六道の有様を絵解きし、仏法を勧めた人たちを指す。彼らは聖と俗・あの世とこの世の境でそれを媒介する役割を果たしているとされる。[*7]

「夢ちがえ」では、熊野比丘尼について「地獄極楽の絵解きをしたり夢解きをしたりする」と語られており、また「牛王宝印売りの比丘尼」というのは、比丘尼が小脇に抱えている文箱に、地獄絵とともに牛王宝印や血盆経なども納められていたからであろう。

澁澤はコルネリウス・アグリッパ（Heinrich Cornelius Agrippa von Nettesheim、一四八六－一五三五年）の「天体から発する力」（『澁澤龍彥コレクション1 夢のかたち』）を翻訳している。そこでアグリッパは、有効な夢解きに関する一般的規則をつくることは不可能だろうと述べている。アグリッパの説をふまえれば、「狐媚記」での熊野比丘尼の夢解きは、その妖異で呪術的な性格がいっそう高められよう。

蘭奢は熊野比丘尼の教唆にしたがって姫から夢を奪うため、田楽法師一同や小五郎を集めて夢ちがえを実行するが、蘭奢は比丘尼に言われた老女の面をかぶらず、若女の面をかぶった。そのため「呪術」に異変が起きて夢ちがえは失敗する。田楽法師の踊りの順序が乱れ、小五郎は「奇怪」な天狗舞なるものを舞い始め、天狗飛来が起きてしまったのである。澁澤が田楽踊りを「呪術」としたのは、元来遊芸でなく呪法であったという田楽の原型を援用しているからだと理解できる。

田楽は、昔は獅子舞、そして王舞と一体で行われてきた。王舞は「顔に鼻高の異様な鬼神型の仮面をつけ、手に白幣のついた大きな鉾をもった、豊作予祝の呪術的な舞をいう」といわれる。[*8] 澁澤が夢ちがえの呪術で蘭奢が仮面をつけるという設定を取り入れたのは、王舞の仮面を参考にしたと考えられる。田楽法師自身が仮面をつけて舞ったのではないが、蘭奢の仮面の舞は、澁澤による呪術の変形だと言えよう。

また、姫と小五郎が夢で見た烏天狗について、「その姿態はいずれも嘴とがり翅のはえた烏天狗で、あたかも『太平記』における相模入道高時の見た幻覚にさも似ていた」（二九七頁）と語られる。これは『太平記』「相模入道弄田楽並闘犬事」の高時天狗舞を指しているのは明白であろう。北条高時がある夜、酒に酔い痴れて、一人で舞台に立って踊ると、十余人もの田楽法師が現われて舞い始める。田楽法師どもは嘴が尖って、羽の生えた烏天狗の一群だったと描かれている。[*9]

自筆年譜に「いまだに冒険小説や魔境小説の夢を追っていたのである」[*10]とあるように、澁澤は「狐媚記」で夢の異空間に魔的な祝祭性を取り入れ、怪異な幻想世界を作りあげたのではないか。また、『今昔物語集』の「二人同夢」より創作のヒントを得ていることから、姫と小五郎の同夢は夫婦関係を暗に表現したものであろうと思われる。

三　オブジェのかたち

澁澤龍彦の家には博物標本などが多彩に飾られており、またオブジェを澁澤自身は「言葉の標本」だと称している。オブジェは澁澤がシュルレアリスム芸術の技巧を自らの創作に取り込む概念のひとつである。

「狐媚記」では、左少将は荼吉尼天の修法中もっぱら狐玉という石に頼っていた。左少将は狐玉を使い、狐に妻を犯させ妊娠させる。左少将が狐玉の魔法に耽溺する様子は、澁澤による創造である。狐玉は、松山氏の指摘する、作品のオブジェである。作中、狐玉の説明として、「死したる狐の頭のなかに得たり」と木内石亭の『雲根志』の記述が引用されている。澁澤の描いた狐玉とは、「一種の結石のように、小動物の体内に形成された半鉱物質、半有機質の石だと考え」られ、「色は白く鶏の卵のよう」で、「夜中に光る」（二四九頁）という。

確かに、『雲根志』には「狐玉」という項目が見られ、狐が遊ぶ「鶏卵のごとき」「白き美石」で、夜になると、「その光まさしく狐火なり」とあり、また「死したる狐の頭の中に得た」もので、「指頭のごとく円く青色」で「少し光沢を帯びて美玉」のものもあるという。[*11]ここの「死したる狐の頭の中に得た」という部分が澁澤の引用した箇所である。

『澁澤龍彦コレクション2 オブジェを求めて』にも「狐玉」という項目が見られる。そこに『雲根志』に記載されている、狐玉にまつわるエピソードが収録されている。狐玉というオブジェの、丸く硬い卵のような形象は、澁澤の球体嗜好のみならず、その鉱物嗜好とも重なっている。鉱物は澁澤が偏愛したもののひとつであった。シブサワ・コレクションに鉱物類が豊富に収集されていることから、澁澤はさまざまな石の悦楽をめぐる想像をふくらませていたと推測できよう。「狐媚記」の狐玉は、のちに刊行された「花妖記」の細鈴というオブジェの形象にも通じている。

一方、「夢ちがえ」の場合、ようやく姫への愛情が芽生えた宮地小五郎が殺害されてしまい、その首は姫のところに送られる。小五郎の生首は「すでに恋する男でもなければ、権謀を好む武家でもなく、一切の人間的なるものと完全に縁の切れた、たんなる一箇のオブジェでしかなかった」(三一四頁)という。これにより、松山氏は「夢ちがえ」のオブジェは小五郎の生首だと述べている。

物語のオブジェとしての生首の描写は、「夢ちがえ」のほか、前述した「うつろ舟」にも見られる。異界の女は「踊りながら自分の首を両手でささげ持っていた。ささげ持った首を鞠のように何度も空中に投げあげては、落ちてくるところを両手で受けとめていた」という。二つの作品で描かれた生首は、また澁澤の球体嗜好とも重なっていると言えよう。

しかし、「夢ちがえ」においては、小五郎の生首よりも、夢こそが作品の核心をつく重要なオブジェなのではないか。「夢ちがえ」における夢は物語の主題として展開されており、また、一般にいう夢とは異なっている。すなわち、「夢ちがえ」の夢は、他人から奪うことが可能であり、小五郎のように夢に見られることができ、姫がその夢を吸い込み、「その頭の中の瓶にはどこにも隙間がなく、吸いこまれた夢を密封することができる」ものなのである。

ここで重要なのは、夢が見られるものであり、小五郎の思った夢は本当は姫の大きい夢の枠組みのなかにある、ということである。小五郎は自ら夢を見たのではない。彼は姫の夢に吸い込まれ、そのなかに存在している。したがって、彼の夢は姫の夢のなかにある。つまり、夢の入れ子構造になっているのである。しかも、すべての人の夢が釈迦如来に帰一する、と熊野比丘尼は語っている。このように、「夢ちがえ」で描かれている夢は、多層の入れ子になっており、ひとつの壮大な組織網であるとも理解できよう。

そのうえ、姫が吸い込んだ夢は現実と置き換えることができた。だからこそ姫は小五郎の死を「彼女の夢と現実と逆転せしめた、一世一代の恋の代償であった」と考えたのではないだろうか。夢の世界は現実の世界となり、二つの世界の境界線を不分明なものにし、模糊化しているのである。

「夢ちがえ」の夢はもはやただの幻想空間ではない。夢自体がひとつのオブジェであり、入れ子構造をもつ枠組み、組織図である。しかも、現実と置き換えられて、現実とつながっている脱境界の「もの」なのである。こうした夢というオブジェのかたちは、澁澤の語っている「本来の用途とは別の目的で使用されているもの」だと言えよう。

四 覗き見の想像空間

「夢ちがえ」では、生まれながらに耳しいた姫は、十数年もの間、城の望楼に「ほとんど監禁同然のかたちで閉じこめられていた。毎日、小さな矢狭間から姫は外を眺めて暮らしていた」という。「理不尽にも一切の世間と没交渉のまま、外界への窓といっては小さな矢狭間しかない」にもかかわらず、姫は「一種の幽閉状態を甘受していた」のだ。

物言うこともできない姫にとって、残された感覚は見ることだけだったのであろう。「壁にうがたれた矩形の孔から、姫は全世界を吸収しようとでもするかのように、常住坐臥、熱いまなざしを遠くの山々や湖水に投げていた」というように、矢狭間の穴から、彼女は世界を覗いていたのである。

しかし、姫には自分の顔を隠す習慣があった。作品中では「邸にいてもつねに几帳や屏風や簾のかげに端座しているか、さもなければ檜扇で用心ぶかく顔をかくすかしている。つまり、みずからすすんで自分のまわりに一種の膜をつくり、世間に自分の顔をさらすことを慎重に避けているわけだ」と描写されている。田楽の連中が望楼の下で騒いでも、「咄嗟に姫は手近にあった老女の面をとって、自分の顔をおおいかくした。つねづね姫は自分の顔をみにくいと思いこんでいたから」だという。

姫が顔を隠すのに選んだのは若い女の面でなく、老女の面であり、しかもそれは「手近にあった」という。老女の面は、彼女にとってもはや仮面ではなく、彼女のもうひとつの「顔」であると言えよう。つまり、姫はこの時点で老女と自己同一化していたのである。坂部恵氏は「〈おもて〉は、わたしたちの存在の場の根源的な不安、意味の喪失の不安であると同時に、そこからしてすべての意味がかたどりを得てくる不安でもある根源的な不安とじかに接し、そこを成立の場所としている」[*12]と解釈している。姫の老女の面には、姫の、父親に愛されていない「存在の場の根源的な不安」と、老女のように「自分の顔をみにくいと思いこんで」いる、「根源的な不安」とが潜在していたと考えられる。

彼女は老女の面をかぶり、小五郎を覗き見する。面をかぶっているからこそ、姫は小五郎を見つめることができたのである。姫の夢と現実が逆転できたのは、姫の見る「霊力」とも関連する。熊野比丘尼が語っているように、「夢を見る」という言葉のごとく、目は、「夢が入ったり、出たりする穴」である。比丘尼はまた「目の力が異常にすぐれたひとは、よく夢を見る力にめぐまれているし、また他人の夢を吸いこんでしまう力にもめぐまれている」ともいう。また、姫の名前「万奈子《まなこ》」からも、「眼」に関する仕掛けが見てとれる。

老女の面をかぶっている彼女は、「自分の顔をみにくいと思いこ」むコンプレックスから、目の力が発揮でき、小五郎をより凝視できたのではないか。要するに、姫が小五郎を夢に引き寄せるためには、当初、老女の仮面をかぶり彼を覗き見する必要があったのである。

蘭奢の夢ちがえが失敗したあと、姫の覗き見に奇跡が起こった。彼女が「いつものように面をかぶらず」にいたところ、小五郎と「偶然」に視線がぶつかり合った。すると、小五郎は彼女に恋し、毎日姫の望楼の下で謡いつつ舞うようになった。蘭奢の夢ちがえが失敗したということは、姫が小五郎を夢に吸い込むことに成功し、そして夢と現実が逆転したことを意味する。したがって、恋しい小五郎と視線を合わせる際にも、仮面が必要でなくなったのである。つまり、小五郎の愛情は、姫に一時的に「根源的な不安」を超えさせることができ、存在の救済をさせることができたのである。

「夢ちがえ」では、閉じられた望楼に救済・光とつながる矢狭間が仕掛けられた。『ねむり姫』に収録された「ぼろんじ」においても、男主人公の茨木智雄が、節穴から少年の姿として現われた女主人公のお馨を見ている。茨木智雄は節穴を通して、自分と深く関わるもうひとつの開かれた明るい世界を覗き見したのである。

「夢ちがえ」「ぼろんじ」の描写から、澁澤の描写した覗き見の世界は救いを伴う光の世界であると考えられる。とくに「夢ちがえ」においては、姫が矢狭間から小五郎を覗き見するために目の機能を働かせ、また夢を見る目で彼を自らの夢に吸収して、最後にすぐれた目の力が一貫して、夢を現実に変えることで、姫の救いが表現されたのではないか。

五　結び

澁澤龍彦は「狐媚記」「夢ちがえ」において、西洋文学のみならず、アジアの古典思想、とくに日本の中世の芸能に素材をもとめた。彼は魔の世界に関心をもち、日本の古典をはじめ、西洋中世の風習などを参考に憑依現象を描いた。魔術的な力は、「狐媚記」の物語世界と深く関わる重要な要素のひとつである。狐に憑かれた北の方の描写の裏には、女性を魅了する西洋中世の「インクブス（男性夢魔）」の伝説が仕掛けられているのである。

澁澤の描いたもの憑き現象は、身体に異変が起きたり、魂が抜けたりして夢を見ているような情景だ、と特徴づけられる。澁澤作品におけるもの憑き現象は、魔術と同様、異界へ越境する過程の表現だと言える。のみならず、澁澤の幻想文学において、重要なモティーフのひとつだと言えよう。

さらに、「夢ちがえ」で描写されている夢自体は、たんなる想像空間ではなく、ひとつのオブジェでもある。他人と共有できて重層的な入れ子構造を内包する「もの」であり、また現実と置き換えられ、現実の延長線にある脱境界の「もの」である。「夢ちがえ」では、夢を見る目の働きに焦点があてられた。姫の覗き見する世界は、救いと光を伴う世界である。ひいては、姫が操作する夢というオブジェが救済のシンボルだったと言えよう。

注

＊1　関井光男「『ねむり姫』の物語のナラトロジー」（『国文学』第三二巻第八号、学燈社、一九八七年七月、九四－九九頁）

＊2　松山俊太郎『澁澤龍彦全集』「第十九巻　解題」（河出書房新社、一九九四年一二月、四三四頁）

＊3　喜田貞吉「憑物系統に関する民族的研究」（小松和彦編『憑きもの』河出書房新社、二〇〇〇年六月、二七－四七頁）

＊4　倉光清六『憑き物耳袋』（河出書房新社、二〇〇八年八月）
＊5　川村邦光編『憑依の近代とポリティクス』（青弓社、二〇〇七年二月、一五-三五頁）
＊6　松山俊太郎『澁澤龍彥全集』「第十九巻　解題」（河出書房新社、一九九四年一二月、四四五頁）
＊7　住吉神社の反橋のたもとで二人づれの熊野比丘尼が絵解きする情景を描いている『熊野観心十界図』は有名である。西山克氏は朝鮮仏画『甘露図』が『熊野観心十界図』のモデルだと指摘している（西山克「地獄を絵解く」、網野善彦編『職人と芸能』吉川弘文館、一九九四年一二月、二二五-二六三頁）。
＊8　「王舞」についてさまざまな説が見られるが、一説に猿田彦の舞う舞で、または鼻が高く天狗に似ている「蘭陵王」の舞であるとする（飯田道夫『田楽考――田楽舞の源流』臨川書店、一九九九年三月、一八一頁）。
＊9　知切光歳『天狗の研究』（社原書房、二〇〇四年八月、一三四頁）
＊10　種村季弘『澁澤龍彥』（新潮社、一九九三年八月、九六頁）
＊11　木内石亭著・今井功訳注解説『雲根志』（築地書館、一九六九年、二一〇頁）
＊12　坂部恵『仮面の解釈学』（東京大学出版会、二〇〇九年一〇月、一二頁）

第十一章　サド裁判における澁澤龍彦の思想と批判

一　十年の梏桎——日本におけるサド裁判

日本で、十八世紀に世間を騒がせたサド侯爵（Marquis de Sade）の著作を文壇に紹介したのは、澁澤龍彦だと言えよう。一般的に澁澤龍彦と言えば、サド侯爵が連想される。さらに澁澤龍彦はサド侯爵の作品を翻訳したことによって、十年にわたるサド裁判に巻き込まれた。澁澤龍彦は、大学を卒業してからサド侯爵の作品を翻訳するようになった。たとえば、『閨房哲学』（一九五六年）、『悪徳の栄え』（上下、一九五九年）、『恋の罪』（一九六三年）、『ソドム百二十日』（一九六二年）、『食人国旅行記』（一九六三年）などである。彼は日本国内におけるサド侯爵作品のもっとも重要な翻訳者であり紹介者である。

しかし、サド侯爵の作品は世間を騒がせ、当時の日本社会で極めて大きな反響を呼んだ。一九五九年に出版された『悪徳の栄え・続——ジュリエットの遍歴——』は翌年発禁となり、澁澤龍彦と現代思潮社の責任者である石井恭二氏（一九二八－二〇一一年）の二人は起訴される。この裁判は当時の文壇に大きなインパクトを与え、文学者たちは相次いで弁護人としてこの裁判に参加した。なかには、大江健三郎、大岡昇平、中村光夫、遠藤周作、埴谷雄高などの著名な作家もいた。これがこの裁判の特異なところでもある。

この裁判に関するこれまでの研究では、思想弾圧・言論統制と戦後民主主義の問題に集中して焦点が当てられてきた。澁澤龍彦はサド侯爵と深い関連があるものの、澁澤の文学世界とサド侯爵に関連する論考は、いまだに充分とは言えない。ここでは、澁澤龍彦にとってのサド裁判の意義の一端を究明しつつ、サドの作品が澁澤龍彦の創作に具体的にいかなる影響を与えたかを考察したい。

一九六一年一月二十日、翻訳者澁澤龍彥と現代思潮社の社長石井恭二は、「猥褻文書販売同所持」（起訴状）の容疑で起訴された。同年八月十日、東京地方裁判所において第一回公判が行われた。その際、遠藤周作と白井健三郎が自ら特別弁護人を買って出た。同裁判は翌年八月一日の第十六回公判まで続き、十月十六日、東京地方裁判所は二人に無罪の判決を言い渡した。しかし、翌一九六三年十一月二十一日の第二審では、逆に有罪の判決がくだされたため、二人の被告は上告を行った。訴訟の過程はおよそ十年かかり、一九六九年十月十五日、最終審で罰金刑の有罪判決が確定し[*1]、訴訟案件はここでようやく幕を閉じたのである。

現代思潮社の社長石井恭二はブルトン（André Breton、一八九六－一九六六年）、バタイユ（Georges Bataille、一八九七－一九六二年）、デリダ（Jacques Derrida、一九三〇－二〇〇四年）などの西欧近代思想・哲学を日本の文壇に紹介した先駆者である[*2]。検察による起訴の後、一九六一年四月に石井恭二は澁澤龍彥と「立言」を発表した。これは、この訴訟に関する、二人の最初の公式発言である。この「立言」の焦点は、国家権力に対する批判および、出版と思想の自由の強調だと察せられる。この論旨は、とくに公判における石井恭二の弁護内容と一貫している。そのためでもあろうか、これまでこの裁判については、思想の弾圧や言論の統制などに集中して論じられてきた。しかし、この「立言」は石井恭二の考えしか伝えておらず、澁澤の考えは含まれていなかった。このように推測できる理由は、「立言」と石井の陳述のあいだの二つの共通点である。

まず、石井恭二の「被告人意見陳述」である。この内容は二点に集約できる。第一は、サド思想の意義と価値を改めて語りなおすことの重要性である。第二は、出版の理由である。この本を刊行したのは、出版社のシュルレアリスム関連企画の一環だったという。石井恭二が二回目に警視庁に呼び出されたとき、係官に「立派な価値のあるものでも、部分的にエロな所があれば、有罪なの」だと言われたという[*3]。官僚のこうした保守的な論調は、起訴から判決まで一貫していると言える。石井恭二は、この書物に猥褻性がないと繰り返し訴えている。国家が意図的に猥褻を作りあげ問題化しそれによって人民に刑罰を与えることは、悪質な思想弾圧であり出版の自由の抑圧だと石井は明言している。

石井恭二のこうした意見は、「裁判随想」にも反映されている。彼は、国家が家庭の健全性を要求するために猥褻性を捏造したのだと強く訴えている。[*4] 石井恭二の「被告人意見陳述」と「最終意見陳述」は、国家権力への批判および出版の自由の抹殺への批判の二点に集約できる。それは、一九六一年に発表された「立言」にそのまま通じている。したがって、彼が裁判の最初に澁澤龍彦とともに発表した「立言」は、石井恭二個人の見解だと言える。しかも、この「立言」は石井恭二が撰したものだと理解できる。なぜなら、石井恭二がこの裁判に対して徹頭徹尾抗戦する態度をとっていたのに対して、澁澤龍彦はこの裁判の煩雑な手続きと過程を煩わしく感じていたからである。[*5]

一方、この裁判のもっとも特殊なところは、多くの文学者が特別弁護人として被告を支援したことだと言えよう。特別弁護人となったのは、埴谷雄高、遠藤周作、白井健三郎、大岡昇平、奥野健男、吉本隆明、大江健三郎、大井広介、森本和夫、中島健蔵、中村光夫などである。彼らのほとんどすべてが六十年代の代表的な文学者や評論家である。この裁判はある意味では文壇を活性化し、文士たちの交流を一層深めたと言える。これらの特別弁護人のなかでも、とくに埴谷雄高はこの裁判と深くかかわっている。埴谷雄高はしばしば新聞や雑誌などで裁判についての意見を発表し、第一回公判から最終弁論まで参加していた（「不可能性の文学」『信濃毎日新聞』一九六二年三月三〇日）。

多くの文学者の真摯な証言が第一審の無罪判決の結果と深くかかわっている、と埴谷雄高は考えている（「「サド裁判」判決をきいて」『東京新聞』一九六九年一〇月一六日）。埴谷雄高の弁護におけるもっとも重要な論点は、サドの『悪徳の栄え』は社会一般の性的羞恥や道徳感情を傷つけるとしても、絶対に「いたずらに性欲を刺激する」ものではない、ということであろう（「サドの無罪判決を聞いて」『週刊読書人』一九六二年一〇月二九日）。そして、最高裁判所の有罪判決は、明らかにサド文学を「いたずらに性欲を刺激する」ものだと判断したからだ、と強く批判している（「「サド裁判」判決をきいて」『東京新聞』一九六九年一〇月一六日）。

すなわち、最高裁判所の法解釈によって、サドの「猥褻性」が再生産され、複製されたのである。司法がサドの作品を「性欲を刺激する」書物だと解釈したことは、意識的に「猥褻性」そのものを操作していると言えよう。裁判の結果、澁澤龍彥と石井恭二は有罪となった。しかし、裁判の記録を全般的に検討すれば、検察側の証言が不十分なものであることに気付くであろう。にもかかわらず、なぜ検察側は最高裁判所で勝利したのか。

それは、日本の裁判所がチャタレー判例を適用してこの案を審議したからだと推察できよう。日本でのチャタレー裁判では、猥褻な内容があるという理由で、第三審で有罪判決がくだされた。一方、イギリスでは最終的に法改正を行い、全体的な立場から判断して無罪になっている。[*6] 前述のように、石井恭二の「被告人意見陳述」では、係官が「立派な価値のあるものでも、部分的にエロな所があれば、有罪なの」だと述べたと書かれている。このような考えは明らかに日本の法官の思考に根ざしているため、司法は最終的に保守的な判断をくだしたと言えよう。

二　サドは裁かれたか——澁澤龍彥とサド裁判

石井恭二や埴谷雄高のみならず、澁澤龍彥も始終裁判の無意味さを批判していた。第一回公判の無罪判決は、彼には不服であった。なぜなら、判決そのものは無罪であったものの、この書物には反社会的な危険思想が入っている、ということが繰り返されているからだ（「サドは無罪か　裁判を終えて」『文芸』一九六二年一二月号）。澁澤の言説には、裁判の無意味を感じる裏に、日本の司法への風刺と控訴が隠されているのではないか。

安西晋二氏は、サド裁判は澁澤龍彦にとって、エロス革命の風刺戦のようなものだと述べている。[*7] また、水川敬章氏は、澁澤と弁護人たちの弁護内容の差異を比較し、[*8] さらに、澁澤とシュルレアリスムとの関連から、彼の無戦略的な戦術を検討した。[*9]

最高裁判所の判決がくだってから、澁澤龍彦はつぎのように語っている。サドのエロスの毒は、狭義的な政治主義に強い反発を起こす働きを果たした。この裁判はなかったとすれば、多くの人はサドを読まないだろう（「サドは裁かれたのか　サド裁判と六〇年代の精神分析」『中央公論』一九六九年一二月号）。

この裁判の焦点は、この書物で猥褻な言論に触れたかどうかという議論に集約できる。石井恭二は、猥褻とは国家が家庭の健全性を強いる前提で捏造したものだと語っている。一方、澁澤龍彦は「発禁よ、こんにちは　サドと私」（『新潮』一九六〇年七月号）で、猥褻を作り出したのは政府側だと主張している。「第一回公判意見陳述」で、官僚たちは、民主主義の国家権力と結びつけ、存在しないもので自由出版の罪を定めているのだと澁澤龍彦は強く批判している。

しかし、ここで注意すべきなのは、澁澤龍彦のこうした批判は、言論の自由の弾圧だと言っているのではないことである。このことは、彼が最高裁の判決後に発表した「エロス・象徴・反政治　サド裁判と六〇年代思想」からも理解できる。澁澤龍彦はこの文章で、この裁判は「表現や言論自由の問題ではない」と明言している。それはたんに教義的に政治主義への反発を意味するだけなのである。要するに、彼が「第一回公判意見陳述」で、出版の自由の弾圧なのだと述べたのは、たんに石井恭二の出版の立場に合わせるためにすぎなかったのである。

猥褻という言葉に関する議論においては、澁澤は出版に対する弾圧ということに焦点を当てていない。それより重要なのは、猥褻だと言われる背後に、国家機関の制裁により官僚たちが権力を利用して猥褻性の観念を生産したのだ、ということであろう。ここからもわかるように、澁澤龍彦の権力による操作へのこうした批判は、埴谷雄高の最高裁の操作、制御への批評と同工異曲だと言える。澁澤はエジプト建築の宗教的な概念を例にして説明している。エジプト建築においてたとえもっとも「猥褻」な形体であっても、そこには至高の純潔さが表わされている。澁澤龍彥は、その純潔な部分こそが芸術家の意志とスタイルなのだと考えている。

このように、この裁判における澁澤龍彥の本当の論点は、法に対する質疑だと言えよう。ここでいう法は法廷の法理およびその制度を含む。彼は判決後に発表した文章でつぎのことを繰り返し語っている。サドは法律を弄んでいた。サドの作品が裁かれること自体は、極めて諧謔的なことだという。つまり、いったい法廷がサドを裁くのか、サドが法廷を裁くのか、ということである。ここから、澁澤龍彥がサドの法に対する思考がもっとも重要だと考えていることが理解できる。彼のこのような考えは、「空洞化したワイセツ概念」という評論にも反映されている。澁澤は裁判が終了してから十一年経っていても、『毎日新聞』(一九八〇年一二月六日)でこの「空洞化したワイセツ概念」を発表している。そこで彼は最高裁の審理はただ現実と絶縁した場所で儀式を進めただけだと解釈している。言い換えれば、澁澤龍彥は、法理とは空虚なものであり、現実生活には存在しないと考えているのである。したがって、法理が裁いた猥褻は自然には存在しないのである。猥褻の概念の背後にあるのは、国家権力の操作のみだ、と批判しているのである。

サドの個人論理を守ろうとする姿勢は極めて厳格で、妥協を許さないものだと澁澤龍彥は考えている。彼は「エロス・象徴・反政治　サド裁判と六〇年代思想」で、サド裁判について、「いつも二重性、二重構造、パラドックス」のようなものだと感じつづけていたと述べている。澁澤はサドの思想から、とくにサドのパラドックスの相対的な思考によって表わされている問題に、関心を抱いていたようである。すなわち、法権力によって作り出された犯罪の「悪」とその罪を補償する「善」という二項対立的思考や、殺人犯の衝動的な犯罪と裁判官の冷静な審理のあいだの両極化した倫理規範が見られるというのである。また澁澤は、裁判官が猥褻かどうかを判断したときも、

「是」と「非」の二項対立の価値判断、パラドックスの思考に基づいている、と考えている。このような理解を通して見ると、この裁判を批判する澁澤の観点は、法に対するサドの思考への関心に基づいたものだと言える。澁澤はサドのパラドックスを規範に、法の有効性に対して挑発を行った。これが、澁澤龍彥のこの裁判に対するもっとも深層なる反訴だと言えよう。

三　パラドックスの一元化——澁澤龍彥の文学とサド

澁澤龍彥はサド裁判で「二重性、二重構造、パラドックス」を感じたのみならず、サドの作品についても、同じ理解を示している。サドが注目に値するのは、サドが作家と変態性欲者のあいだに作った関係、異常性の権利要求があるからだと澁澤は述べている。サドの作品にはほかの作品にない特有の逆説がある。サドの訴えは普遍性への欲求であり、それと同時に全的な自由への渇望だと考えられる。澁澤はこのことこそサドの今日的意義だと考えている。つまり、サドの膨大な非人間化のシステムでは、サドがいかに熱烈に人間社会に受け入れられたいと願っていたかを明らかにすることで、サドを「見る」ことができるのである（「サドをめぐる星座」）。

澁澤龍彥は、サドの本当の顔は「イノサンス（無垢）」な人だと述べている。サドは残酷さとやさしさが置き換えられることを知っている人間だという。それと同様にサド文学の登場人物は、その純潔性が怪物性に通じるという（「サド侯爵の真の顔——三島由紀夫『サド侯爵夫人』について」『文芸』一九六五年一一月号）。澁澤龍彥のこのようなサド文学に対する理解は、澁澤自身の創作にも反映されている。

サドに対する澁澤のこのような理解を通して、サドのもっとも純潔で無垢な想像力と渇望がわかる。サドのこうした性質は、政治体制の変化に影響されず、死刑に反対する信念にも反映されている。さらに、このような考えは、澁澤龍彦の猥褻に対する弁解の論理でも表現されている。たとえば、エジプトの建築における宗教的な概念の例では、もっとも猥褻な形体に至純さが潜まれている、ということからも理解できる。このように、澁澤龍彦の解釈では、捏造された猥褻性に、もっとも純潔な無垢性がある、ということである。そして、サドの世界では、純潔な性格にも怪物性が混在しており、「二重構造、パラドックス」の力学関係の構図が表現されているのである。

澁澤龍彦はサド作品の登場人物が重病で治療できない倒錯者だと解釈している。たとえば、『ソドム百二十日』のシリング城や『美徳の不運』の「森の聖母」修道院がその典型である。そこの登場人物たちは、変わった趣味を思いのままに満足させていながらも、不都合を招くことがない。それは、彼らはその変わった趣味そのものによって、特権を与えられているからである。その結果、社会と気質とぶつかり合い、妥協できない二律背反が生じるのである。

澁澤龍彦は「エロス・象徴・反政治　サド裁判と六〇年代思想」で、サド裁判は「いつも二重性、二重構造、パラドックス」だと感じつづけていたと述べているだけではない。さらにサド文学への理解でもっとも注目すべきは、サドの両極化した正反対の描き方であろう。先述の「サドは裁かれたのか　サド裁判と六〇年代の精神分析」においても、澁澤は「この世のあらゆる芸術の極北に位置しているサドの文学は、玉葱の皮をむくように、どこまで行ってもパラドックスなのである」とサドの文学を解読している。

澁澤龍彦はかつてサドについてつぎのように説明している。「サドという作家は、人間の快楽の面を描くとともに、死と苦痛の誘惑が稀ではない社会、不正が依然として支配を続けている社会に生きる人間の、いわばジレンマをも併せ描いたので、その生き方は本質的に矛盾に直面した危機的な生き方であった」（「発禁よ、こんにちは　サドと私」）。

また、澁澤龍彦がサドの作品で一番好きなのは『悪徳の栄え』である。その理由は、「ジュリエットとジュスチイヌの姉妹は、ブロンズ像とその鋳型のごとく、何から何まで似ていて、しかも何から何まで正反対である」(「『悪徳の栄え』について」『マルキ・ド・サド選集』「第一巻あとがき」桃源社、一九六二年)からだという。

このような澁澤のサド解釈から、彼がサド文学で特別に関心を寄せたのはサドの「二重性、二重構造、パラドックス」という描き方だと理解できる。しかも、澁澤の独特な幻妖文学に登場する人物造形には、このような要素や性質が見いだせる。

まず、「画美人」では、女主人公の正体は不明で、鳥類か蛇から化けた「女」だと描かれている。しかし、この「女」は男主人公である七郎の絵のなかの美人の歴史と形体を借用し、毎晩現われて、七郎と枕をともにする。この「女」は絶世の美貌と身体をもち、名門の出自に変身しているものの、自ら七郎に体をささげ、しかも、「天性の床上手」で、肉体性が強調される情婦役を演じている。

澁澤は、正体不明の生き物を男が欲する女体として描き、その容貌と身体を美化するのみならず、純粋で神聖な性格まで与えている。まさに澁澤がサド文学で理解した、純潔性が怪物に通じる、という考えと同様である。澁澤は、この「女」の純潔な出身、神聖な性格を描くとともに、彼女の娼婦性、怪物性も取り入れている。すなわち、パラドキシカルな人物造形を作りたてたのである。

「画美人」はサドの『ソドム百二十日』ほど、変わった趣味をもつ淫蕩者たちのように極めて異常で変態的な趣味から特権を与えられているわけではない。しかし、七郎は異形「女」の性的活動をむさぼり、思いのままに性的な欲望を満足させていることに着目すれば、『ソドム百二十日』の淫蕩者たちと同様、自分の変わった趣味を思いのままに満足させながらも、不都合を招くことがない。七郎は人間が鳥禽よりまさるという特権から、性を通して異性の動物的なの身体を制御していると言える。それによって、二人の倒錯的な性活動を正当化したのである。

一方、「花妖記」のように、女主人公の白梅はもともと娼婦でありながら、男主人公の松屋与次郎の語りでは天女に変身している例もある。そして、松屋与次郎の考えでは、彼と天女との交合は神聖なるものである。さらに、与次郎と天女の性的関係では、天女は一方的に与次郎を満足させるように設定されている。白梅は与次郎の目から見ると、人間の肉体の次元を超えた仙女のような完璧な存在である。

澁澤龍彥はまず、松屋与次郎を通して白梅の天女のような聖なる性質を語り、ほかの登場人物の口から白梅の娼婦性という真相を明かす。白梅に天女の神聖性と娼婦の淫猥性を持ちあわせるという設定は、澁澤がサド文学で学んだ純潔性と怪物性の表裏一体という描き方を援用したものだと考えられる。「花妖記」でエロスの流動が天女性と娼婦性をひとつにしたのである。

また澁澤龍彥は、サドの得意な作品は『ユージェニイ・ド・フランヴァル、悲惨物語』（*Eugénie de Franval, Nouvelle Tragique*、一七八八年）のはずだと考えている。『ユージェニイ・ド・フランヴァル、悲惨物語』は、短編集『愛の罪』に収められた作品である。澁澤は、この作品の主人公ユージェニイ・ド・フランヴァルがサドの理想の父親像だと解読している。彼は家庭を破壊する輝かしい悪の英雄、父親というイメージを持ちあわせているからだという。この作品ではサドの母権制家族制度に対する憎悪が明白に表現されている。澁澤龍彥の解釈では、サドの作品では、美徳に身をささげる母親はかならず侮辱される。一方で悪徳の父親はつねに勝利の栄光を享受する。近親相姦の家庭悲劇は、理想の家族像のパラドックスである。

澁澤龍彥は、サドが描いたこのような家族像の理解を、自分の創作にも反映させている。なかでも「狐媚記」はよい一例であろう。左少将の妻である北方は、名門出身の美人である。貞淑で美徳をもつ、完璧に近い良妻である。しかし、左少将は呪術で彼女を狐に姦させ、狐の子を産ませた。さらに、宮中で噂を流して悪徳で淫猥な夫人像を作り出す。それによって、左少将は公の前で妻をはずかしめることに満足する。このように、澁澤は美徳の良妻と怪物性をもつ悪妻を「二重構造、パラドックス」として造形していることがわかる。これは、澁澤がサドの作品で読み取った、美徳の母親がかならず侮辱される創作技法と似通っている。

澁澤龍彦は「狐媚記」で、貞淑の妻の形象に怪物性の悪徳を取り入れ、純潔な良妻と動物が交合するという猥褻の衝突性を作り出した。左少将の魔法は、上位に立つ権力者の操作と解することができる。澁澤がサド文学で解読したように、左少将は変わった趣味のために特権を与えられているのである。しかしながら、左少将の子どもが、彼と狐の権力の競合関係のあいだに命を落とす。左少将は自分こそすべてを操作する権力者だと思っているが、実際には狐に利用される道具にすぎない。澁澤のこうした二律背反の描き方は、彼の理解したサドのエロティシズムだけでなく、「すべてのエロティシズムがそうだけれども、いつも現在に生き、現在に死ぬという思想」（「エロス・象徴・反政治　サド裁判と六〇年代思想」）を加えた表現だと言えよう。これは、正反対の思想の再現とともに、日本の伝統文学の再生でもあると言えよう。

エロスの一元化という流動は、さらに澁澤龍彦の晩年の作品「菊燈台」に見いだせる。菊灯台は志乃にとってひとつのオブジェであったが、最後には主体になってしまう。「菊燈台」の灯台というオブジェは、澁澤のそれまでの描き方から離脱し、志乃と最終的に融合した。志乃が菊灯台になったということは、主体と客体の融合を意味するのみならず、他者である菊麻呂ともひとつになったことをも意味する。

一方、人体の菊灯台はときには男子の菊麻呂、ときには女子の志乃である。男は女、女は男、三日目は二人の合体で両性具有の菊灯台になっている。二人の合体は「エロスの働き」であり、二人の「根底に、流動して一元化しようという動きがある」ように描かれている。しかも、火のなかで自他の区別がなく溶けあっているのは、両性具有を超えているからだと言えよう。

以上のように、澁澤龍彦の創作から、彼がサド文学に対する深い理解を自らの創作に反映させていることがわかる。「花妖記」の天女と妓女がひとつになっているように、澁澤はサドのエロス表現を一元化した。このことは、澁澤のサド思想の実践でもあり、サドのもっとも純潔で、無垢の想像力に対する澁澤の表現だと言えよう。

四　結び

サド侯爵は一時期日本の文壇を震撼させたが、澁澤龍彥をめぐる文人たちの戦いで光が当たるようになった。近年、佐藤晴夫などがサド作品の全文を翻訳するようになった。完全版のサド著作全集が水声社、未知谷より刊行されている。サド文学に現われる極悪、驚愕されるような描写にこそ、彼の至純で無垢の想像性が隠されているのではないか。この裁判に関する澁澤のもっとも深層的批判は、サドの法に対する批判の思想に基づいている。澁澤は、サドが二律背反の道徳規範のなかで法の有効性を批判していることに注目した。澁澤はサド裁判だけでなくサドの作品でも、とくにパラドックスの性格と、エロスの働きで二項対立のものを巧妙にひとつにする性質が、極めて重要だと考えている。そして、こうしたサド文学の特徴を自らの創作に取り入れたのである。したがって、澁澤がサド裁判で援用している論理と思考は、自分の創作の思考と一貫しており、表裏一体なのである。本論は、澁澤文学を読み拓く一側面を提供したはずである。

注

＊1　現代思潮社編輯部『サド裁判（下）』（現代思潮社、一九六三年、二三二頁）

＊2　現代思潮社は、サド裁判の十年間に、反スターリン主義などの理論書を大量に出版し、非常に左翼の出版社とされていた。埴谷雄高は、当時の急進派の文学の学生はその出版社の本をむさぼり読んでいたという（埴谷雄高『澁澤龍彥全集』「第十三巻　月報」河出書房新社、一九九四年六月、二頁）

＊3　石井恭二『花には香り　本には毒を』（現代思潮新社、二〇〇二年九月、二二一頁）
＊4　現代思潮社編輯部『サド裁判（下）』（現代思潮社、一九六三年、三五六頁）
＊5　石井恭二はその後、安島真一のインタビューを受ける。彼はこの裁判を振り返ってつぎのように語っている。彼自身は計画を立ててさまざまな戦略を考えて戦う姿勢だった。一方、澁澤龍彥は非常に困った様子であった。澁澤龍彥の「最終意見陳述」は単純なもので、この裁判は「税金の無駄である」と強く批判している（石井恭二『花には香り　本には毒を』現代思潮新社、二〇〇二年九月、五三頁）。ほかにも、澁澤龍彥は法廷によく遅刻した（澁澤龍彥「サドは無罪か　裁判を終えて」『文芸』一九六二年一二月号）
＊6　伊藤整、大岡昇平、奥野健男、澁澤龍彥、白井健三郎、中島健蔵、福田恒存、埴谷雄高がこの裁判に関する座談会を開いた。会議中、この二つの裁判を比較して意見を交わした（伊藤整・ほか「性は有罪か――チャタレイ裁判とサド裁判の意味」『文芸』一九六二年四月号、一九六‐二二〇頁）
＊7　安西晋二「澁澤龍彥の見たサド裁判」（『國學院雑誌』一〇八巻一二号、二〇〇七年一二月、一四‐二五頁）
＊8　水川敬章「サド裁判における澁澤龍彥の闘争――弁護人の言説との比較から」（『国語国文学』一〇二号、名古屋大学国語国文学会、二〇〇九年一一月、五九‐七三頁）
＊9　水川敬章「サド裁判論――澁澤龍彥の戦術とその意義をめぐって」（『日本近代文学』第八〇集、二〇〇九年五月、一一五‐一三〇頁）

第五部　澁澤文学における旅の構造

第十二章　流転と再生の旅──「ねむり姫」を読む

一　意識の逆転

「ねむり姫」（『文芸』一九八二年五月号）は、澁澤龍彦の後期の小説である。この作品は、のち「狐媚記」「ぼろんじ」「夢ちがえ」「画美人」「きらら姫」の五編と合わせて、短編小説集の『ねむり姫』（河出書房新社、一九八三年一一月）に収録された。「ねむり姫」は、小説集の題名になっていることから見れば、澁澤文学において重要な位置を占めていることがうかがえる。

「ねむり姫」の内容はつぎのようである。中納言の娘の珠名姫は十四歳のある日、死んだように深い昏睡におちいってしまう。宮中の人は姫を柩に入れて輿に載せ寺々を巡行しようとするが、途中、山賊に姫を略奪されてしまう。実は、山賊の正体は姫の三歳年長で腹違いの兄・つむじ丸であった。珠名姫の柩はつむじ丸によって島に運ばれるが、つむじ丸の部下の手で竹林に放置されてしまう。その後、柩はしばらく寺に安置されるが、最後には寺の僧侶に川に流されてしまい、柩は姿を消す。一方、つむじ丸も水想観の修行中に世を去る。

これまで、「ねむり姫」は独立した研究の対象とされることほとんどなかった。松山俊太郎氏は、この作品の発想源はシャルル・ペローの昔話「眠れる森の美女」だが、共通するのは美女であることと深い眠りに落ちながら夢を見ることのみだ、と指摘している。[*1] 関井光男氏は、短編集『ねむり姫』の語り方に着目した。「ねむり姫」の場合、「まず由来が語られ、それから物語の妖かしの主題が語られるが、それが物語の展開を生む契機になっていることである」と述べ、『竹取物語』の語りの生じ方にも通じていると示唆している。[*2]

一方、安西晋二氏は物語の引用と翻案の作用に注目して、藤原定家『明月記』の引用が作品で果たした機能を考察した。物語の後半につむじ丸が天竺冠者と改名したことや、『明月記』が作者名と作品名ともに明記され、本文の引用までなされることなどから、『明月記』の作品における象徴的な意味を探ったものである。[*3] 上記の先行研究では、テクストで筋の展開と深くかかわる眠りのことや、旅の意味などがまだ明かされていない。そこで、ここではまず珠名姫の昏睡と意識の関連に着目して考察を進めたい。

「ねむり姫」の主人公珠名姫は、生まれてからまもなく母親が亡くなった。生れつきの聾唖者であり、十四歳になるまで部屋に閉じこもってばかりいた。阿弥陀堂にいることが好きで、その壁に阿弥陀と諸菩薩の飛んでくる来迎図が掛かっている。姫はその来迎図を見て、「べつに菩提心があるわけでもない姫のこころにわくわくするような戦慄がはしるのだった」(『澁澤龍彦全集』「第十九巻」二〇六頁)と想像を馳せている。ここから、姫のもの憑き体験が暗示される。姫はのちに憑かれたように長い眠りにおちいってしまい、夢とも現ともわからない奇異な幻想世界へ入っていくのである。

姫のもの憑きの過程で最も重要なのは、姫がつむじ丸の顔を想起することであろう。姫は来迎図を眺めているとき、つむじ丸にかかわる幻聴を体験した。「その来迎図のなかには長い旗のような、きらびやかな宝幡をかかげつつ雲にのった、小さな天童のすがたも描かれている。(略)その天童の顔が、どうも姫にはつむじ丸の顔のように見えて仕方がない。似ているように見えて仕方がない。なんだか無性におかしくて、そこで思わず彼女は口をほころばせてしまう。すると彼女の耳に「や、姫が笑った。姫が笑ったぞ」」(二〇六頁)という声が聞こえてくる。そして、聾になっている姫は、これは「たぶん幻聴であろう」と「解せぬ顔をし」たと語られている。

しかし、語り手がこの冒頭部分で語った「や、姫が笑った。姫が笑ったぞ」という台詞は、すなわち姫が昏睡におちこんでから五年後、つむじ丸が姫に語った言葉の通りである。五年後、昏睡していた姫はつむじ丸によって伊予の島に連れていかれる。そこで盗賊の一人が観音に扮して「往生人をのせるべき紫金蓮台を」姫に差し出したところ、「うっすらと目を閉じたまま、珠名姫が喜ばしげに笑った」（二一七頁）という。つむじ丸はそれを見て「や、姫が笑った。姫が笑ったぞ」と叫ぶ。

姫が来迎図を眺めているときに聞いた幻聴は、なぜ五年後つむじ丸の発したものになったのか。姫の眠りは彼女自身にとっていかなるものなのだろうか。また、彼女の意識とどのようにかかわっているのだろうか。

夜のように深い昏睡の底で、姫はそのとき深海魚の夢のような夢をみていた。いや、夢かうつつか、姫自身には知りえようはずもなく、姫自身の意識では、自分はただ阿弥陀堂の板の間にすわって物思いにふけっていただけである。父の中納言が屋敷のなかに建てた方五間の阿弥陀堂である。壁には一幅の来迎図が掛かっている。姫はさっきから、たったひとりで、この気に入りの来迎図を眺めていたのである。（二一八頁、以下同）

姫自身は、「ただ阿弥陀堂の板の間にすわって物思いにふけっていただけで」ある。これは、物語の最初に語られた、姫が来迎図を眺めて、「しんと静まりかえった阿弥陀堂の午後の薄暗い空間に、しばらく夢みるような目をさまよわせるのだった」という情景に通じている。周囲からは昏睡しているように見えるが、姫自身は意識があると思っている。つまり、これは彼女の現実世界だと言える。しかしながら、来迎図を「眺めているうちに、いつしか姫の意識は逆転して、自分が来迎図のなかのひとのように思いなされてきたのである。自分の目の前に、いましも菩薩が蓮台を差し出しているような気がして」（二一八頁）くる。現実世界では島で観音に扮した盗賊の一人が「往生人をのせるべき紫金蓮台を」姫に差し出したが、意識が逆転した姫は「自分の目の前に、いましも菩薩が蓮台を差し出しているような気がしてきたの」だ、と感じているのである。また、姫の逆転した意識のなかでは、彼女が思わず笑ったのは、「天童の顔が、どうも姫にはつむじ丸の顔のように見えて」いるからだが、それに対して現実では、この笑いはちょうどつむじ丸の観音行事と呼応しているのである。

さらに、意識が逆転した姫は来迎図の世界に入ってしまい、「夢かうつつか」わからなくなるのである。意識が逆転するとは、ここでは意識が朦朧とし、不明瞭になることであろう。姫の意識が不明瞭になったがために、つむじ丸の「や、姫が笑った。姫が笑ったぞ」という言葉が、物語の最初から姫の幻聴として語られたのではないか。語り手は姫の幻聴に伏線を敷いたのである。

要するに、眠っているように見えた姫には意識があった。意識が逆転してしまった姫は、つむじ丸の祝祭行事の際、自分が往生して来迎図の一部になってしまったと錯覚を起こす。その後、つむじ丸のことを思い出して笑ってしまうが、その笑いはちょうど観音に扮した人が紫金蓮台を姫に差し出したときであった。このように、物語の最初に語られた姫の幻聴と、のちにつむじ丸の驚喜した言葉とが一致しているのは、姫の意識が逆転したからだと言える。語り手は最初から「や、姫が笑った。姫が笑ったぞ」という表現と姫の幻聴を巧みに仕掛けたのである。

一方、姫の意識の逆転とは、見る主体と見られる客体が同一化することである。姫が来迎図の世界に入ってしまうということは、言い換えれば、姫は見られる客体の来迎図の一部になったということである。すなわち、来迎図は元来見られる側のオブジェだったが、見る側の姫自身もそのオブジェになったのである。主体と客体の同一化とは、もはや自分の実体が存在せず、無になってしまったのだとも考えられる。その意味で、姫が眠る旅程は、自分の存在を無化していく過程を意味するであろう。姫は、意識の逆転ののち、意識が不明瞭な状態を経て、最後に無意識の世界に入ったと推測できる。

では、なぜ姫は眠る必要があったのか。澁澤の訳したジャン・コクトー（Jean Cocteau）「眠る女のアリバイ」（『澁澤龍彦コレクション1 夢のかたち』）では、「彼女はちゃんとそこにいる。眠りの外へ出るやいなや、夢はたちまち萎れる」と述べられている。姫はここの「彼女」と同様に眠る必要があった。姫は眠ることによって、意識をさまよわせることができたのである。また、『澁澤龍彦コレクション1 夢のかたち』に収録した中国の古書『列子』の「眠ってばかりいる人間の国」では、眠っている世界こそ現実だという。さらに、同じく『澁澤龍彦コレクション1 夢のかたち』に収められたカルデロンの「夢の世」では、「生きるとは、ただ夢をみることでしかない。人の世とは、なんだ。狂気だ。まぼろしだ。影だ。幻影だ」と語っている。

このように、澁澤が関心をもった眠りの世界は生きることそのものだと言えよう。

二　人形幻想

十四歳で深い眠りにおちいった姫は、「灯に照りはえて燃えたつような衣裳の色と、みずみずしい黒髪と、さらに息たえてからますます透きとおるように白くなった肌の色とが、かえって見るひとに息を呑ませるほど艶冶なふぜいを掻きたてるのだった」（二〇七頁）と描かれている。姫の少女と処女の形象に「艶冶なふぜい」が加えられ、仕立てられている。そして、盗賊になったつむじ丸が姫を見て、「突然、姫を所有したいという矢も楯もたまらぬ欲求がむらむらと彼の心に湧きおこったのは、おそらく、その姫が生ける人形のように、柩のなかに横たわったままの存在になってしまったということが一つの理由」（二一二頁）だという。このように、姫がつむじ丸の欲望を喚起したのは、「艶冶なふぜい」だけではない。さらに重要なのが彼女の「生ける人形のよう」な姿である。

周知のように、澁澤は人形と深いかかわりがある。彼は人形に特別な関心をもち、人形製作者四谷シモン氏による有名な少女人形を書斎に置いている。「第八章」で言及したように、澁澤は「人形愛の情熱は自己愛だったのである」（「少女コレクション序説」）と、人形愛を解釈している。また、藤田博史氏は精神分析における「鏡像関係」という概念を用いて、人形に触れることは人形に触れられていることだと説明している。[*4] 以上のことから、つむじ丸の姫に対する人形愛は自己愛であり、つむじ丸は姫の反面なのだと考えられる。

評論集のみならず、「ねむり姫」より少し先に発表された「女体消滅」（『唐草物語』）でも、女主人公が人形のような絶世の美人で「はたしてあれは本当人間の女なのか」と疑われる描写がある。平安時代の漢詩文人である紀長谷雄は、不審な男から美女をもらったが、百日のうちに手をつけてはいけないという警告をうけた。紀長谷雄がはじめてじっくり女を見たのはその寝顔である。女は十四、五歳で「これで目をひらいたら、さらにどんな瞳の魅力が加わることだろうか」という。「女の寝顔を間近に見ることによって、長谷雄の想像力はほとんど無限にふくらんだ」というように、長谷雄は生ける人形のような少女の肉体への幻想、幻影に魅入られているのである。

「ねむり姫」では、つむじ丸が姫を欲するのは、彼女の「十四歳当時のままの顔で無心に笑うのを見て」いたからだと描かれている。「彼は、一種の妄想あるいは無意識のなかで、珠名姫と夫婦のちぎりをでも結んだような気になっていた」というように、姫が昏睡状態になっているにもかかわらず、つむじ丸は人形のような姫への「妄想」をふくらませるのである。

一方、つむじ丸に略奪された時点で、姫は深い昏睡状態が五年間も続いていた。にもかかわらず、「姫の顔は十四歳当時の顔のままに、依然としてみずみずしく、神々しいまでの蒼白さに照りかがやいていた。時は彼女の肉体に、なんらの腐蝕性の攻撃をも加えることができなかったようであった」（二一七頁）という。姫の人形的な美の前に時間が止まったように語られている。姫の身体に記憶された時間は、溶けていくように機能していない。記憶された時間の溶解は、澁澤が好んだ「記憶の持続」というダリ（Salvador Dali）の時計のように、「堅牢なその形体を徐々に喪失して、解体とか崩壊というよりも溶解した」と通じている。

さらに、姫の身体は「依然としてみずみずしく、神々しいまでの蒼白さに照りかがやいていた」というように、姫の美が神聖化されている。姫の形象に神的要素を取り入れることにより、姫の話をより伝説化していく作用が看取できる。姫の神格化は、のちの伝説化につながっていくのである。

姫がつむじ丸の入獄により再度竹林に放置されたとき、「そんなはなしを年よりから聞かされても、若いひとびとにはまるで現実感がなく、お伽噺のなかのお姫さまのようにしか思われなかった」（二二五頁）と語られている。人形化された姫は、いっそう非人間化されてしまったのである。

しかし、神格化された姫はもとの竹林に戻されて、その「神々しい」身体が破壊される。竹林で発見された姫の様子はつぎのようなものである。「血でごわごわになった唐衣の袖口を持ちあげてみると、左右の手とも、姫の手首から先がなかった。なにものかに食いちぎられたように、手首から先がもぎ取られていて、その切口には黒ずんだ血が凝結していた。キリスト教の聖女伝説ならば、紅玉髄の色にでも比較されるであろう血の色だった」（二二四頁）と。しかも、その傷は人間による「鋭利な刃物で断たれたようではなく、けものの牙に噛み切られたような痕跡だった」だという。しかしながら、姫の身体はけものに「凌辱」されていても、姫の神聖性はむしろいっそう高まっている。「依然として生きていたし、依然として呼吸をしていた。それどころか、以前にもまして、いよいよ透明にいよいよ清浄に、そのいのちの艶をひたすら純化させてゆくようであった」（二二四頁）という。穢されることは、姫の「いのちの艶」に影響しない。血が無くなってしまった姫は、より人形に近づく。流転によって姫は生命をますます「純化させて」いき、いっそう神聖化されていくのである。

三　流転と再生に向かう旅

では、流転する姫の昏睡世界はいかに構築されているのか。柩に入れられた姫の旅程は仏教の流転にも通じるものである。姫はつぎの四つの段階を経てから原点に戻る。まずは、彼女の柩が輿に入れられて陸地で巡礼する。そのつぎにつむじ丸に運ばれて水路の旅を経て観音を見る体験をする。さらに再び陸地に戻り、寺に安置される。最後にまた水の旅路につき、長く漂流してから水と一体化する。陸地から水へ、水から陸地へ、また陸地から水へと三回往復して、螺旋を描くような旅程を経たと考えられる。

このように姫の旅は仏教と深く関連することがわかる。姫が昏睡におちいったきっかけは、来迎図を眺めていたからである。そして往生していないにもかかわらず、柩に入れられ屍体のように扱われる。また、彼女の柩は阿弥陀堂に安置されるが、阿弥陀堂は阿弥陀仏とかかわる建物である。そして、彼女の柩を輿に乗せて洛中洛外の寺を巡行しはじめるが、それらは観音の祀られた寺であった。

また、つむじ丸が姫の柩を運んだ島には、曼荼羅堂と娑婆堂が建てられており、二つの堂の間に長い板の橋が掛け渡されている。物語のなかで、曼荼羅堂は「極楽浄土」で、娑婆堂は「人間の世界」で、その間の橋は来迎橋であり、阿弥陀仏と二十五菩薩は浄土から地上へと来迎する趣向だとつむじ丸は述べている。娑婆は釈迦牟尼仏が教化するこの世界のことで、忍土、堪忍土という。[*5] つむじ丸の盗賊団が姫の柩を娑婆堂の扉に置いたのは、長い旅をする彼女を癒やす意味があるのであろう。彼らは面を被って観音菩薩を演じたりして騒ぎ、姫を浄土へ送ろうとした。

姫は長年観音巡礼をしていても依然として眠っており何も変化がなかった。しかし、彼女がつむじ丸の祭りで笑ったのは、ある意味でつむじ丸が姫の救いだったからだと言える。一般的に、旅行中盗賊に遭うことは災難であるが、つむじ丸と姫の関係はそうではなかったのである。

では、つむじ丸が用意した祭りはいかなるものだろうか。まず「盗賊団のめんめん、それぞれ阿弥陀や菩薩の扮装をこらし、お面をかぶり、宝冠をいただいて、わらわらと丘の上にあつまった」（二一五頁）と描かれる。そして

「空から花びらが舞いくだり、異香あたりを満たし、曼荼羅堂から五色の糸が繰り出されたかと思うと、それぞれ聖衆の面をかぶって着飾った盗賊団のめんめん、先頭に蓮台をささげた観音と、天蓋をさしかける勢至を立たせ、ひときわ大きな光背を負った主尊を取りかこむようにして、手に手に楽器を鳴らし、踊るような身ぶりをしながら橋の上にあらわれた」（二一六頁）という。

ここでの舞踊は、盗賊団の特権的な身体のわざ、また仏教という尊い宗教的な身体のわざと融合していると考えられる。この舞踊身体は筋立ての創出装置であり、読者や観衆はその動きの仕掛けに酔ってしまう。ここの舞踊は盗賊団の権力を可視化し、見物人統合の装置となっている。

しかし、姫の旅はまだ終わっていない。つむじ丸はその後投獄され、姫はもとの竹林に放り出され、後に屋敷の菩提寺に新しい柩に安置される。さらに住僧が姫の柩を小舟に載せて宇治川の流れに託す。「今度は、水の上の完全なひとり旅である。彼女の舟を見るものはだれもいない。だれにも見られない舟の旅である」（二一七頁）と、流されて一人の水上の旅をし始めたのである。

茫々漠々たる水の旅であり、ついには小舟そのものも水の一部と化してしまうかと思われるほどの、水また水の旅であった。舟のなかの姫にもし意識があったとすれば、煙波模糊たる無限の水のなかに分け入ったのかと錯覚されたことでもあろう。

やがて小舟は、なにものかに否応なく吸い寄せられてゆくように、紡錘のような舳先を微妙にふるわせながら、次第に速度をはやめて水の上をすべり出した。（二一七頁）

捨てられた珠名姫は、最後に一人きりの水の旅で消えてしまうのである。

「ねむり姫」で重要なオブジェは、つむじ丸の「つむじ」という螺旋なのではないだろうか。「紡錘のような軸先」での「紡錘」は、古語では「つむ」と読む。紡錘はつむじ丸を連想し、またその形は螺旋状である。「紡錘のような軸先」から考えれば、姫は最後に姿を消したときにも、つむじ丸と結び付いているのである。

物語では、螺旋のイメージが頻出している。つむじは螺旋の形をして、つむじ丸に通じている。また姫は幼少のころから貝遊びが好きだった。「かくて貝桶のなかに美しい螺旋ができあがると、ゆくりなくも彼女はつむじ丸のあたまを思い出すのだった」と。姫の手首が噛まれたとき、語り手は「彼女は今後、その手で貝桶のなかに貝を重ねて、きれいな螺旋をつくることは二度とできないであろう」（二二四頁）と述べている。

澁澤は螺旋の形を愛好しているようである。「第七章」で言及したように、彼は「螺旋について」（『胡桃の中の世界』）のなかで、「螺旋は、死と再生を実現しながら、たえず更新される人間精神の活力の表現である」と語っている。姫の好きな螺旋もまた「死と再生を実現し」て、姫の「死と再生」を示唆しているのではないか。

姫は漂流して展転する流転の旅をしていた。仏教では、流転は生死が続いて断絶せず、三界六道を輪廻することをいう。[*6] つむじ丸の水想観に出てくる姫は六十年を経た七十四歳の姫である。七十四歳の容貌は十四歳のときと全く同様で、「たぶん永遠に年をとることはないであろう」と描かれている。時間が止まったように、十四歳から七十四歳の間の歳月が無化してしまい、姫の生命は原点に戻り、回帰することになる。姫の旅は人間の生死という円環を続き、螺旋状の出口が開くように、新たなはじまりを迎える。その旅は、すなわちつむじ丸の螺旋と結ぶ回帰・再生の旅だと言えよう。このように、螺旋を意味する死と再生は、流転する彼女の旅程と重層化しているのである。

四　アンドロギュノスを超えるもの

一方、物語ではつむじ丸の運命は姫とパラレルに取り上げられている。澁澤による「ねむり姫」の創作メモに「山伏」が残されている。姫が眠りに入る前に、つむじ丸は宮中から出て近江の横田山で盗賊団のかしらになっていた。それは「傀儡子との交際につい深入りしすぎたということがあった」（二二一頁）からである。傀儡子は旅回りの芸人である。山伏は山のなかをひたすら歩き、修行をする修験道の行者で、その修行は厳しいものであり、俗界をはなれた宇宙自然に投入するような姿勢である。[*7]

つむじ丸は、「つむじコンプレックスから、無意識のうちに頭をかぶろにしておくことを好」む。なぜなら「かぶろの髪型は、もともと山の行者の髪型である」（二二一頁）からである。また、物語でつむじ丸が馬に乗っている姿は、中世の山伏像を表現しているものである。[*8]このように、つむじ丸は、姫と同様山のなかを歩き続ける旅をしていたのである。

さらに、かぶろの髪型は、「いつまでも幼年のままでいたいという退行願望の表現にほかならなかった」。「山は無時間の世界だといってもよかろうし、かぶろの髪型を採用してはばからない山の盗賊は、そのまま退行願望を生きている連中だといってもよいのである」という。ここでいうつむじ丸の退行願望には、姫の眠りの世界と同様に時間の回帰が表現され、時間が止まる「無時間の世界」と共通していると理解できる。

つむじ丸は盗賊団のかしらの「天竺童子」を、教祖の「天竺冠者」に改名したが、入獄してから八十歳までの経歴が語られていない。物語の最後では、つむじ丸は八十歳の行者になり、彼は水想観をはじめる。水想観は物語で、「観無量寿経十六観の第二観」であり、「水や氷の清澄映徹なるを想うことによって極楽浄土の瑠璃地を観想する方法」（二二八頁）だと述べられている。一方、善導の観経定善義に、観水得定の法では、「此の水の動と不動との相を観ぜよ。即ち自心の境の現と不現と明と闇との相を知らん」といい、また永観の往生拾因には「行者即ち瑠璃地に居ると念ぜよ。但し目を閉づれば見え、目を開かば見えず」という。[*9]

しかし、つむじ丸の水想観の実態についてつぎのように描かれている。

すでに端座している行者の膝から下は、すっかり溶けて水になっていた。いつのまにか草庵のなかにも、ひたひたと水が満ちあふれつつあった。（中略）いまや行者は純粋精神、純粋意識のような存在になっていた。全身が水で、ことごとく水に溶けている状態なのに、ただ意識だけがどこかで目ざめているのである。どう表現したらよいのか分からないが、あえていえば彼自身が水で、しかも同時に水を見ている意識なのである。（中略）部屋はすなわち水だった。草庵も水だった。一切の区切りがなくて、部屋はそのまま外界の水に通じていた。しかし、行者の意識には、もはや自己もなければ外界もなく、ただ茫漠たる水また水の世界が映っているだけだった。（二三一頁）

このように、最初つむじ丸は身体が水に溶けながらも意識が明確だったが、そのうち意識に自己が無くなり、死去する。彼は観想しているあいだに、その水に紡錘のような形の姫の舟を見る。また、亡くなった彼の「そばに小さな一本の紡錘がころがっていた」（二三三頁）というように、姫との結びつきが暗に表現されている。

姫が「水のなかに分け入った」ように、つむじ丸も水のなかに息絶えた。つむじ丸のそばに現われる紡錘は、二人が水のなかで一体化したことを暗示している。男女の身体がひとつになることは、澁澤が深く関心を抱いているアンドロギュノス（androgynous）に関連する。[*10] 彼は「アンドロギュヌスについて」（『夢の宇宙誌』、一九六四年六月）で、

「アンドロギュヌスは人間学の基本的なテーマ」だと述べている。また、『裸婦の中の裸婦』（文芸春秋、一九九〇年二月）の「両性具有の女　眠るヘルマフロディトス」で、ギリシアの「眠るヘルマフロディトス」の彫刻を取り上げ、「両性具有というイメージには、なにかこう、失われた全体を回復しようとする人間の本質的なあこがれが投影されているような気がする」[*11]と語っている。

しかし「ねむり姫」の最後での、姫とつむじ丸の水による一体化は、「失われた全体を回復」する両性具有的な性格をもっているだけではない。さらに重要なのは、二人とも形体が存在せず、水に溶けていくことであろう。姫は「煙波模糊たる無限の水のなかに分け入った」というのに対して、つむじ丸の場合、「行者の意識には、もはや自己もなければ外界もなく、ただ茫漠たる水また水の世界が映っているだけだった」と描かれている。この時点のつむじ丸は身体が存在せず、意識には水しかなかったのである。

身体の水への消失は、すなわち身体という形の無化であり、身体のすべてが水と融合していることになる。姫とつむじ丸の水のなかの結合は、両性具有という具体的な形体の合体というよりも、形体が無化してあらゆるものが融けあうことだと理解できよう。このように、二人の水中での一体化は、両性具有性を超えるものであり、抽象化されていると言えよう。

五　結び

澁澤龍彦の「ねむり姫」で、語り手は姫の意識に装置を設けて伏線を敷いた。姫の意識を逆転させるという仕掛けを通して、彼女の幻聴と、のちのつむじ丸の驚喜の台詞とを有機的に結びつけたのである。また、姫が眠ったまたどる旅程は、彼女の主体性を消去する過程をも意味するであろう。

姫は人形のような不滅の美を永遠に保っており神格化されている。彼女は漂流を通して、その生命をいっそう純化させていくのである。そして、流転する彼女の旅の構造は、螺旋のように、水に回帰して再生に向かうようになっていると言える。二人が最後に水で結合したことは、万物の根源をなす元素のひとつである水のように、二人は生命の原点に回帰してから、再生を迎えることを表わしていると言えよう。

注

＊1　松山俊太郎『澁澤龍彥全集』「第十九巻　解題」（河出書房新社、一九九四年一二月、四二九頁）

＊2　関井光男「『ねむり姫』の物語のナラトロジー」（『国文学』第三二巻第八号、一九八七年七月、九四-九九頁）

＊3　安西晋二「澁澤龍彥「ねむり姫」論——引用／翻案の作用——」（國學院大学『國學院雜誌』、二〇一二年一〇月、三三-四七頁）

＊4　藤田博史「声／幻聴、そして皮膚／体感」（『人形愛の精神分析』青土社、二〇〇六年四月、二九-五二頁）

＊5　総合佛教大辞典委員会編『総合佛教大辞典（上）』（法蔵館、一九八七年一一月、六〇九頁）

＊6　塚本善隆編『望月仏教大辞典』「第一巻」（世界聖典刊行協会、一九九九年六月、五〇二四頁）、総合佛教大辞典委員会編『総合佛教大辞典（下）』（法蔵館、一九八七年一一月、一四八〇頁）などを参照。

＊7　重松敏美『山伏まんだら』（日本放送出版協会、一九八六年一一月、六七頁）

＊8　中世の山伏は霊山の山中で馬を飼い、それを活用していた。馬に乗るのは中世の山伏像である（同注7、六七頁）。

＊9　塚本善隆編『望月仏教大辞典』「第三巻」（世界聖典刊行協会、一九九四年七月、二八七二頁）

＊10　「アンドロギュノス」は、「アンドロジナス」ともいう。澁澤は「アンドロギュヌス」と呼ぶ。

＊11　澁澤龍彥、巖谷國士『裸婦の中の裸婦』（文藝春秋、一九九〇年二月、一〇八頁）

第十三章　旅のかたち――「ぼろんじ」「うつろ舟」をめぐって

一　澁澤文学における旅

澁澤龍彦の作品では、航海、旅行、流浪、漂流、巡礼など、さまざまな形で旅が表現されている。澁澤の文学世界を深く探るためには、旅というテーマが非常に重要なものとなる。彼は実際にヨーロッパや中近東にしばしば旅行しており、一九七〇年八月から一九八一年七月まで、四回にわたるヨーロッパ旅行の延べ日数は百六十一日に達する。その旅行記は『旅のモザイク』（人文書院、一九七六年六月）にまとめられている。

澁澤龍彦の作品には旅をする人物がしばしば登場する。遺作『高丘親王航海記』（一九八七年一〇月）は、幻想文学の絢爛たる世界を描いた架空旅行記の傑作である。また、「第十二章」で論究した「ねむり姫」においては、姫は昏睡状態のまま柩に入れられて舟で川に流され、数奇な流転の生涯を送る。一方、「第六章」で取り上げた「ぼろんじ」の男主人公は、身を隠すべく巡礼に出ており、女主人公は男主人公を探し求める旅に立つ。さらに、「うつろ舟」（『海燕』一九八四年九月）では、どこかから漂流してきたうつろ舟のなかにいた幻想的な女が男主人公の仙吉の命を奪う妖異譚が描かれている。

澁澤文学における旅に関しても総合的な考察はまだ見られない。巖谷國士氏は『澁澤龍彦考』（河出書房新社、一九九〇年二月）で、早くから澁澤文学における旅の重要性を指摘していたが、実質な考察が展開されているわけではない。澁澤の妻・龍子は『澁澤龍彦との旅』（白水社、二〇一二年四月）で、日々の生活、交友、旅行など、妻の視点から澁澤の文芸世界を明らかにしている。

「第十二章」では、澁澤が旅についてどのように描いているのか、という問題意識から、「ねむり姫」における旅の意味および作中で旅が果たした機能などについて考察を進めた。そこで、女主人公の姫が眠ったままたどる旅程は、彼女の主体性の消去、生命の純化作用を意味するのみならず、流転する彼女の旅は、すなわち再生に向かう旅なのだ、と提示した。ここでは、引き続き「ぼろんじ」と「うつろ舟」に着目して、二つの作品に表現されている旅の内実を究明したい。

二 「ぼろんじ」における男女の旅

「ぼろんじ」は『夜窓鬼談』の「茨城智雄」に拠って書かれたが、澁澤は原典をどのように参照し、それらを変形し、原典と異なる幻想的な物語世界に仕上げられたのかを、「第六章」で追究した。

「ぼろんじ」で智雄とお馨はそれぞれの旅に立つ。小倉斉氏は、智雄とお馨の旅には「人間存在における個からの超越という結末の暗示」が潜んでいると述べているが、[*1]氏のいう「個からの超越」は、作品で見られるアンドロギュノスの現象であろう。しかし、作品に描かれているアンドロギュノスの性格は、松山俊太郎氏が早くから指摘していたものである。松山氏は、「ぼろんじ」の世界を「〈ドッペルゲンガー融合～アンドロギュノス復元〉の物語」だと述べている。[*2]しかし、これについて氏はそれ以上の分析を行っていなかった。

「ぼろんじ」で、お馨は男装をして旅に出かける。智雄とお馨のそれぞれの旅で、ある日、ちょうど同じ温泉宿に泊まることになるが、智雄は宿の人にお馨と間違えられる。宿の人が智雄とお馨を区別できなかったのは、お馨の少年姿が智雄とそっくりだったからだと言える。少年に変装したお馨は、すなわち智雄の分身のような存在だと解せよう。のみならず、智雄の身代わりのように行動するお馨におけるドッペルゲンガーの性格は、幻影と魚の隠喩と深くかかわっている。

お馨は旅の途中、川で子どもたちが何か釣っているのを眺めているうちに、「現実が遠くへ行ってしまったよう」になるという。そして、浅い水たまりに、「一匹の小魚が銀色のうろこをひらめかして、ぴちぴちと苦しげに跳ねているのが見え」て、お馨はその魚を川のなかへ放して助けようとしたが、何もつかめなかった。「白昼夢でも見たのだろうか」とお馨は「気がぬけたような感じ」をしたという。要するに、お馨が魚の幻影を見たのである。

そして、彼女が魚を助けることは「無意識のなかで」、智雄に助けられたように、「彼女は智雄のまねをしていただけだったのかもしれない」と語られている。ここでの魚は、かつて智雄に助けられたお馨を象徴しているように描かれている。加えて、お馨がその魚の幻影がつかめないということは、異性装をしているお馨において、女としての主体性が消えつつあることを暗示しているであろう。つまり、少年姿に変装しているこの時点のお馨には、少女性が消去されており、外貌も主体性の一部も智雄になったのだと言えよう。

また、お馨はのちに、虚無僧から鯉の蒔絵の描いている印籠を受け取る。お馨はその印籠を温泉宿に忘れて出発してしまうが、物語の最後に、智雄とお馨を間違えた宿の人がその印籠を智雄に渡す。この印籠に描かれている蒔絵の鯉もまた、お馨のことを暗示しているであろう。鯉はすなわち恋である。お馨の恋を象徴する印籠は、お馨の代わりに智雄と再会したのだと考えられる。

魚がある種の分身のようなものとして描かれる創作手法は、「ぼろんじ」のすぐあとに発表された「画美人」にも見られる。登場人物の、卵生の異様な「女」が、主人公の七郎と枕をともにしたとき、枕もとの鉢にいる金魚が「女」を見張っているように描かれている。その金魚は蘭虫といい、卵虫ともいう。卵は卵生の「女」を暗示しており、蘭虫の金魚は、卵生の「女」に通っている。また蘭虫は七郎の飼ったものだが、「女」は姿が消えてから、七郎はその蘭虫を捨てた。ここでの蘭虫の金魚は、広い意味で異様な「女」の身代わりだと理解できよう。

ところで、「ぼろんじ」では、岩風呂に入ったお馨は、「自分が見られている」「浄福感」を覚えて、「おのれの実体が失せてしまうまでに、見られつづけていたい」と「痛切に願った」という。一方、それと同様に、智雄も同じ岩風呂でお馨の影と一体化したように描かれている。宿の岩風呂で智雄は湯のなかに入ると、「妙にひとのけはいが感じ」られて、「自分のからだが何ものかの影にやんわりと抱きとめられ包みこまれたような気がして」、「そいつの影のなかに、どうやら自分のからだが没入して、そいつの影と自分のからだとが一体になったのだろう」と語られている。「そいつの影」とはお馨のことを指しているであろう。水のなかで智雄の体はお馨の影に包み込まれ、合体しているように暗示される。こうして、二人はそれぞれ、分身を体験してまた誰かが自分の体と一体化しているような自他の「融合」的な経験をしたのである。

男と女が水のなかで一体化することは、澁澤が関心を抱いているアンドロギュノスというテーマにも通じる。このような描写は、「ぼろんじ」より少し前に発表された「ねむり姫」にも見られる創作手法である。だが、「ねむり姫」の場合、男女の形体がさらに水のなかで無化してしまい、アンドロギュノスを超越していると言える。

しかし、「ぼろんじ」における水中の男女の一体化は、松山氏の指摘した「アンドロギュノスの復元」と考えがたいであろう。まず、智雄と一体化したのは、お馨の影であり、その形体ではない。しかも、のちに智雄自身が否定するように、「純粋な影というものがあるはずはな」く、「そこにいた影は自分の影と考えるよりほかない」。

要するに、智雄はお馨の影と合体したのではなく、自分の影と一体化したにすぎないのである。智雄は最初から最後まで独立した一個人であり、「アンドロギュノスの復元」とは言いがたい。「自分が二つに分れ、離れ離れになったかと思うと、すぐまた、いっしょになり合体するのを見た」というように、結局、智雄一人で分身を体験しただけなのではないか。澁澤は「自己像幻視のこと」(『東西不思議物語』)で、「まるで鏡にでも映したように、自分自身のすがたが目の前に現れ」ることについて語っている。智雄の体験は、むしろ一種の自己像幻視に近いものであろう。

このように、「ぼろんじ」における男女の旅は、アンドロギュノスの復元というより、分身、そして自己像幻視の幻覚の要素が強いと言えよう。

三 「うつろ舟」の漂流

「ぼろんじ」が刊行されてから二年後出版された「うつろ舟」は、漂流してきた妖かしの舟にいる女と少年の交感を描く怪異譚である。うつろ舟に関する伝説は、澁澤の『東西不思議物語』に収録されている「ウツボ舟の女のこと」にも見られる。そこで、澁澤は江戸時代の随筆『兎園小説』に出てくるうつろ舟の伝説を語ってから、最後に「円盤の形をしたウツボ舟というイメージに、超時代的なおもしろさがある」と評価している。

この評は、のちに「うつろ舟」で描かれた舟の「香盒のように平べったく丸く」、「空とぶ円盤のようなかたちをした小型の潜水艦」だ、という造形にも通じている。澁澤はうつろ舟の伝説で、とくに「円盤の形」の超時代性に関心を抱いているようである。また、この「円盤の形」をした舟は、澁澤の円形嗜好・球体嗜好とも重なっているのである。

澁澤は「うつろ舟」で、ある程度「ウツボ舟の女のこと」の内容をふまえながら、後半に妖しい女人の少年殺人の物語へと変えた。まず、「うつろ舟」では「ウツボ舟の女のこと」と同様、江戸時代の常陸の国の出来事だと設定している。舟の上部は「透きとおったガラス張りだから、のぞけばつい内部が見える」ので、漁師たちが次々となかにいる「異様な風態をした女人」をのぞいてみたという。男が「ガラス障子のなかの女を眺め」るという風景は、「ねむり姫」を想起するであろう。

時空を超えた若い美人は、ガラス張りの舟に乗って漫々たる大海を漂流している。この情景は「ねむり姫」で、若い姫が眠ったまま柩に入れられ舟で川に流され、展転と放流される様子と類似している。姫が美しい生け人形のように柩に閉じこめられたのと同様、「うつろ舟」の女人はガラス障子の舟の密室に閉ざされている。のみならず、二作品とも、そとにいる男が、閉ざされた空間のなかの女を覗き見る、という構図になっている。

「ねむり姫」では放流されている姫自身はひとつのオブジェのようであり、眠ったままで一生を終えた。それに対して、「うつろ舟」の場合は、美しくて幻想的な女人が、舟にいながら妖異な魔法を使い、少年の命を奪うように、少年との交感を主導している。その意味で、漂流する「うつろ舟」の女人は、たんなるオブジェではなく、人間の命を脅かす破壊力をもち、少年との力関係で主導権をもつひとつの主体なのである。「ねむり姫」で描いたオブジェのような姫のイメージを逆転して、破壊的で殺傷力をもつひとつの主体に変容させたと言えよう。

「うつろ舟」の女人は、少年と首の遊びをしているあいだに、少年の命を奪う。「ウツボ舟の女のこと」では、舟の女は食料が無くなり最後には飢え死にしてしまう。それに対して、「うつろ舟」では、まず女人は少年の仙吉を自分の舟に吸い込み、自分の首をささげ持って「首を鞠のように何度も空中に投げあげ」、のち、仙吉の首も加えて「二つの首は何度も宙ですれちがう」ようになる。女人と仙吉の首は鞠に喩えられ、女人に首投げを「鞠投げあそび」とされている。鞠に喩えられた人間の首は、また前述した澁澤の球体嗜好とも重なっているのである。

最後に、女人の「体内から排出されたとおぼしい、ちょろちょろという水音」が洪水になり、声が「氾濫」しているなか、仙吉は絶命する。ここでは、女声が幻の「水」になり、仙吉は水のなかで命を失う。水のなかで世を去る表現手法は、また「ねむり姫」での姫とつむじ丸の境遇と重なっている。このように、「うつろ舟」においても、水は生命の終焉と関連するという澁澤の思想が表現されているのである。

四　結び

これまで見てきたように、「ぼろんじ」における男女の旅は、先行研究でいわれてきたアンドロギュノスの復元というより、分身の幻影や自己像幻視の性格が強く内包されている。また、「うつろ舟」で漂流してきた妖しい女人は、覗かれるオブジェの造形を逆転させ、破滅的で主導権をもつ主体に変わったと言える。このように、澁澤龍彦は旅というモチーフを通して、自分が関心をもつさまざまな要素を巧みに絡んでいるのである。

注

＊1　小倉斉「「ぼろんじ」（『ねむり姫』所収）を読む――〈超越〉に向かう旅」（『愛知淑徳大学論集――文学部・文学研究科篇』第三〇号、二〇〇五年三月、七四‐八四頁）

＊2　松山俊太郎『澁澤龍彦全集』「第十九巻　解題」（河出書房新社、一九九四年一二月、四四四頁）

第十四章　永遠の輝きを求めて──『高丘親王航海記』の旅

一　高丘親王の旅

澁澤龍彦の遺作である『高丘親王航海記』（文藝春秋、一九八七年一〇月）は、彼の幻想文学の最高傑作だといわれている。澁澤は高丘親王の旅をいかに描いているのか、また、この最後の作品はほかの作品世界といかに関連するのか。ここでは、『高丘親王航海記』に表現されている旅の構造や特徴、高丘親王にとっての航海の意味などを究明することで、澁澤文学のより包括的な読みと解釈を提示したい。

『高丘親王航海記』は長編小説である。貞観七（八六五）年の正月に、高丘親王が唐の広州から出発して、海の経路で天竺（インドの古称）へ旅行した話である。高丘親王は幼いころから、父の平城帝の寵姫である藤原薬子より、天竺の話を耳にしていた。それで、天竺という謎めいた世界を生涯の夢だと思うようになった。旅の途中、鳥の下半身をした女、犬頭人、貘、ミイラになった蜜人、人食い花など、さまざまな怪奇と幻想の世界を遍歴した。最後に、旅で病んだ親王は自ら虎の口に入り、六十七年の生命を絶ったのである。

澁澤龍彦の『高丘親王航海記』に関する先行研究として、安藤礼二氏は、金剛三昧、高丘親王、南方熊楠からなる構図を指摘した。[*1] 跡上史郎氏は作品のメタフィクション性に着目して考察を進めた。[*2] また、中野美代子氏は作品における「南洋」のイメージに注目した。[*3]『高丘親王航海記』は七つの短編からなるもので、それぞれ「儒艮」「蘭房」「獏園」「蜜人」「鏡湖」「真珠」「頻伽」である。高丘親王は実在した人物で、杉本直治郎氏の『真如親王伝研究──高丘親王伝考』（吉川弘文館、一九六五年七月）は、作品の典拠のひとつだとされている。しかし、澁澤がこの原典を参照した箇所は、高丘親王が天竺へ出航した事実と、部分的な旅程のみである。作中の舞台設定や怪奇な遍歴は、すべて澁澤による創造である。

二　天竺の魅惑

親王は三名の従者を連れていった。四十歳の安展と三十五歳の円覚は僧侶であり、秋丸は十五歳の少年である。天竺への行程は一年未満だが、親王は旅の途上でこの世を去る。親王は七、八歳のときから、藤原薬子に天竺の夢を吹き込まれた。薬子は親王が十二歳のころ、政治的紛争に巻き込まれて亡くなったが、薬子の存在は、親王の天竺の旅に強く影響した。物語における薬子の登場回数と彼女に関する描写は非常に少ないにもかかわらず、重要な場面で親王の思想を操作している。親王はすでに六十七歳の人間だが、薬子の登場したのは、親王の幼児の記憶か、彼の夢のなかである。しかも、薬子の登場シーンは、ほとんどすべて鳥と関連している。

まず第一節の「儒艮」では、薬子は、死んでから卵生の動物の「鳥みたいに蛇みたいに生れ」たいと親王に語る。そして、枕もとから「何か光るもの」を手にとって「それを暗い庭に向ってほうり投げて、うたうように、「そうれ、天竺まで飛んでゆけ」」（『澁澤龍彦全集』「第二十二巻」）という。この「光るもの」は「未生の卵」、「薬玉」であり、「森の中で五十年ばかり月の光にあたためられると、その中からわたしが鳥になって生れてくるの」だと、薬子は語り続ける。

このシーンは物語で重要である。幼い親王の記憶に強く封印されて、物語の最後に親王が死に臨む前の振る舞いと一致している。親王の夢のなかで、薬子は真珠を日本の方向に投げ出した。それによって、親王は天竺で永眠することを決めたのである。

また、「儒艮」という節では、蟻塚につくある石のなかに鳥一羽が棲んでおり、月の光を吸収して成長する、という伝説が残されている。蟻塚で育つ鳥は、薬子のいう自分の死後は石のなかに住み、鳥になって生育したいという情景と通底している。

この伝説を聞いた親王が、満月のとき蟻塚に来てみると、想像した通り、光っている石のなかに鳥がいた。その「石を日本へ投げて時間を逆行させれば、なつかしい薬子に会えるのではないか」と、親王は考えた。しかし、その石を取ったとたん、「光は消えて、石はただの石になっていた」。ここからもわかるように、薬子の言葉は親王の天竺の旅程に想像空間を残し、親王の思考を導いていると言える。

石のなかの鳥は薬子の表象であり、彼女の理想の姿でもある。物語ではこうしたイメージが幾度も繰り返されている。『高丘親王航海記』に多様な鳥女の形象が見られる。第二節の「蘭房」は、真臘国（カンボジアの古称）の国王が鳥の下半身をもつ女を後宮に集める話である。親王はこのような女を見に行く途中で夢を見た。夢のなかで、親王は迦陵頻伽が飛び交うのを見て思わず迦陵頻伽が「薬子に似ている」と語る。

迦陵頻伽はサンスクリット語の漢訳で、顔は女で体は鳥の姿をした、極楽世界に棲んでいるという吉祥の鳥である。本書の「第七章」で取り上げた「画美人」にも出ていた。その特徴は心地よい鳴き声で、「好声鳥」ともいう[*4]。

『高丘親王航海記』第三節の「獏園」では、親王は、「薬子の目が残忍の光をたたえて」おり、「無慈悲な」声と「陰険な笑み」が浮かべている悪夢を見る。薬子のこうしたイメージは、親王の旅程の展開に伏線を張った。さらに、第四節の「蜜人」では、親王はまた夢のなかで、「驕慢な」孔雀に変身した薬子を見る。死んだ薬子はこのように、親王の天竺の旅で「何度か鳥のすがたをして親王の夢にあらわれている」。

また、第五節「鏡湖」では、親王は雲南にある洞窟に雷が女を孕ませる卵生の少女が見つかる。その少女は「民間から駆りあつめた宮廷専属の妓女」だといい、宮内で鳥の姿に扮して踊り、鳥舞をする。注目すべきなのは、この少女の顔が親王の従者、十五歳の秋丸とそっくりだということである。親王は彼女を「春丸」と名づけ、天竺まで随行してもらう。物語の最後に、親王が夢で薬子を見てこの世を去るとき、春丸は迦陵頻伽に変身して絶妙な声で鳴き、姿を消す。

このように、薬子は鳥のイメージと合致しているのである。だが、薬子の鳥の形象は統一したものではない。最初の「儒艮」では薬子は鳥になりたいと言い、第二節「蘭房」では親王によって迦陵頻伽に神格化されている。第三節の「貘園」で陰険な一面が現われ、第四節の「蜜人」では「驕慢な」孔雀に変わり、第五節の「鏡湖」に少女の春丸が登場して、第七節の「頻伽」で迦陵頻伽が現われるが、それは薬子ではなく春丸であった。薬子は第三節の「貘園」から、陰険で残忍な形象に変わり、最後に親王の死と深くかかわっているのである。

最終節の「頻伽」では、「貘園」に登場する、薬子とそっくりな顔貌をした姫が現われる。姫は顔に「残忍のいろ」を見せながら、虎の腹に収まって天竺に行くことを親王に勧めた。その後親王の夢で、姫は薬子になり、親王の喉にあった真珠を日本の方向に投げ出す。これによって親王が天竺に行けると薬子は言う。それで親王は虎の口に入ったのである。

以上のように、親王の死は彼の薬子に対する幻想と深く関連する。薬子は親王を死に導く重要な媒介だと言える。親王の夢のなかで薬子が「陰険な笑み」を浮かべているときから、薬子はすでに神格化されている迦陵頻伽像から離脱し、親王を死に追い込む犯人になったのである。しかし、なぜ親王は薬子に操作され、その運命を甘受したのであろうか。

親王と薬子の関係を振り返ってみると、六十七歳の親王が天竺への旅で記憶しているのは、幼いころの薬子との付き合いばかりである。薬子はよく七、八歳の親王に添寝をしてもらっていた。薬子は自分の胸を「親王の手になぶらせ」たり、薬子の手を「親王の股間にのばして、子どもの小さな二つの玉を掌につつみこ」んだりしていたという。二人のあいだに潜んだ薄らかなエロスが、親王の記憶に鮮やかに刻まれていた。

したがって、薬子が天竺という単語を口にするたび、「媚薬のよう」に幼い親王の夢をふくらませる。「媚薬」という比喩から、天竺が親王にとって、危うい誘惑、欲望であると言える。しかも、天竺はすなわち薬子の象徴なのである。このことは、親王の落胆せず死に向かう振る舞いと通じている。つまり、薬子の導きで、肉体の命を絶ってからでないと、永遠の極楽が得られないということである。親王の死と、天竺の媚薬のたとえに着目すれば、親王の死は彼の薬子に対するエロスと深く結びついていることがわかる。

死とエロスの結びつきは、前述した澁澤の「花妖記」にも見られる。娼婦の白梅は与次郎に殺害され、与次郎はその死体を凍結する。与次郎はその死体に恋着している。澁澤は「優雅な屍体について」(『エロスの解剖』)で、「エロティシズムと死とは、深い結びつきがある」と、ネクロフィリア(屍体愛好)を論じている。最後の作品『高丘親王航海記』における親王と薬子のエロスは、「花妖記」ほど残忍なものではないものの、薬子の鳥の形象を通して、薬子の官能性及び、親王の彼女に対する性的幻想を間接的に表現したのではないだろうか。

では、なぜ薬子はほかの動物ではなく、鳥に生まれ変わりたいと言ったのだろうか。鳥は多くの神話でさまざまな意味をもっており、澁澤龍彥の好む動物のひとつである。本書の「第七章」でも言及したように、鳥は彼の評論集でよく取り上げられている。そのほかにも、澁澤は、鳥の絵を好んで描いた画家が、亡くなった少女の死体を描くようになるという小説「鳥と少女」(『唐草物語』一九七九年七月)を書いている。

また、「第七章」で取り上げた「画美人」は、美人が卵生の鳥禽で、人間の男と肉体関係をもつようになることが描かれている。とりわけ「画美人」でも迦陵頻伽が描かれている点は重要である。卵生の異形「女」は、男主人公の目には極楽世界の鳥のように映る。「画美人」で迦陵頻伽に与えられた肉体的なイメージは、『高丘親王航海記』にも見られる。

『高丘親王航海記』における迦陵頻伽のイメージは、作品全体を通して肉体性を濃く帯びている。たとえば、「蘭房」で親王の見た迦陵頻伽像は、「豊満な鳥のからだをした女」で、「房中術にすこぶる蘊蓄があ」る薬子のようであった。「蘭房」の鳥女はすべて国王後宮の妓女たちである。また、「鏡湖」で春丸を含め、鳥の服を着ている女子たちは、宮廷の専属の妓女で、「秋丸も春丸も迦陵頻伽の一類」（一二六頁）だという。

このように、神聖なる迦陵頻伽を含め、「画美人」『高丘親王航海記』で描かれている鳥には、性的で肉体的なイメージが付与されているのである。薬子の鳥の造形や親王を死に導く働きに着目すれば、澁澤龍彦は『高丘親王航海記』で、死とエロスを鳥の形象と結び付けたのではないか。

三　幻影の繚乱と分身の旅

（一）覗き見する男と見られる女たち

澁澤龍彦の作品には、覗き見する男と見られる女の構図がよく使われる。もっとも典型的な例は「女体消滅」（『唐草物語』、一九七九年七月）だと言えよう。こうした情景の設定には、およそつぎのような特徴が見られる。第一に、女はつねに覗き見される対象である。第二に、女とは少女が多い。第三に、女はほとんど閉ざされた密室に安置されており、寝ている。第四に、男は覗き見する過程で無限の幻想をふくらませる。

「女体消滅」の話は、「花妖記」と「ねむり姫」における人形像を論じた際に取り上げた作品である。平安時代の紀長谷雄は、ある美少女を獲得したが、百日のうちに手をつけてはいけないという。少女は部屋のなかに置かれており、「夜になると、長谷雄は泉殿まで、女の寝顔をのぞきにいきたいという欲望がむらむらと頭をもたげて」くる。そして「女の寝顔を間近に見ることによって、長谷雄の想像力はほとんど無限にふくらんだ」という。男子は

「女から一定の距離を置いていたればこそ、このように自由に奔放に空想をふくませ」ることができたのだという。

男が遠くから女の寝顔を覗き見する設定は、「ねむり姫」にも見られる。美しい少女は、柩という決まった空間のなかで昏睡する。男主人公は彼女を覗き見する過程で、少女を所有したいという欲望が喚起される。さらに、「花妖記」では、白梅の死体が梅林にある閉ざされた空間に凍結されている。五郎八の目に映った彼女は、「眠っているのか、女はあられもない姿勢のまま、じっと動かなかった」というように、彼女は与次郎と五郎八が覗き見するオブジェなのである。

こうした物語の構図と設定は、『高丘親王航海記』にも数箇所見られる。たとえば、第二節「蘭房」では親王は一人で小島にある真臘国の後宮に行く。八角形の建物にある七つの部屋にそれぞれ鳥の下半身をした裸の女が一人ずつ寝ている。しかも「いずれも寝台の上でそっくり同じポーズをしたまま、死んだように動かない」。「親王はただ戸口からのぞいて見ただけだった」（六五頁）ということから、ようやく国宝のような鳥女が見えても、親王は部屋のなかに入っていなかった。

「蘭房」の鳥女たちは個室に閉じ込められており、男性に覗き見されるオブジェになっている。鳥女が寝台で動かずに寝ている姿勢は、「女体消滅」「ねむり姫」「花妖記」の描写と一致しているのである。加えて、親王には後宮に来て女たちを見る前にすでにさまざまな幻想と疑問が生じ、「ありのままのすがたを目撃したいという欲望が次第次第に高まってくるのをおぼえた」という。想像しているうちに欲望が高まるという表現法は、「女体消滅」「ねむり姫」にも通じている。

さらに、「鏡湖」では、少女春丸が寝ていたので、「親王はさらにおおっぴらに、奇妙な鳥の衣裳をつけた女の子の顔をよく観察することができるようになった」という。しかし、春丸は雲南の女子が「雷に感応して、卵を生」んだ卵生の娘であり、また、極楽世界に棲んでいる迦陵頻伽の本質である清浄さと神聖性に関連している。そのため、親王は春丸の寝顔を見ているうちに、「親王の混乱したあたまには、さまざまな思いが雲のごとくに湧いては消えた」のである。

主体が客体を覗き見するなか、その権力が可視化される。『高丘親王航海記』より以前の澁澤の作品では、主体が覗き見する結果を逆転して客体が消えたり、主体が空想にとらわれて欲望が高まったりするように描かれている。しかし、『高丘親王航海記』では、春丸を覗き見した親王は、混乱した頭を静めている。ここから、澁澤は春丸という登場人物に伏線を敷き、物語の結末で春丸の迦陵頻伽像と呼応するように、巧みに工夫を加えたことがわかる。

また、覗き見される女は寝ており、動かないように造形されている。澁澤の描いた少女は、死んだようにその容貌が凍結されていることが多い。時間が無化して永遠にそのままの容姿でいることが、澁澤の理想とする少女像だと言えよう。「鳥と少女」では、画家が十五歳の少女の死体を鮮明に描き出すのは、少女の容貌及び処女性をあるがままの姿で保存するからだと考えられる。「女体消滅」の美少女も「ねむり姫」の十四歳の姫も同様である。とりわけ「ねむり姫」の姫は昏睡してから六十年を経た七十四歳のときの容貌が十四歳のときと同様だ、という設定からも理解できる。

少女の若さと美しさをそのままで凍結するという理想像と表現技法は、『高丘親王航海記』にも見られる。最終節の「頻伽」に登場する師子国（セイロン）の王妃たちには、出産後人食い花の上に寝て「人間の汁」が吸われてミイラになるという習慣がある。「獏園」の姫も「若さを永遠に保ちながら、史上最年少で墓廟入りすることを」望んでいる。ここで重要なのは、美を凍結して永久に保存することのほうが、姫にとって命よりも価値があるということである。

このように、男性に覗き見される女の寝顔は、死んだように歳月が無化してしまう。永遠の美を保つことは、澁澤龍彥の理想とする少女像だと言えよう。春丸という人物の設定からもわかるように、死んだように寝ているときの彼女は、少女の清浄さと処女性が永遠に汚されない。したがって、澁澤龍彦作品の覗き見する男と見られる女の構図のなかでは、覗き見される少女の寝顔は理想的な美の象徴なのである。

(二) 幻影と分身

一方、『高丘親王航海記』で親王は旅の途中幾度も幻聴、幻影に襲われる。まず第一節の「儒艮」では親王は薬子を回想し、蟻塚の石に鳥がいると想像をはしらせた。しかし、従者たちは「なんのことかさっぱり分らないといったふうに、きょとんとした顔つきをしている」。「どうやらそんな生きものには、ついぞだれも出会わなかったらしいのである」(四二頁)という。ここからも理解できるように、親王の旅は最初から最後まで薬子の魔力にとらえられ、薬子の記憶に操作されているのである。

また、第六節「真珠」では親王一行は旅の途中、魔の海域に入り込んでしまう。舟の人たちは海に吸い込まれるように飛び込む。それから、人間か幽霊が親王と春丸を追いかける。親王は真珠を幽霊に取られないように、急いで呑んでしまい、昏睡におちいる。このような展開は、すべて親王の幻想だと推測できる。真珠は親王にとって重要なものである一方で、死を意味するものでもある。昏睡していた親王が目覚めるとき、死は真珠と化して喉に引っかかった。要するに、真珠はすなわち死である。長い旅のなか、親王の大切にしていたものは、すでに死に転換されたのである。

天竺に行く途中、親王は薬子への記憶に操られるのみならず、死に対する葛藤した気持ちと恐怖から生まれる幻影に襲われる。さらに、影に対する執着が親王に強く死を意識させた。親王は春丸と鏡のように澄んだ湖へ行く。そこには、湖水に顔が映らないものは一年以内に死ぬ、という伝説が残っている。親王はまさしくその人である。このように、親王は迦陵頻伽の性質をもつ春丸を連れて帰ったことから、すでに極楽世界に近づき、死に向かったのだと言える。

では、影は親王にとってどのようなものだろうか。広い意味で、影は人間の分身のようなものである。物語では、分身に関する描写が二つ見られる。第一に、第二節の「蘭房」以降親王が一人旅になってしまう点である。たとえば、「蘭房」で描かれている後宮は一人しか入れなかったり、「獏園」で親王だけが必要とされたりした。「蘭房」から親王の死去までの旅程は、ほとんど親王一人で経歴したのである。

親王は、獏園を出た後、空を飛ぶ丸木舟に乗って、蜜人を探す旅に立つ。ここでは「いつもの自分をどこかへ置き忘れているような、なにか自分の中に脱けおちた部分があるような、へんに頼りない気持ちがすることも事実であった」と語られている。「ともかく三人の従者といっしょに本来の自分をアラカン国にのこしたまま、別の自分がひとりで空とぶ丸木舟に乗って南詔国へ来てしまったのでもあるかのような」(二一六頁)気持ちがする。親王が分身して南詔国に行き、「さばさばした気分」になったのは、「自分という桎梏をふりはらって新たな自由の境地にあそんでいるかのような」気持ちがしたからである。

南詔国の経歴とは、洞窟で春丸を発見し鏡湖で自分の影が映っていないことを知ったことである。春丸は秋丸とそっくりな顔をしており、親王は春丸との帰り道で、「夕陽を浴びた逆光線」で、二人の旅人とすれ違う。彼らは「顔かたちはもちろん、着ているものから所持しているものまで、親王と春丸にそっくりそのままで、寸分もちがわない。こちらのふたりづれと向うのふたりづれとは、まさに瓜ふたつのカップルであった」(一三八頁)という。しかし、「春丸にはなにも見えていないらしかった」。そのうえ、皆のいる場所に戻ると、秋丸はいなくなっていた。安展と円覚は、春丸がすなわち秋丸だと思う。「鶏足山の洞窟から、秋丸は春丸に生れかわって出てきたとしか思えなかった」(一三九頁)と語られる。こうして、南詔国での出来事はすべて親王の幻影だと看取できよう。親王本人をアラカン国に残したまま、分身は思う通りに南詔国に行った。湖に影が映らなかったのは、分身だったからだと理解できる。

かくして、死は親王の天竺の旅で抱える重要な課題であり、親王の探るテーマでもあると言えよう。また、春丸という人物も実在していないはずである。最初から最後まで秋丸であった。旅で親王は秋丸の出身をめぐり、種々な幻想を付加したのみだと考えられよう。

一方、親王の分身に関するもうひとつの描写は、第四節「蜜人」に見られる。夢のなかで親王が孔雀明王に変わり、もう一人の自分を見ている様子が描かれている。夢のなかで、自分がもう一人の自分を見るという創作手法は、澁澤龍彥の評論集にも見出される。

澁澤は早くから分身の体験に強く関心を抱いていた。本書の「第八章」と「第十三章」でも言及したように、澁澤は「自己像幻視のこと」(『東西不思議物語』)で、「まるで鏡にでも映したように、自分自身のすがたが目の前に現れ」ると述べ、『奥州波奈志』に出ている「影の病」や、芥川龍之介、ゲーテのドッペルゲンガーにまつわるエピソードを描いている。また、「鏡と影について」(『ドラコニア綺譚集』)で中国・朱橘の分身譚について語っている。

『高丘親王航海記』で表現されている分身は、自分が自分自身のすがたを見る、という構図に焦点が当てられている。しかも、もう一人の自分の存在は、春丸と秋丸のように、互いに入れ替わり生まれ変わるものである。親王のもう一人の分身も、生まれ変われたからこそ、「それは自分という桎梏をふりはらって新たな自由の境地にあそんでいるかのような、さばさばした気分に通じていなくもなかった」(一一六頁)と言えたのではないか。分身の体験は、親王にとって、生まれ変わることだと言えよう。

『高丘親王航海記』では、二人の登場人物の顔が瓜二つである、という設定が多い。双子も分身の一種である。秋丸と春丸のほか、獏園の姫も薬子に生き写しである。澁澤は双子のようにそっくりである、ということに特別に関心を抱いているようである。『高丘親王航海記』の前に発表した「ぼろんじ」では、男装している女主人公の顔が、男主人公と区別がつかないように描かれている。また、「花妖記」でも男主人公を迎えに来た女中は、姫の家にいる女中と瓜二つであると描写されている。

以上のように、影は親王の分身だと言える。そのうえ、分身する体験は親王にとって、生まれ変わることである。しかし、親王の再生は、死とどのように関連するのだろうか。

四　とこしえの光

『高丘親王航海記』では、暗闇を描いているときも、光を伴っているように描写されている。真っ暗な闇というイメージは与えない。暗黒に照らされる光は、物語の生命だと考えられる。もっとも典型的で物語の核心をつくシーンは、「儒艮」における、親王の幼少時、薬子が「何か光るものを手に」とって、「それを暗い庭に向ってほうり投げ」る場面であろう。

このモチーフは作品中何度も繰り返される。蟻塚に光っている石を見たとき、親王は薬子の行為を想起する。また、「鏡湖」で春丸の卵生の出自がわかったときも、薬子の光る石をもう一度思い浮かべる。「頻伽」で、世を去ることを決めた親王は、薬子のまねをして小石をほうり投げ、彼女のように「天竺まで飛んでゆけ」とうたう。最後の石は真珠で、薬子は親王の喉から取った真珠を日本に投げるように描かれている。

暗い闇に光を当てる描写は、つぎの箇所からも見て取ることができる。まず「儒艮」で石のなかの鳥は、「月に照らされて、月の光を吸いこんで、石の中の鳥はだんだん大きくな」るという。石という封じられた闇のなかで、月の光が照り輝く構図になっている。

第二節「蘭房」で描かれている、暗い塔のなかで黄金色の鳥が飛び交うという設定も、密封された暗い空間に光が当てられることになっている。また、親王が「鏡湖」である洞窟で迷うシーンでは、「闇のかなたにぽっちり一点の光を認め」（一一八頁）たと描かれている。最後の「頻伽」では、親王が草原の上に横になって虎にめぐり合ったのは、「あきらかな月が冴えて、光ゆたかに地に降りしいていた」（一九二頁）夜であった。

このように、光は物語の重要な要素だと言える。とりわけ、閉ざされた闇の空間に当てられる曙光は、親王の天竺の旅程で重要な導きとなった。薬子の転生の鳥が月の光に頼って成長したり、親王が「月が冴え」る夜に他界したりするように、暗い闇に照らされる光の重要性が認められる。そして、親王がこの世を去る前に、薬子をまねて暗い方向に小石を投げたのは、光を求める表現のひとつだと解釈できよう。

闇に光が当てられる情景は、澁澤龍彦のほかの作品にも見出される。たとえば、前述した「ぼろんじ」の茨木智雄は夜中の厠にある節穴から、お馨の旅姿を目にした。「節穴の向うはどこまでも明るく澄みきって」いるという。また、「きらら姫」の男主人公音吉は、星舟に乗って海の底にあるトンネルに入る。「穴のなかの道はだんだん急なのぼり坂になってきて」、「やがて闇のかなたに、一条のほのあかりがさしてきた。近づいてみると、それは頭上から垂直に落ちてくる光だった」と描かれている。

さらに、「狐媚記」で左少将一家の運命を操る狐玉は、夜に密室でひそかに光に光る、と描写されている。そのほか、「花妖記」では、暗くなった山のなかで、少女が提灯をもって与次郎の前に現われる。「第十三章」で取り上げた「うつろ舟」では、「月も星も出ていない闇夜だというのに、水に浮かんだうつろ舟が巨大な蛍のように、その周囲にぼうと青白い燐光を発している」という。暗い闇に光が照り輝く情景は、澁澤龍彦の幻想文学の重要な手法だと言えよう。

では、なぜ薬子はほかのものではなく、小石を投げたのか。円形の固体は澁澤龍彦の偏愛するものである。薬子の小石は、前述した澁澤の球体嗜好及び円形嗜好とも重なっている。のみならず、澁澤は「石の夢」（『胡桃の中の世界』）というエッセイのなかで、石に閉じ込められた水を「塔に閉じ込められた姫君」になぞらえている。玉石虫男氏は、この石に「独特の処女崇拝のメタファー」が見られると述べている。[*5]

『高丘親王航海記』では、単純に円形や球体の形が取り上げられたのではない。球体のなかにさらに別のものが入っている、という多重の構造になっているのである。「儒艮」で描かれた、石のなかに棲む鳥はその例のひとつである。また、薬子が生まれ変わるための石は「未生の卵」といい、天竺で鳥になることに着目すれば、石は生命の誕生と成長を意味することがわかる。澁澤の球体嗜好で、たんなる固体の形を愛好しているだけではない。さらにその円形の空間に依存しているものによって、多重の意味をもっているのである。

澁澤の鉱物偏愛は『高丘親王航海記』でも表現されている。澁澤の鉱物嗜好について、「花妖記」の細鈴を例にして考察を進めた。薬子の「未生の卵」も親王が最後に呑んだ真珠も、澁澤の語った石の「超時間性あるいは無時間性」（『思考の紋章学』）、という性格をもっている。とくに真珠は、光るだけでなく、澁澤の球体嗜好と鉱物嗜好とも重なっており、物語で極めて重要なオブジェだと言える。加えて、真珠は死と結びついている。親王は真珠を呑み込み昏睡におちいり、目が覚めてから「死の珠を呑みこんだようなもの」だと考える。ここでなぜ、親王は昏睡におちいる必要があるのだろうか。

澁澤文学における昏睡は、登場人物がある状態から別の状態へ越境する際の行程や表現法だと言えよう。たとえば、「ねむり姫」の姫は長い昏睡の結果、生命が流転してもうひとつの再生に向かう。「花妖記」では与次郎が眠りから目覚めると、幻想世界の天女が現実世界の娼婦になってしまう。

『高丘親王航海記』では、昏睡に入る前に親王の死に対する意識は描かれていなかった。天竺に行くのも幼いときの夢を実現するためであった。しかし、真珠を呑み込んでしまい、目が覚めると、天竺の旅の意義が変わった。親王は死を直視しはじめ、さらに死を求めるようになったのである。この時点の死は、親王にとって、永遠の命を追求する過程のひとつである。なぜか。

第四節「蜜人」では大食国の蜜人伝説が描かれている。蜜人とは人間の死体の乾し固められたものだが、生前蜜のみを食べて生きていたので、死後「馥郁たる香をはなつ」。親王が空飛ぶ丸木舟に乗り、目にしたのは、多種多様な人間の死体の形であり、「つくづく人間の不浄を悟ることができたと思った」(一〇七頁)。そして、親王は「なにを求めているのか、なにをさがしているのか」、「どこまで行ったら終るのか。なにを見つけたら最後の満足をうるのか」(一一三頁)と考えた。

親王はつぎに石窟に入り、夢のなかで会った空海和上に現実に会う。親王は「和上、とうとうまたお目にかかることができました。和上のおっしゃった通りでした。こんな嬉しいことはございませぬ」と語り、「石窟の蜜人の前にふかくあたまをさげて、あふれる涙を袖で押しぬぐった」(一一四頁)という。

蜜人に出会った際の親王の感動は、天竺の旅でも意義深いものである。親王はこの旅でさまざまな困難、危険に遭遇したり、絶景を見たりするが、涙をあふれるほどの感動を描いたのは唯一このシーンのみである。澁澤はこのような感動を第四節「蜜人」に巧みに設定し、第五節「鏡湖」で親王が死を意識するように展開させる。蜜人はミイラのようなものだが、「馥郁たる香」が与えられた。このことは、死に香りを放たせるようである。

物語では、死は真珠で表象されている。死の真珠は、澁澤の石に対する解釈と同様、「超時間性あるいは無時間性」の性格をもっている。すなわち、死は永遠の命を意味するのである。死は永遠の生と結びつき、表裏一体の関係にある。正反対のものがひとつに融合し結びつくことは、本書の「第八章」「第十一章」で論証した、澁澤がサド侯爵文学で特別に関心を寄せたことにも通じている。澁澤のいうサド文学の「本質的なパラドックス」には、『高丘親王航海記』における死と生の問題との共通点が見出せる。

死と永遠なる生命が結びつけば、独自で死に向かう親王の行為は、命の終点に入るという表面的な意味ではない。

天竺へ行って、とこしえの生を迎えるのである。それだけでなく、親王の死の探求は、夢のなかでの薬子の指示にも大きく関連する。最終節の「頻伽」で、薬子はなぜ親王の真珠を日本の方向にほうり投げたのであろうか。親王は夢で薬子のつぎのような話を聞いた。「この光りものが海を越えて日本へたどりつけば、そこからまた、みこのいのちがしぶとく芽ばえはじめますから。みこはただ、霊魂になって永遠に天竺であそんでいればよいのです」（一九〇頁）という。

前述したように、親王の分身体験は、生まれ変わりを意味する。薬子が手にとった真珠は、まさに親王のもうひとつの分身のようで、日本へ飛んで芽生えて再生するのである。この時点の親王にとって、残りは自分の魂を天竺に残すことを意味するので、親王は落胆せず、安心してこの世を去って天竺に行くのである。

五　結び

『高丘親王航海記』の航行は、親王が死に向かう旅だと言える。しかし、物語で描かれている死は、暗黒や絶望を意味するものではない。なぜなら、暗い闇のなか、必ずや光が伴うからである。死を象徴する真珠は、海を越えて日本に行く。また、真珠は親王の分身でもある。分身は親王のもうひとつの再生である。要するに、死の玉が薬子に日本にほうり投げられた時点で、親王の生命は再生できたのである。その後、親王が喜んで肉体の死に向かったとき、彼の霊魂はすでに天竺に永遠に残されていた。それゆえ、春丸は迦陵頻伽と化して、天竺にいる彼を讃えたのである。したがって、親王の死は生命の終点ではない。とこしえの生命の光に向かう転換点だと言えるのである。

注

＊1　安藤礼二「迷宮と宇宙⑥未生の卵　澁澤龍彥『高丘親王航海記』の彼方へ」（『すばる』二〇一〇年一二月、二二二－二三九頁）

＊2　跡上史郎「澁澤龍彥『高丘親王航海記』論――メタフィジックとメタフィクションの間」（『日本近代文学』第五〇集、一九九四年五月、八六－九七頁）

＊3　中野美代子「ドラコニア・ジュラネスク『高丘親王航海記』と久生十蘭の「南洋」もの」（『ユリイカ』二〇〇七年八月、一五〇－一五八頁）

＊4　迦陵頻伽の形象に関しては、馬煒、蒙中編『西域絵画7（経変）』（重慶出版社、二〇一〇年一月、二九頁）を参照。また、日本における迦陵頻伽の造形と性格は、勝木言一郎『人面をもつ鳥――迦陵頻伽の世界』（至文堂、二〇〇六年六月、一八－四九頁）を参照。

＊5　玉石虫男「鉱物」（『澁澤龍彥事典』平凡社、二〇〇四年二月、二〇頁）

終章

以上、三部にわたって、明治期の漢文小説集『夜窓鬼談』が日本の近現代文学でどのように受け容れられていったのかについて、小泉八雲と澁澤龍彦を例として考察を進めてきた。「第四部」と「第五部」では、さらに澁澤龍彦の文学における旅の特徴、マルキ・ド・サドとの関連などに着目して、澁澤文学のより包括的な読みを提示した。

まず「第一部」では、『夜窓鬼談』上下巻の核心的な性質、怪異空間の構築およびその近代性を解明した。『夜窓鬼談』は同時期の漢文小説集群と異なり、怪談の世界と絵画との関連、および絵画による視覚的要素を重視した。挿絵に価値を置くことは、『夜窓鬼談』の重要な出版戦略だと理解できる。絵画が物語るもうひとつの妖異空間を開いたと言えるのである。

『夜窓鬼談』には『聊斎志異』の発想が投影されている。先行研究は二つの作品の筋道の類似性に集中している。しかし、創作技法に着目すれば、『夜窓鬼談』には『聊斎志異』を摂取した形跡が見出せる。たとえば夢という空間表現に関して言えば、『聊斎志異』では、夢は現実の延長線上にあり、冥界で構築された空間や景物・世情は現世のものと同様である。『夜窓鬼談』で描かれた夢もまた、『聊斎志異』の表現技法と同様に現実世界の延長線上にある空間であり、夢での出来事や予言は現実世界で実現する。

石川鴻斎は『聊斎志異』に代表される中国の怪談文芸を日本のコンテクストのなかで新たに表現しなおした。『夜窓鬼談』は中日の怪談を伝承する役割を果たしたことがわかる。さらに明治期における日中文化人の交流が怪談を通して成り立っているとも言える。

『夜窓鬼談』の近代性は、鬼神の世界を理解するのは無理なことだ、という朱子の鬼神観を基盤としながら、さまざまな人間観察と世情を、幻妖怪談を通じて呈示したことにあると言えよう。『夜窓鬼談』は、明治十年代に刊行された漢文小説群と異なり、「実」の性格を強調せず、文壇で排除されている怪異譚をあえて取り上げた。しかし、石川鴻斎が関心を寄せたのは、鬼神の諸相ではなく人間の百態であった。彼は『聊斎志異』のように怪談鬼話を借りて世相を風刺している。彼の関心はたんに先行研究のいう西洋や科学といった大きな対象への批判にとどまっていたわけではない。人間の知識の過信と愚かさをも批判している。

鴻斎のこうした主張は日本の近代文壇で森鷗外の提唱したロマンス性の回復という理念と共通しており、彼はその上で独自の「実」の世界を表現したのである。つまり、『夜窓鬼談』は、西洋から移入した写実主義の文芸風潮へのアンチテーゼであると言えよう。

小泉八雲は『夜窓鬼談』から創作の糧を得た近代作家である。「第二部」では、小泉八雲の再話を取り上げ、『夜窓鬼談』が摂取されていった形跡をたどった。小泉八雲の「果心居士の話」、「お貞の話」および「鏡と鐘と」の三編は、それぞれ『夜窓鬼談』の「果心居士――黄昏艸」、「怨魂借体」と「祈得金」を下敷きにして書かれた作品である。まず小泉八雲の「果心居士の話」では、居士の身体を移動させることで、安らかな静止した絵の世界と動乱する戦国時代とを結びつけている。八雲が最後の場面を創作する際、直接『女大学玉文庫』や錦絵などを参照したのではなく、原典での米僊による挿絵を念頭に置いていたことが明らかになった。原典の挿絵は、確かにある程度小泉八雲のイメージ形成に関与しているものの、最後の場面による精妙な物語の視覚空間の構築や聴覚の提供などの工夫は、八雲による独自の創作である。

再話の最後の場面では、原話にない細部の描写と表現手法を利用し、物語の空間を巧みに作り上げている。舟の移動、室内の水と居士が去っていく視覚表現に加え、速度の感覚や聴覚をも生み出している。さらに、原典にない水流の描写を用いて絵の世界と現実世界の融合と再分化を描き出すなどして、物語における視覚空間の躍動感と臨場感を精妙に構築している。結末の描写は小泉八雲の再話の美学を見事に表現するものだと言える。

一方、小泉八雲が著した「お貞の話」および「鏡と鐘と」の二編は、ともに『怪談』(*Kwaidan: Stories and Studies of Strange Things*)に収められている。しかし、『怪談』の創作には、節子以外に、八雲の考証類の著作に材料を提供した大谷正信氏らからの助力を得た可能性が大きい。

「お貞の話」は、原話の勧善懲悪の枠組みから離脱し、結末の抽象化された描写によって、物語を幻想的な美を表現する恋物語へと導いた。また、三つの再話とも、登場人物の人情の機微や心理描写が詳細に工夫され潤色されている。こうして八雲は作品を近代怪異小説の世界へと一歩進ませたのである。

八雲が『夜窓鬼談』より再創作した三つの作品の特徴は、「超自然的な力」による「魔術的効力」だと言える。八雲は、果心居士の幻術における魔術的、奇跡的な要素への関心が、「鏡と鐘と」と「お貞の話」においても反映されている。「鏡と鐘と」において原話で言及されていない「なぞらえる」概念を提示し、「空想力」によって物事の「魔術的」「奇蹟的な結果を生みだすこと」に力点が置かれている。そして、「鏡と鐘と」で婦人の遺言に「超自然的な力」が付与されるように、お貞が亡くなる前の予言も「超自然的な力」によって実現される。八雲が『夜窓鬼談』から取材した再話の世界は、「なぞらえる」をめぐる「超自然的な力」や「空想力」で生み出された「魔術的」「奇蹟的」な性質が付与されている。それは、八雲の再話の美学表現だと言える。

さらに、『聊斎志異』に関連する「鏡と鐘と」の再話は、東アジアにおける怪談文学の伝承の一例を示したものである。このことから、小泉八雲は日本という枠組みではなく、東アジアの怪談文学世界において位置づけられるべき作家であると言える。これは、従来の八雲研究をより広い視野のなかに位置づける試みである。

「第三部」では、『夜窓鬼談』に材を取った「ぼろんじ」「画美人」「花妖記」「菊燈台」という四つの作品を通して、主人公の身体性や物語の空間表現などに着目しながら、澁澤の幻想文学の具体的な技巧を追究した。これまであまり注目されていなかった日本漢文小説が、澁澤龍彦のように西洋の思想と深くかかわっている作家にとっても、重要な源泉となっていることが明らかになった。

「ぼろんじ」での断片的な筋道と作中人物の揺らいだ関係は、異質な要素をもつ断片がつなぎ合わされた、シュルレアリスムのコラージュ技法の一部に似通っている。澁澤はさまざまな複雑な要素を取り入れることによって、「ぼろんじ」を「秀逸な」現代幻想文学として創出したのである。

一方、「画美人」においては、澁澤は『夜窓鬼談』から、「画美人」「果心居士――黄昏艸」「一目寺」という三つの話を精巧に取り込み、物語の要素に部分的な削除や追加、変形を行うことによって、それらを独自の物語世界に仕立てた。澁澤は西洋文学のみならず、漢文学の創作意匠をじっくり吟味し、自らの創作技法の視野に入れているのである。

卵生の性質をもつ画美人は、現実の翠翠の形象を反復している。画美人の正体は蛇だったと解釈することもできる。七郎が画美人の怪奇性・肉体性を享受する描写によって、彼の性的倒錯を表現する傍ら、「彼女」に迦陵頻伽の神聖性を与えることによって、二人の交わりを神的なものへと昇華した。また、七郎の臍のない画美人との情交は、彼の胎生性である子宮願望を露呈してしまう。

澁澤は、密室空間に外部と内部を往還させる穴をしつらえる。穴は、澁澤の円形・球体嗜好を再確認させうるだけでなく、物語世界の媒介物として、澁澤の密室空間の表現に欠かせない重要な装置のひとつだと言える。

さらに、物語の空間には、最後に円環状の運動の軌跡が見られる。これは澁澤の愛好した円環構造と重なっている。だが、画美人と交じり合う七郎の記憶は、ひとつの円形ではなく、螺旋状の記憶空間に表象されている。この螺旋状の時空間のように、「画美人」では、澁澤作品の特徴として連想される密室や暗黒とは異なり、新たな始まりへと通じる開放的な物語空間が表現されているのである。

澁澤のもうひとつの作品「花妖記」は、『夜窓鬼談』の「花神」から創作の題材を得たものである。石川鴻斎の「花神」は『聊斎志異』における花の妖精の物語の特徴を的確に把握し、創作の糧としていることがわかる。『聊斎志異』は、日本明治期の漢文小説集『夜窓鬼談』に深く影響を与えたのみならず、『夜窓鬼談』を通して、現代作家の澁澤龍彦にまで影響を及ぼしている。「花妖記」には、東アジアにおける幻想文学の伝承の一例が示されている。

澁澤は中国文芸の伝統を内的な論理として持っていた。仙境を描く際にも、〈道に迷う〉というモチーフや、提灯、召使の活用、「牡丹燈籠」などの怪異譚を取り込み、自らの文学に統合した。さらに、関心を抱いていたドッペルゲンガー現象なども小説の素材として取り入れられているのである。

そのほか、彼がサド文学で特別に関心を寄せた、相対立しあうもののパラドクシカルな関係がひとつに結びつけられるという現象の特徴は、白梅の娼婦性と天女性の融合として表現されている。また、廃墟で可視化される与次郎のネクロフィリア的な欲望、迷宮の構図は、澁澤の多種多様な評論の各所で論じられている重要なトピックが「花妖記」に現われたものだと言えるのではないか。澁澤はサドの文学を通じて関心をもったこうした要素を、「花妖記」以外の創作群にも取り入れている。このように、澁澤龍彦は多彩な創作技法を導入することによって、現代小説の豊かな幻想世界を造形しているのである。

澁澤龍彦の作品では、航海、旅行、漂流、巡礼など、多様な形で旅が表現されている。「第五部」では、澁澤文学における旅の構造を研究した。澁澤文学の旅に関しても総合的な考察はまだ見られない。本研究では「ねむり姫」「ぼろんじ」「うつろ舟」『高丘親王航海記』における旅の構造とその機能を究明した。

まず「ねむり姫」で、旅をする姫の意識や身体性、空間表現、流浪の形態などの表現手法を探究した。語り手は姫の意識を逆転させるように仕掛けて、彼女の幻聴とつむじ丸の台詞とを効果的に結びつけた。姫は人形のような不滅の美を永遠に保っており神格化されている。彼女は漂流を通して、その生命を純化させていくのである。そして、流転する彼女の旅の構造は、螺旋のように再生に向かっている。姫とつむじ丸が最後に水で結合したことは、澁澤論でいうアンドロギュノスを超えるものであり、二人が生命の原点に回帰し、再生を迎えることを表わしている。

一方、「ぼろんじ」における男女の旅は、先学の論考のいうアンドロギュノスの復元というより、分身の幻影や自己像幻視の性格が強い。また、「うつろ舟」で漂流してきた女人は、澁澤の多くの作品で描かれている、受動的に覗かれるままのオブジェというあり方を逆転させ、相手を破滅させる主体に変容したのだと言える。

そして、澁澤の傑作『高丘親王航海記』における航行は、親王が死に向かう旅だと言える。しかし、物語で描かれた死は、暗黒や絶望を意味するものではなく、光なのである。死の玉が日本に放り投げられた時点で、親王の生命は再生を果たした。したがって、親王の死は生命の終点ではなく、とこしえの生命の光に向かう転換点なのである。また、澁澤龍彥の作品における、覗き見する男と覗き見られる女の構図のなかでは、覗き見られる少女の寝顔は理想的な美の形象なのである。

本研究を通して、旅が澁澤文学の本質に迫る重要なモチーフであることを明らかにすることができた。旅は澁澤の幻想世界の全体像を理解するためのひとつの手がかりだと言える。旅の構造を究明することによって、考察の蓄積が足りない澁澤論にひとつの重要な視点を提供できた。

以上、小泉八雲と澁澤龍彥を例としつつ、『夜窓鬼談』が日本の近現代文学でどのように受容されたのかについて論証した。小泉八雲の再話の特徴は、精妙な空間感覚を描き出し、「魔術的」な性質が付与されることだと言える。一方、澁澤龍彥の場合、『夜窓鬼談』の筋道を巧みに作品に取り込み、多様な物語の要素を加えて独自の幻想世界に仕立てたものである。本研究を通して、日本の近代小説と現代小説のあり方の一端を、明治期の『夜窓鬼談』との対照関係において把握できたはずである。

とりわけ、澁澤は彼の作品のなかで中国と日本の古典文学、西洋の文学・芸術と思想を精妙に取り入れている。その意味で、澁澤文学はこれらの文学と思想を伝承する役割を果たしている。この研究を通して、澁澤の文学世界をこうした伝承関係の側面からより深く理解できるのみならず、日本の幻想文学史において澁澤龍彥を再評価する史実的な根拠を提供できたように思われる。この点は澁澤龍彥を幻想文学作家として再認識する研究にも寄与しうる論点となるはずである。

本研究を通して、近現代作家がどのようにして漢文の伝統を受け継ぐのかについて、その一端が浮き彫りにされた。さらに文化交流史の視点から言えば、漢文学の伝統が日本の近現代文学において、異なるあり様のもとで再編成される過程に関する具体的な事例を提供したと言えよう。

付記　本稿を草するにあたり、東京大学東洋文化研究所をはじめ、大英図書館など各研究機関より貴重な資料を閲覧する機会をいただいた。関係者各位にあらためて御礼申し上げます。

初出一覧

＊本書への再録にあたり、大幅な加筆修正をほどこした。

序章　書き下ろし

第一部『夜窓鬼談』の幻妖世界

第一章「石川鴻斎『夜窓鬼談』『東斉諧』試論」（文藻外語学院日本語文系）『２００９年「日語教育之應用與發展」國際學術論文集』二〇一〇年三月、一二五－一四〇頁）

第二章「石川鴻斎『夜窓鬼談』の物語世界——挿絵を手がかりに」（『韓国日語日文学会２０１０年度春季国際学術大会発表論文集』二〇一〇年四月、一六二－一六六頁）

第三章「『夜窓鬼談』『東斉諧』の幻妖世界——その鬼神観と怪異空間を中心に」（全国漢文教育学会『新しい漢字漢文教育』第57号、二〇一三年一一月、四三－五二頁）

第二部　小泉八雲の再話文学と『夜窓鬼談』

第四章「小泉八雲『果心居士の話』論——物語の空間」（解釈学会『解釈』58巻1・2月号、二〇一二年二月、一二－二一頁）

第五章「小泉八雲の再話と『夜窓鬼談』」（韓国日語日文学会『日語日文学研究』89輯、二〇一四年五月、二七－四二頁）

第三部　澁澤龍彥の文学と『夜窓鬼談』

第六章「すれ違いの美学——「茨城智雄」から「茨木智雄」へ」（韓国日本言語文化学会『日本言語文化』24輯、二〇一三年四月、三九一－四〇四頁）

第七章「青い鳥の哀歌——澁澤龍彥『画美人』論」（国文学研究資料館『〈場所〉の記憶——テクストと空間』二〇一二年三月、七九－八六頁）

第八章　「澁澤龍彦「画美人」論——その身体と空間の表象」（お茶の水女子大学『国文』118号、二〇一二年一二月、二四–三五頁）

第九章　「伝承・エロス・迷宮——澁澤龍彦「花妖記」における幻想の意匠」（芸術至上主義文芸学会『芸術至上主義文芸』第40号、二〇一四年一一月、一〇九–一一八頁）

「幻想への回路——澁澤龍彦「菊燈台」論」（韓国日本言語文化学会『日本言語文化』32輯、二〇一五年一〇月、二三九–二五六頁）

第四部　無垢の想像力

第十章　「もの憑き・夢魔の想像空間——澁澤龍彦「狐媚記」「夢ちがえ」をめぐって」（『台大日本語文研究』第27号、二〇一四年六月、一〇九–一二八頁）

第十一章　「サド裁判における澁澤龍彦の思想と批判」（韓国日語日文学会『日語日文学研究』93輯、二〇一五年五月、二八九–三〇七頁）

第五部　澁澤文学における旅の構造

第十二章　「流転と再生の旅——澁澤龍彦「ねむり姫」を読む」（韓国日本言語文化学会『日本言語文化』27輯、二〇一四年四月、七九一–八〇六頁）

第十三章　「澁澤文学における旅に関する一考察」（韓国日本言語文化学会「2014年度春季国際学術大会」、二〇一四年五月一〇日発表）

第十四章　「尋光之旅：論《高丘親王航海記》」（『海洋、地理探索與主體性』中山大學人文研究中心・中山大學文學院、二〇一五年三月、一三七–一五六頁）

終章　書き下ろし

な

は

ま

や

ら

わ

欧文

索引

【著者略歴】

林　淑丹（りん　しゅくたん）LIN Shutan
お茶の水女子大学大学院人間文化研究科博士課程修了。博士（人文科学）。現在、台湾・文藻外語大学日本語学科教授。専攻は日本近現代文学、比較文学。

主な著書に、『明治期日本における『虞初新志』の受容——『本朝虞初新誌』『日本虞初新志』『譚海』を例として』（高雄復文圖書出版社、2008年）、編著に『東アジアにおける知の交流——越境・記憶・共生』（台湾大学出版センター、2018年）。

主な論文に、「伝承・エロス・迷宮——澁澤龍彦「花妖記」における幻想の意匠」（『芸術至上主義文芸』40、2014年）、「『夜窓鬼談』『東斉諧』の幻妖世界——その鬼神観と怪異空間を中心に」（『新しい漢字漢文教育』57、2013年）、「映画『一八九五』に表象された鷗外像」（『鷗外』93、2013年）、「小泉八雲『果心居士の話』論——物語の空間」（『解釈』58巻1･2月、2012年）など。

小泉八雲・澁澤龍彦と『夜窓鬼談』
——交響する幻想空間

発行日	2019年 2 月 8 日　初版第一刷
著　者	林　淑丹
発行者	今井　肇
発行所	翰林書房
	〒151-0071 東京都渋谷区本町1-4-16
	電 話　(03) 6276-0633
	FAX　(03) 6276-0634
	http://www.kanrin.co.jp/
	Eメール●Kanrin@nifty.com
装　釘	須藤康子＋島津デザイン事務所
印刷・製本	メデューム

落丁・乱丁本はお取替えいたします

ISBN978-4-87737-432-7